W0411528

Das Uranus Leuchten

Erstkontakt

von

David Reimer

Band 1

Science-Fiction-Thriller

Impressum © 2023 Reimer, David

Bibliografische Information der Deutschen Nationalbibliothek:
Die Deutsche Nationalbibliothek verzeichnet diese Publikation in der Deutschen Nationalbibliografie; detaillierte bibliografische Daten sind im Internet über dnb.d-nb.de abrufbar.
© 2023 Reimer, David; All rights reserved.
Herstellung und Verlag: BoD – Books on Demand, Norderstedt

ISBN: 9783740727574

Kontakt
Facebook: David Reimer Official
Instagram: davidreimerautor
E-Mail: reimer.david@outlook.de
Webseite: www.david-reimer-autor.de

Coverdesign by Giessel Design
Lektorat: Jörg Querner und Andrea Kaldonek

Das Werk einschließlich aller seiner Teile ist urheberrechtlich geschützt. Alle Rechte sind dem Autor vorbehalten, einschließlich der Vervielfältigung, Übersetzung, Mikroverfilmung, Verfilmung sowie Einspeicherung und Verarbeitung in elektronischen Systemen.

Die in diesem Buch dargestellten Figuren und Ereignisse sind fiktiv. Jegliche Ähnlichkeit mit lebenden oder toten realen Personen ist zufällig und nicht vom Autor beabsichtigt.

Inhaltsverzeichnis

Danksagung

An erster Stelle möchte ich mich bei meinem Autoren Kollegen Dominik A. Meier herzlichst für seinen Rat, seine Gedanken und sein stets offenes Ohr bedanken.

Die zweite Riege

(Büro Michael Demeron, Lyndon B. Johnson Space Center)

„Sie sind raus, John." Michael Demeron sperrte den Bildschirm des Pads, auf dem er zuvor noch die Berichtsakte geöffnet hatte. Eine nichtssagende Bewegung, doch in diesem Moment hätte er auch den Deckel eines Sargs schließen können. „Das war's."

John schluckte schwer und öffnete den Mund zu einer Erwiderung, brachte aber keinen Ton hervor. Stattdessen starrte er einfach nur auf den Tabletcomputer, der vor ihm lag wie ein Dolch, den man ihm in den Rücken rammen wollte. In diesem Moment stellte er sich vor, wie diese digitale Akte, als er sie das letzte Mal gesehen hatte, praktisch noch jungfräulich gewesen war, unberührt und ungelesen. Er konnte nur schätzen, durch wie viele Hände sie in den letzten Stunden gegangen war, es durften allerdings einige gewesen sein.

„Sie wissen genauso gut wie ich, dass das nicht meine Schuld war!", presste er schließlich mit bebender Stimme hervor. Ein verzweifelter Versuch einer Verteidigung; sein letzter Strohhalm, um das Unvermeidliche doch noch abzuwenden. „Michael, Sie wissen, dass ich alles in meiner Macht Stehende getan habe, um ..."

„Das weiß ich“, unterbrach ihn sein Vorgesetzter mit leiser, abwägender Stimme. „Und das weiß auch der Vorstand. Aber *Sie* sollten wissen, dass wir darauf keine Rücksicht nehmen können.“

Er machte eine kurze Pause, schob dann das Pad von sich weg und strich sich mit beiden Händen über den kahlgeschorenen Kopf.

„John, geben Sie mir etwas“, flüsterte er und faltete die Hände vor dem Mund. „Irgendetwas. Einen Beweis, eine Erklärung, egal, solange Sie mir nur sagen, dass Sie nichts hätten tun können.“

„Das kann ich nicht.“ John holte tief Luft und schloss die Augen, ehe er den Kopf schüttelte und den Blick seines Vorgesetzten erwiderte. „Was passiert ist, hätte niemals passieren dürfen. Das war meine Verantwortung. Ducke ich mich jetzt weg, wird diese Sache meinem Team angehängt, und das kann ich nicht zulassen. Meine Leute haben ihre Arbeit tadellos erledigt.“

„Außer Nickolas Silver.“

„Außer Nick“, wiederholte John tonlos.

„Wir haben die Behörden hinzugezogen.“ Demeron nahm die Hände runter und legte sie vor sich auf dem Schreibtisch ab, nur um sogleich mit den Fingern auf das Holz zu trommeln. Ein Ausdruck seiner Nervosität. Was geschehen war, mochte John seine Karriere kosten, ihn jedoch konnte es schnell um Job und Reputation bringen. „Falls diese Tat politisch motiviert war, kommt auf uns ein perfekter Sturm zu. Beten Sie zu Gott, dass Silver wirklich so psychisch gestört ist, wie es den Anschein hat.“

John schwieg.

„Ich will in vierundzwanzig Stunden einen vollständigen Bericht auf meinem Schreibtisch, inklusive einer Evaluation

Ihres Teams und einer präzisen Ereigniskette der gesamten Schicht. Haben Sie mich verstanden?"

„Was spielt das denn noch für eine Rolle?", knurrte John, als er Zorn und Frustration endgültig nicht mehr zurückhalten konnte. „Ich bin raus. Sie haben es doch selbst gesagt. Die *Hyperion* wird ohne mich ..."

„Vergessen Sie für einen Moment die *Hyperion*", fiel ihm Demeron erneut ins Wort. „John, Sie sind nicht auf den Kopf gefallen. Wir wissen, dass Sie nichts tun konnten. Zeigen Sie dem Vorstand Ihren guten Willen und Sie kriegen vielleicht einen Flug zum Mond. Damit werden Sie nicht berühmt, aber es ist ehrliche Arbeit, auf die wir in Zukunft aufbauen können."

Einen Moment lang überlegte sich John, etwas zu erwidern. Zum Beispiel, dass ein Flug zum Mond das Abstellgleis eines jeden Raumfahrers war. Dass er ihn genauso gut hinter irgendeinen Schreibtisch auf der Erde hätte verbannen können. Oder dass er lieber auf der Stelle krepieren würde, als jahrelange Vorbereitungen und Höchstleistungen wegen eines solchen Zwischenfalls aufzugeben und sein restliches, bedauernswertes Leben auf dem verdammten Mond zu verbringen. Doch schließlich nickte er einfach nur, stand auf und verließ Demerons Büro.

Niedergeschlagen schlurfte er den hell erleuchteten, tristen Gang des Bürokomplexes zum Fahrstuhl entlang. An dem Foto von Neil Armstrong blieb er stehen und betrachtete wehmütig einen Moment lang das Foto. Sein Traum, einen Platz in den Geschichtsbüchern zu finden, der dem des ersten Menschen auf dem Mond nahe kam, war vor fünf Minuten in dem Büro am Ende des Flures gestorben.

Er seufzte innerlich und wandte sich der Aufzugkabine zu.

Der Feierabendverkehr war wie immer um diese Zeit die Hölle. Die Klimaanlage tat ihr Bestes, um die heiße texanische Luft auf ein angenehmes Niveau zu senken. Quälend langsam schob sich die Blechlawine über den Highway, was der Sonne genügend Zeit gab, den Innenraum auf eine schweißtreibende Temperatur zu erhöhen. Der Schweiß und die Hitze interessierten ihn in diesem Moment nicht. Ein krampfhaftes Gefühl von Selbstzweifel wollte ihn einfach nicht loslassen. Hatte er es wirklich geschafft, sein Leben vor die Wand zu fahren, nur wegen dieses Zwischenfalls?

Es war zum Verzweifeln und allmählich stieg Wut in ihm auf, als er sich klarmachte, dass er verdammt noch mal nichts dafür konnte, wenn Nick die Sicherungen durchbrennen. Er schlug mit der flachen Hand gegen das Lenkrad, erst einmal, dann ein zweites Mal, so sehr machte ihn dieses Gefühl der Hilflosigkeit wütend. Er hätte nichts daran ändern können, egal, wie sehr er darüber nachdachte, er kam jedes Mal zum selben Schluss. Wie zum Henker hätte er erkennen können, dass einer seiner Mitarbeiter ein psychisches Problem hatte?

Es war die Aufgabe der Psychiater, dies festzustellen, und nicht seine.

Am tiefblauen Himmel konnte er den Halbmond sehen. *Ein Flug zum Mond*, dachte er bei dem Anblick und lachte innerlich auf. *So eine Scheiße, kein Schwein interessiert sich mehr für den Mond. Bestenfalls Raumspeditionen, dafür habe ich mein gesamtes Leben also der Raumfahrt gewidmet, um am Ende als Frachtpilot zwischen Mond und*

Erde zu enden. Als würde ein Astrophysiker plötzlich einen Frachtcontainer per LKW liefern.

Ein durchdringendes, hupendes Geräusch wie von einem Kreuzfahrtschiff riss ihn aus seinen Gedanken. Die Straße vor ihm war frei und er warf einen Blick in den Rückspiegel. Der Lastwagen gab ihm bereits Licht- und Hupsignale, dass er weiterfahren sollte. Er drückte aufs Gaspedal und beschleunigte. Der Stau hatte sich aufgelöst und er kam die letzten Kilometer zügig voran. Er parkte den Wagen auf dem Parkplatz vor dem Apartmentkomplex und stieg aus. Ihm war nach Bewegung, also nahm er die Treppe zum zweiten Stock.

Er schloss die Haustür auf, ließ sie hinter sich ins Schloss fallen, streifte seine Schuhe ab und ging in die Küche. Dort holte er sich ein Bier aus dem Kühlschrank, öffnet es und trank einen großen Schluck. Das kühle, herbe Getränk fühlte sich wie Balsam für seine Seele in diesem Moment an. Er schloss den Kühlschrank und ging ins Wohnzimmer.

Als er sich dort umsah, wirkte irgendetwas verändert, etwas stimmte nicht. Es fehlten Sachen, sofort durchfuhr ihn der Gedanke, dass eingebrochen worden war. Aber warum hatten die Täter nicht den Fernseher und die Stereoanlage mitgenommen? Er fand auf dem Esstisch ein Blatt Papier, auf dem einige Zeilen handschriftlich geschrieben waren:

„John, wenn du wieder da bist und mich nicht findest, schreibe mir nicht. Ruf mich nicht an, es ist besser so, du hast für dich entschieden, dass du zum Titan fliegen willst. Es ist okay, wirklich, ich kann es verstehen, aber ich werde nicht auf dich warten, ich habe auch ein Leben.

Du wirst hoffentlich irgendwann die Richtige für dich finden. Viel Glück und pass auf dich auf. Beste Grüße, Kathrin."

Er ließ die Hand mit dem Zettel sinken und stützte sich auf der Tischplatte ab. Die andere Hand knallte die Bierflasche auf den Holztisch. „Verdammte Scheiße", fluchte er laut und schloss die Augen. Dieser Tag entwickelte sich zunehmend zu dem schlimmsten in seinem ganzen Leben. Was hatte er nur getan, womit er das alles verdient hatte?

Plötzlich drang ein Geräusch an sein Ohr, das ihn herumfahren ließ.

„Oh, du bist schon zurück?"

Er blickte die rothaarige, schlanke Frau an, die im Türrahmen zum angrenzenden Schlafzimmer stand und ihn durchdringend ansah. Ihre Miene zeigte keinerlei Emotion, selbst ihre Frage klang eher wie eine Feststellung.

„Kathrin, du bist hier?", fragte er tonlos.

„Leider ja, ich habe noch die Uhr meiner Oma aus dem Nachtschränkchen geholt. Ich dachte, du würdest erst spät kommen, so wie immer."

Er ging auf das Sofa zu, das inmitten des Wohnzimmers stand, und blieb dahinter stehen. „Du trennst dich von mir, aber wieso?"

Sie schnaufte verachtend und ging um das Sofa Richtung Flur. Er stellte sich ihr in den Weg. „Bitte warte, können wir nicht darüber reden? Ich meine, du kannst mir doch nicht einfach einen Zettel schreiben, dass du mich verlässt, ohne mit mir zu sprechen!"

„Lass mich vorbei, es gibt nichts zu reden." Ihr Blick war eiskalt und etwas Endgültiges lag in ihm.

Er spürte, wie ihm heiß wurde, sein Leben entglitt ihm zunehmend und er konnte nichts dagegen unternehmen. „Bedeutet dir denn unsere gemeinsame Zeit gar nichts?" Diese Frage konnte er sich schenken, das wusste er bereits, als er sie ausgesprochen hatte.

Sie lachte und schüttelte den Kopf, ehe sie sich an ihm vorbeischob.

Er griff nach ihrem Arm und zog sie herum.

„Lass mich sofort los!", fauchte sie.

Er wollte ihr keineswegs wehtun, das wollte er nie, also entschied er sich, das einzig Richtige zu tun.

Sie drehte sich um und ging in den Flur.

„Bitte, Kathrin, warte einen Moment. Die *Hyperion*, sie haben mir die Mission weggenommen. Ich werde nicht zum Titan fliegen."

Sie blieb an der Wohnungstür stehen, drehte sich zu ihm herum und lächelte. „Und?"

„Ich verstehe nicht?"

„Was soll das ändern?", fragte sie herausfordernd.

„Gib unserer Beziehung noch eine Chance, die letzten Monate ..."

Mit einer schneidenden Handbewegung fuhr sie ihm über den Mund. „Ach, ist das so, John?" Sie drehte sich in Gänze zu ihm und ließ die Türklinke los. „Wenn dir in irgendeiner Weise die letzten Monate etwas bedeutet oder dir etwas an mir gelegen hätte, dann hättest du dich nicht für eine monatelange Mission gemeldet, ohne mit mir darüber zu sprechen."

„Wärst du denn damit einverstanden gewesen, wenn ich dich gefragt hätte?"

Seufzend senkte sie den Blick. „Du verstehst es einfach nicht." Sie hob den Kopf und schaute ihn direkt an. „Das ist nicht der Punkt. Man spricht über solche Dinge, egal, was man befürchtet, was der andere sagt. In den letzten elf Monaten warst du kaum zuhause, du warst ständig arbeiten wegen diesem Test an dem Reaktor und deinem Training. Ich habe das verstanden, weil es wichtig ist, aber das mit der *Hyperion*-Mission kann ich dir nicht verzeihen. Ehrlich, John, soll ich dir etwas sagen?“ Sie hob die Hand und machte eine wegwerfende Bewegung. „Ach, ist mir auch egal, tut mir leid für dich, dass du nicht fliegen kannst, aber das mit uns ist vorbei.“

Sie drehte sich zur Tür und hielt einen Moment mit der Klinke in der Hand inne. „Weißt du, John, ich habe dich immer beneidet, dass du zu den Sternen fliegst, aber die Vergangenheit hat mir gezeigt, dass es genau das Gegenteil ist. Für dieses Abenteuer musst du den Weg der Einsamkeit gehen. Lebe Wohl, John.“ Sie öffnete die Tür und schloss sie hinter sich.

Regungslos stand er dort im Flur und versuchte, Herr seiner Gefühle zu werden. Das war’s, mit dem Schließen der Tür war sein persönliches Armageddon besiegelt. In nicht mal zehn Stunden war sein Leben vollends umgekrempelt worden.

Es mussten einige Minuten vergangen sein, in denen er regungslos im Wohnungsflur gestanden hatte, bis er sich besann. Er musste hier raus; zog sich die Schuhe an, schnappte sich seinen Schlüssel und verließ die Wohnung.

(2 Tage später, Old Star Bar, Webster, Houston, Texas)

Dämmriges Licht und der typische Bargeruch empfingen ihn, als er durch die Tür trat. An diesem Mittwochabend war in der Bar nicht viel los. Eine Gruppe Männer spielte Poolbillard an einem der drei Tische im hinteren Bereich. Sie schienen bereits einige Biere getrunken zu haben, denn sie grölten und stachelten sich gegenseitig an. An den restlichen Tischen saßen vereinzelt Leute, die sich unterhielten und etwas tranken. Countrymusik plärrte aus einer auf alt getrimmten Jukebox, die in der Ecke stand. Viele Angestellte des nahen Space Center kamen hierher, um ihre Schicht entspannt ausklingen zu lassen, und manchmal verirrten sich auch Astronauten hierher. So wie er, der diesen abgeranzten Laden schon vor Jahren lieben gelernt hatte.

Jetzt war er vielmehr aus nostalgischen Gründen hier, denn zurzeit hatte er keine Ahnung, wo er stand. Er war seit Montag freigestellt und morgen würde sich entscheiden, wie die Untersuchungskommission den Zwischenfall bewerten würde. Vielleicht gab es noch eine kleine Chance, einen kleinen Funken Hoffnung, dass er doch noch nach alldem der Kommandant der prestigeträchtigen Mission zum Saturnmond Titan sein würde.

Er ging zur Bar und setzte sich auf einen Hocker.

„Ein Bier bitte."

Der Barkeeper nickte ihm zu.

„Na sieh mal einer an", hörte er eine laute Männerstimme. Es musste aus der Richtung des Billardtischs kommen.

Er drehte den Kopf und seufzte innerlich, als er den Mann erkannte, der sich aus der Gruppe löste.

John wandte sich von ihm ab, das hatte ihm jetzt noch gefehlt. „Was willst du, Glenn?", presste er hervor, ohne ihm weitere Aufmerksamkeit zu schenken.

Glenn ließ sich neben ihm auf den Hocker fallen. „Hey, Leute", rief er seinen Freunden zu. „Wisst ihr, wer das hier ist? Das ist Colonel John Coel."

Ein gedämpftes „Jehaaaa" drang von der Gruppe herüber.

„Das interessiert keinen", raunte John und nahm das volle Bierglas entgegen, das ihm der Barkeeper reichte.

„Das geht auf mich", rief Glenn dem Mann hinter dem Tresen zu.

John trank einen Schluck, setzte das Glas ab und fixierte Glenn. „Ich kann mein Bier selbst zahlen, und jetzt lass mich allein."

Glenn beugte sich zu ihm und legte ihm die Hand auf die Schulter. „Nein, im Ernst, das geht auf mich", sagte er sich auf die Theke lehnend. „Für mich bitte auch eins." Glenn wandte sich wieder zu ihm. „Ich habe gehört, dass es einen Untersuchungsausschuss wegen des Zwischenfalls mit dem Reaktor und Nick gibt."

John schwieg und nahm einen weiteren Schluck Bier. Er hatte jetzt wirklich keine Lust auf dieses Gespräch.

„Ich weiß, dass es nicht deine Schuld war ..."

„Ach, weißt du das?", unterbrach John ihn. „Woher willst du das wissen? Glenn, im Ernst, lass mich jetzt allein, ich habe echt keinen Bock, jetzt darüber zu reden."

„Okay, du hast mich erwischt", grinste Glenn ihn an. „Ich weiß es nicht, aber soll ich dir sagen, was ich weiß?"

„Wenn du es mir sagst, lässt du mich dann zufrieden?"

„Okay, ich werde dir den Gefallen tun. Ich werde der erste Mensch sein, der seinen Fuß auf den Titan setzen wird", säuselte er süffisant, was Johns Emotionen weckte.

„Was willst du damit sagen?", presste er hervor.

„Du wusstest es noch nicht? Das tut mir leid, ich habe bereits den Anruf von Michael Demeron erhalten, dass die Entscheidung endgültig gefallen ist, dass ich der Kommandant der *Hyperion*-Mission werde. Wir starten in drei Monaten."

John musste diese Nachricht erst einmal verdauen. Glenn war als Ersatzmann für die Mission eingeplant gewesen, zumindest war er davon ausgegangen.

„Du wirst wirklich der Kommandant?" Demeron hatte es ihm zwar bereits angedeutet, aber wenn das stimmte, war damit sein letzter Funken Hoffnung erloschen, vielleicht doch irgendwie noch an Bord der *Hyperion* zu gelangen.

„Wieso überrascht dich das? Ich meine, nach dem Riesenfiasko beim Test des Fusionsreaktors musste dir das doch klar gewesen sein. Zu den Aufgaben eines Kommandanten ..."

„Belehr mich nicht über die Aufgaben und Pflichten eines Kommandanten, nicht du!", fuhr er ihn an und drehte sich zu ihm.

Johns Reaktion hatte Glenn für einen Moment die Sprache verschlagen, dann presste er hörbar Luft durch die Lippen. „Bist du immer noch sauer wegen damals?"

John griff nach seinem Bierglas.

„Man, John, ich kann doch nichts dafür, dass ich damals bei dem Testflug des Jets vorgezogen wurde. Vielleicht musst du einfach einsehen, dass ich der Bessere von uns beiden bin."

John knallte das Glas auf den Tresen. „Du bist ein Aasgeier, mehr nicht. Du bist stets zur Stelle, wenn du etwas abgreifen kannst, so war es auch damals. Aber es geht nicht um damals, es geht darum, dass du einfach ein Arschloch bist. Glaub mir, es wird der Tag kommen, da wirst du mich brauchen und dann werde ich am längeren Hebel sein."

„Wann soll das sein?", lachte Glenn höhnisch. „So wie ich das sehe, wirst du am Mondstaub ersticken, während ich auf dem Titan spazieren gehe."

John wusste genau, was Glenn vorhatte, aber dieses Mal würde er sich nicht auf einen handfesten Konflikt einlassen, zumal Glenn sechs Zeugen hatte, die ihn bei einer Aussage bei seinen Vorgesetzten in wirklich ernste Schwierigkeiten bringen konnten. Daher biss er sich auf die Zunge und wandte sich von ihm ab. „Wir werden sehen, Glückwunsch zur Ernennung." Er griff nach dem halb vollen Bierglas und trank es in einem Zug aus. Anschließend zog er einen Fünf-Dollar-Schein aus der Hosentasche, legte diesen auf die Theke und ging.

Er hatte es nicht weit nach Hause, ungefähr fünf Kilometer und es war erst kurz nach neunzehn Uhr. Frische Luft war genau das richtige, musste er doch den Kopf frei kriegen. Morgen wollte der Untersuchungsausschuss zu einem Ergebnis kommen. Seinen Bericht hatte er bereits gestern abgegeben. Eigentlich war es auch egal, Demeron hatte es ihm in seinem Büro schon angedeutet, und Glenn ihm eben mit voller Wucht den Todesstoß verpasst. Die Entscheidung stand bereits fest, er würde nicht zum Titan fliegen. Nun musste er sich darüber klar werden, was er wollte, vielleicht war es auch einer dieser Momente im Leben, an dem man sich neu orientieren und einen neuen Weg einschlagen musste.

Dass er im Vorstand weniger Befürworter als Gegner hatte, hatte ihm einmal mehr ihr Vorgehen gezeigt. Ob sich Demeron ebenfalls mittlerweile gegen ihn gewandt hatte, war ihm noch nicht klar. Fakt war, Glenn die Entscheidung mitzuteilen, ehe der Ausschuss zu einem Urteil gekommenen war, blieb für ihn unverständlich, ein moralischer Tiefschlag. Vielleicht war es an der Zeit, die NASA zu verlassen und in die Privatraumfahrt zu gehen. Er hatte viele Kollegen gehabt, die die lukrativen Angebote der Firmen angenommen hatten. Doch um auf eine wirklich bedeutende Mission zu gehen, blieb ihm in naher Zukunft nur die staatliche Raumfahrtorganisation.

Vielleicht war seine Zeit gekommen, diesem Traum abzuschwören, ihn hinter sich zu lassen. Vielleicht war der Tag gekommen und er musste seine Zukunft auf der Erde suchen, mit Frau und Kindern.

(Eine Woche später, Büro von Supervisor Michael Demeron, Lyndon B. Johnson Space Center)

Mit schweren Schritten folgte er dem Gang zu Demerons Büro. Einige Bürotüren auf dem Weg dorthin standen offen, in denen Männer und Frauen geschäftig an ihren Schreibtischen arbeiteten. Telefone klingelten, Gespräche und das prägnante Tippen auf Tastaturtasten drangen zu ihm in den Flur.

Er klopfte an die Tür und wartete auf eine Reaktion.

Ein gedämpftes „Ja" war von innen zu hören. Er öffnete die Tür und Demeron blickte ihn von seinem Schreibtisch aus an.

„Da sind Sie ja endlich, schließen Sie die Tür und setzen Sie sich."

John schloss die Tür und nahm auf einem der beiden Stühle vor dem schweren Arbeitstisch Platz. „Tut mir leid, es gab einen Unfall auf der ..."

Demeron hob die Hand und unterbrach ihn. „Das ist nicht wichtig. John, ich denke, ich muss Ihnen Ihren Wert für die NASA nicht erklären, Ihre Qualifikationen sprechen für sich. Sie besitzen ein fundiertes technisches Wissen, sind ausgebildeter Kampfpilot, Astronaut und haben ein Physikstudium absolviert."

„Kommen Sie auf den Punkt!" Der Gedanke wurmte ihn, dass der Mann vor ihm Glenn bereits über das Urteil der *Hyperion*-Mission informiert hatte. „Ich kenne meine Laufbahn bestens, können wir uns das nicht sparen? Ich meine, wir beide wissen doch, dass die NASA mich absägen will. Können wir nicht einfach zum Wesentlichen kommen?"

Demeron lehnte sich auf die Tischplatte. „Wie kommen Sie darauf, dass die NASA Sie absägen will?"

„Ich weiß, dass Glenn Miles bereits zum Kommandanten der *Hyperion*-Mission ernannt wurde", schnaubte er bitter.

Bedächtig faltete Demeron die Hände auf dem Schreibtisch. „Deswegen sind Sie also angepisst?"

John schluckte, denn Michael Demeron hatte noch nie in seiner Gegenwart solch eine Ausdrucksweise gewählt. Hatte er gerade eine entscheidende Grenze überschritten?

„Verdammt noch mal, John, ich habe Ihnen offen und ehrlich gesagt, dass Sie die *Hyperion*-Mission vergessen können, das war klar. Was denken Sie eigentlich, was in den letzten vierzehn Tagen seit dem Test passiert ist?"

John fuhr sich mit nervösen Fingern durch die Haare. „Die Untersuchungskommission hat den Zwischenfall beim Reaktortest untersucht."

„Ganz genau, für den Sie verantwortlich waren. Ist Ihnen eigentlich klar, was das für Auswirkungen auf die Zukunft des Projektes haben kann?"

John schwieg, in diesem Moment hatte er nichts zu sagen.

Demeron erhob sich von seinem Stuhl und wandte sich zum Fenster. „Ich habe mir in der letzten Woche die Ohren heiß telefoniert, um die Investoren davon zu überzeugen, dass es weiterhin enorm wichtig ist, an dem Projekt zu arbeiten", sagte er fast resigniert.

„Sie haben Scheiße gebaut, und ich meine richtig Scheiße! Sie können von Glück sprechen, dass Sie heute hier noch sitzen und nicht bereits gefeuert wurden." Demeron drehte sich um, stützte sich auf dem Schreibtisch ab und fixierte ihn. „Das Gutachten hat eine psychische Störung bei Nickolas Silver festgestellt. Er ist schizophren und leidet unter Verfolgungswahn. Er ist nun in einer entsprechenden Einrichtung und wird dort therapiert, bis es ihm hoffentlich bald besser geht. Jedoch wird er nie wieder in einer solchen Einrichtung arbeiten können."

John wollte etwas sagen, schluckte es jedoch hinunter.

„Sie haben seinen geistigen Zustand nicht zu verantworten, da war sich der Ausschuss einig, aber darum ging es auch nie. Selbst, dass Ihnen nicht aufgefallen ist, dass sein Gemütszustand labil ist, und er dennoch weiter an dem Projekt gearbeitet hatte, wird Ihnen nur zum Teil angekreidet."

Demeron richtete sich auf, holte aus einer Schublade eine Flasche Whisky und zwei Gläser heraus, stellte die Gläser auf der Arbeitsfläche ab und schraubte die Flasche auf. „Was Ihnen jedoch angekreidet wird, ist, dass er allein an dem Kondensator gearbeitet hatte. Damit haben Sie die Vorschriften missachtet und eine Katastrophe beinah heraufbeschworen", warf er ihm vor, während er jeweils zwei Fingerbreit der bernsteinfarbenen Flüssigkeit in die Gläser goss.

John sackte in seinem Stuhl zusammen, dies war unumstößlich seine Schuld gewesen. Die Folgen seines Fehlverhaltens hatte er bereits Dutzende Male in Gedanken durchgespielt.

„Niemand arbeitet bei solch einem Projekt allein, das wissen Sie und Sie wissen, dass mindestens eine weitere, wenn nicht sogar zwei weitere Personen die Arbeiten der anderen überprüfen müssen. Dafür gibt es diese Sicherheitsvorschriften, um Fehler zu vermeiden. Sie hätten Penteres und Navas mit Silver zusammen an dem Kondensator arbeiten lassen müssen."

„Ich weiß, es tut mir leid, wirklich. Könnte ich es ungeschehen machen, dann würde ich es tun. Ich habe die drei über die Kameras beobachtet. Ich hätte die beiden zu Silver schicken müssen. Ich konnte nicht wissen, dass er in seinem Wahn den Kondensator manipulieren wollte."

„Ja, das hätten Sie. Sie haben Glück, dass das restliche Team sehr gewissenhaft seine Arbeit absolviert hat und die Sabotage rechtzeitig entdeckt wurde", erklärte Demeron und reichte ihm eines der Gläser.

John nahm es stumm entgegen.

„Der Beschluss der Kommission lautet, dass Sie von dem Fusionsreaktor-Projekt abgezogen werden. Doktor Moodi wird es übernehmen. Wie bereits erwähnt, werden Sie als Kommandant der *Hyperion*-Mission nicht eingesetzt." Demeron setzte sich und trank einen Schluck, ehe er das Glas abstellte. „Ich hoffe für Sie, dass Sie das schnell akzeptieren werden." Demeron lehnte sich leicht nach vorne. „John, ich bin nicht Ihr Feind, und dass ich Mister Miles bereits letzte Woche über seinen neuen Posten informiert habe, hat Planungsgründe. Ich habe mich wirklich sehr beim Vorstand für Sie eingesetzt. Einige von ihnen sind der Meinung, dass Sie Ihre besten Zeiten hinter sich haben und ein Problem mit Befehlen haben. Ich sehe das allerdings anders." Er machte eine Pause.

John stellte das Glas auf den Schreibtisch, ihm war gerade nicht nach Alkohol. „Was genau meinen Sie?"

„Ich denke, Sie haben eine zweite Chance verdient. Es wäre dumm, auf ihre Erfahrung und Fähigkeit zu verzichten. Sie sind immer noch ein hervorragender Astronaut und ich habe dem Vorstand erfolgreich klarmachen können, dass Sie weiterhin extrem wichtig für die NASA sind. Ich habe auch eine gute Nachricht für Sie."

„Eine gute Neuigkeit?“ Überrascht zog John eine Augenbraue hoch.

Demeron nickte. „Sie wurden bereits mit den Systemen und dem neuen nuklearen Antriebssystem der *Hyperion* geschult. Daher konnten Sie bereits Erfahrung mit der neuen Technologie sammeln. Die NASA baut gerade die *Aquarius*, die ebenfalls über diese Antriebstechnik verfügt. Sie ist größer als die *Hyperion* und auf dem gleichen Ausstattungsniveau.“

„Ich habe von dem Projekt gehört. Soweit ich weiß, plant die NASA das Raumschiff als Frachter zwischen Erde und Mars einzusetzen.“

Demeron nickte zustimmend. „Die *Aquarius* wird die Flugzeit der Versorgungsflüge enorm verkürzen. Die kleine Kolonie von Wissenschaftlern könnte dadurch rasch anwachsen und eine weitaus größere Population auf dem Mars zulassen.“

„Schlagen Sie mir gerade vor, Kommandant beziehungsweise Frachtpilot auf der Route zwischen Mars und Erde zu werden?“

„Nun, auf dem ersten Versorgungsflug würden Sie auch drei Wissenschaftler und ein weiteres Crewmitglied begleiten.“

John dachte nach, er hatte sich bereits die letzte Woche Gedanken um seine Zukunft gemacht, doch zu einem wirklichen Entschluss war er nicht gekommen.

„Von einem solchen Flug wird nicht in den Nachrichten berichtet, aber darum sollte es Ihnen auch nicht gehen. Sie haben die Chance, etwas beizutragen, worauf wir in Zukunft aufbauen können. Sie können allerdings auch Weltraumtouristen zum Mond fliegen oder eben Fracht zur

Mondbasis transportieren. Die Entscheidung liegt bei Ihnen", ergänzte Demeron achselzuckend.

„Danke", brachte John nickend hervor. Er wusste, dass er nach allem kein besseres Angebot mehr erhalten würde, also entweder fand er sich damit ab oder ihm blieb nichts anderes übrig, als die NASA zu verlassen. „Wie lange habe ich Zeit, darüber nachzudenken?"

Demerons Mundwinkel verzog sich zu einem schiefen Lächeln. „Sie haben eine Woche, die Planung der beiden Missionen ist sehr eng gestaffelt. Die *Hyperion* wird planmäßig in drei Monaten starten und die *Aquarius*-Mission in zwölf Monaten. Bis dahin werden Sie die vorgeschriebene Prozedur durchlaufen und zur Lop-G gebracht. Vielleicht können Sie sich mit Glenn Miles noch unterhalten, bevor er zur Mondbasis aufbricht, denn er war der ursprüngliche Kommandant der *Aquarius*."

John musste sich auf die Zunge beißen, um seinen Vorgesetzten nicht anzublaffen, wie beschissen er diese Idee fand, stattdessen nickte er lediglich.

„Gut, Sie können jetzt gehen. Wie auch immer Sie sich entscheiden, ich erwarte Sie heute in einer Woche mit Ihrer Entscheidung hier in meinem Büro. Dies ist ein einmaliges Angebot, glauben Sie mir, es gibt Dutzende, die sich für diesen Job ein Bein ausreißen würden. Ich kann Ihnen nur raten, die Mission anzunehmen", endete Demeron mit einem durchdringenden Blick.

John stand auf und ging zur Tür.

„Ach, John ..."

Er drehte sich zu Demeron um. „Das könnte Ihre letzte Chance sein, weiter als bis zur Mondumlaufbahn zu kommen."

Er erwiderte nichts, Demeron blickte ihn nicht an, sondern hatte sich bereits seinem Computer zugewandt.

Die Botschaft war eindeutig, also griff er nach der Klinke und verließ das Büro.

Letzte Chance

(Eine Woche später, Johns Apartment, Houston, Texas)

Schweiß rann ihm über die Schläfen zum Kinn. Hoch über ihm brannte die Sonne erbarmungslos auf ihn hinab. Wasser umgab ihn. Er blickte sich um; er war allein, ganz allein. Sein Blick wanderte nach unten; seine nackten Füße hatten sich in den Sand unterhalb der Wasseroberfläche gegraben, doch verspürte er weder Wärme noch Kälte. Kathrins zorniges Gesicht drang tief durch sein Unterbewusstsein.

Die Szenen aus der Mondbasis tauchten vor ihm auf, vom Test des Reaktors, die blinkenden Warnlampen, die panischen Gesichter seiner Vorgesetzten und schweißnassen Gesichter der Investoren. Plötzlich rückte alles in weite Ferne und er fand sich in einer riesigen dunklen Halle wieder.

Vor ihm stand die große, hell erleuchtete *Hyperion*-Rakete, senkrecht aufgebaut. Ein leises Plätschern wie von einem Springbrunnen oder Wasserfall war zu hören, doch konnte er nichts dergleichen sehen. Wieder blickte er an sich hinab, seine nackten Füße wurden von Wasser umspült.

„Hallo, ist hier jemand?“, rief er und streckte die Hand aus. Plötzlich begann sie zu verschwinden, als würde sie sich auflösen.

Schlafe ich? Nein, das kann nicht sein; es fühlt sich nicht wie ein Traum an.

Mit einem Mal wurde es um ihn herum dunkel und außer ihm und der *Hyperion* war nichts weiter zu sehen. Die

Dunkelheit war nun allumfassend; nur die Rakete wurde wie von zwei Scheinwerfern angestrahlt.

„Die *Hyperion*-Mission ist gestrichen für Sie", hörte er Demerons wütende Stimme. Sie drang aus der Dunkelheit und umgab ihn, als wäre sie überall um ihn herum. Irritiert blickte er sich um. Er konnte sich nicht rühren; es war, als würde er an Fäden hängen – und egal, was er tat, er konnte sich nicht von der Stelle bewegen. Ein tiefes Lachen drang erneut durch die Dunkelheit. „Glenn ist der Bessere Kommandant, daher ist es nur logisch, dass er die *Hyperion*-Mission leitet. Sie haben versagt, Sie sind raus."

„Du wirst für immer Mondstaub schlucken, bis du daran erstickst", hörte er jetzt Glenns höhnische Stimme.

Kathrins durchdringende Stimme löste Glenns nahtlos ab. „Es ist aus, du bist ein Versager, ich habe etwas Besseres verdient."

„Nein", schrie er. Sein Herz raste, er spürte das pulsierende Blut seiner Schlagader am Hals.

Unvermittelt sah John, wie das Wasser zu seinen Füßen begann, tröpfchenweise aufzusteigen. Dann verbanden sich die Wassertropfen zu kleinen Fäden, die schnell dicker wurden, und einen Augenblick später schien es, als würde das gesamte Wasser auf einmal nach oben stürzen. Er verlor den Halt unter den Füßen und warf den Kopf in den Nacken. Er fiel ins Bodenlose, mit den Beinen und Armen ruderte er wie wild. Doch schien es keinerlei Auswirkungen zu haben. Panisch versuchte er, irgendetwas zu erkennen. Um ihn herum war Wasser, das ihn wie ein Vorhang umhüllte; über ihm in weiter Ferne tauchte ein heller Punkt auf, auf den er zuzustürzen schien.

Die *Hyperion* war fort; er konnte sie nicht mehr sehen. Er spürte nichts: keine Kälte, keine Wärme, Angst oder

Nervosität – einfach nichts, als hätte man ihm seine Gefühle und Empfindungen genommen. Der helle Punkt wurde schnell größer und formierte sich zu einer Kugel aus grellem Licht, wie ein Stern oder Planet im All.

Wenn es ein Stern wäre, müsste er seine Wärme spüren, die ihn hätte verbrennen müssen. Nichts geschah. Er wurde langsamer, als er der Kugel so nahe gekommen war, dass sie um ein Vielfaches größer war als er selbst. Jetzt erkannte er die Ringe des Saturns und entdeckte auch den Mond Titan, auf den er sich nun zubewegte. Das Wasser um ihn herum formte sich zu einer Kugel, die ihn voll umfing. Als würde er in einer durchsichtigen Seifenblase sitzen, tauchte er in die gelbliche Atmosphäre des Mondes ein.

Wie glühendes Plasma umschloss die Blase John rasch, und er trieb durch den gleißend hellen Ozean aus Wolken. Er wusste gerade gar nichts; sein Geist war verwirrt; er hatte kein Gefühl mehr für Raum und Zeit, oben und unten. Alles vermischte sich zu einer nicht definierbaren Konstruktion seiner Gedanken.

Die Blase aus Wasser, die ihn umgab, zerplatzte, als er die Wolkendecke durchbrach und er fiel der Oberfläche entgegen. Er schrie, doch es schien, als würde kein Ton aus seiner Kehle dringen. Er fiel in einen dunklen See aus flüssigem Methan nahe des Ufers.

Ohne das Empfinden von Kälte oder Wärme auf der Haut war es unmöglich für ihn, zu spüren, ob ihn Kleidung bedeckte, denn nicht mal seine Nervenzellen gaben ein Signal an sein Gehirn weiter, als er sich selbst in den Arm kniff. Es schien, als wäre seine fleischliche Hülle von seinem Bewusstsein entkoppelt. Er blickte sich um, die Welt, die ihn umgab, war so fremdartig, wie sie nur sein konnte. Er schwamm zum Rand und kletterte das flache Ufer hinauf.

Ein dunkler Punkt tauchte aus der Wolkendecke auf und glitt zur Oberfläche. Er erkannte den Lander der *Hyperion*-Mission. Die Landefähre hatte nicht weit von ihm auf einem kleinen Plateau aufgesetzt und ein Astronaut stieg aus der Luke. Er hatte keinen Helm auf und kam federnden Schrittes auf ihn zu.

Er erkannte den Mann, es war Glenn. „Ich spaziere auf dem Titan", rief dieser ihm entgegen und lachte.

„Nein, du verdammtes Arschloch", schrie er und riss die Augen auf; schwaches Licht drang durch die Dunkelheit. Glenn deutete auf etwas hinter ihm. John drehte sich zum See und sah ein Objekt, das knapp über der Oberfläche schwebte. Es war verschwommen, er konnte nicht erkennen, was es war, aber ein helles Licht ging von dessen Mitte aus.

„Siehst du, John, sieh genau hin", hörte er jetzt Glenns Stimme neben sich. „Ich werde die Geheimnisse dieses seltsamen Ortes erforschen."

Die Intensität des Lichtes nahm zu, plötzlich verlor er den Halt unter den Füßen und begann, zu schweben. Er bewegte sich über das Ufer hinweg in Richtung des Objektes, als würde er von dem Licht angezogen wie eine Motte.

„Die Sehnsucht wird dich zerreißen", rief Glenn ihm nach. Seine Stimme klang merkwürdig verzerrt.

John wurde von dem Licht in Gänze umhüllt und plötzlich war alles schwarz. Sterne tauchten um ihn herum auf, er schwebte im All, unter sich erkannte er eine rötliche Kugel, die schnell größer wurde. Er stürzte auf sie zu, ruderte unwillkürlich mit den Armen und schrie. Jetzt konnte er erkennen, dass es der Mars war, auf dessen

Oberfläche er zuraste. Bevor er auf der sandigen Oberfläche aufschlug, kniff er die Augen zu.

Sein Puls raste; nach Luft schnappend fand er sich aufrecht sitzend in seinem Bett wieder. Sein Shirt war schweißnass, eine Strähne seines Haares klebte ihm auf der Stirn. Nachdem er realisiert hatte, wo er sich befand, schob er seine Beine aus dem Bett und blieb einen Moment schweratmend auf der Bettkante sitzen.

„Diese verdammten Albträume", fluchte er leise und wischte sich die Haarsträhne aus dem Gesicht. Er blickte zu seinem Wecker auf dem Nachttisch – es war sechs Uhr fünfunddreißig. Es war nicht der erste Traum dieser Art. Seit dem Abbruch des Reaktortests und den folgenden Ereignissen hatte er sich selbst schwere Vorwürfe gemacht, die ihn sogar bis in seine Träume verfolgten. So intensiv und schlimm wie in den letzten drei Nächten waren sie jedoch noch nie gewesen. Sein Geist brauchte Zeit, um das alles zu verarbeiten.

Auch wenn er mit Kathrin kein ganzes Jahr zusammen gewesen war, hatte ihn die Trennung getroffen. Zwar hatte der Schmerz bereits etwas nachgelassen, doch wollte sie nicht aus seinen Gedanken verschwinden. Ein Beziehungsmensch war er noch nie gewesen, vielleicht war dies auch einer der Gründe, warum er die Stille des Alls so liebte. Denn in diesem Punkt hatte Kathrin recht, es ist ein einsamer Ort, an dem er sich wohlfühlte, vielleicht weil er die Schönheit des Kosmos erkannt hatte.

Erst in fünfundzwanzig Minuten würde sein Wecker läuten. Zwar brauchte er ihn nicht, seitdem er beurlaubt war, aber er hatte ihn aus Routine angelassen.

Er schlurfte in die Küche und schenkte sich ein Glas Wasser ein, dann ging er mit dem Glas ins Wohnzimmer und schaltete den Fernseher ein. Schlafen konnte er nun nicht mehr, so viel stand fest.

Zu dieser Zeit lief nur stupides Programm als Lückenfüller oder Filme in der hundertsten Wiederholung. Nach einer Weile des ziellosen Umschaltens blieb er an einer Wissenschaftssendung hängen, die über die aktuellen Sonnenaktivitäten berichtete. Wirklich interessant fand er die Sendung nicht, die von einer der aktivsten Phasen der Sonne seit Beginn der Aufzeichnungen berichtete. Daher beschloss er, sich fertig zu machen und etwas frühstücken zu gehen.

Er parkte seinen Wagen auf dem Parkplatz eines kleinen Diners, der neben dem Highway lag. Rund um die Uhr konnte man hier verschiedene Gerichte bestellen. Lediglich vier Gäste hatten sich auf den Sitzbänken verteilt. Er grüßte die Dame hinter der Theke flüchtig beim Hereinkommen und steuerte einen leeren Tisch am Fenster an. Müde ließ er sich auf eine der roten Lederbänke fallen und studierte dabei die Karte oberhalb der Theke.

Die Kellnerin kam zu ihm mit einer Kanne Kaffee und einer Tasse, die sie auf dem Tisch abstellte.

„Guten Morgen, Kaffee?“, fragte sie und setzte bereits an, ihm einzuschenken.

John nickte und verfolgte, wie die schwarze Flüssigkeit das Porzellangefäß befüllte.

„Was darf ich Ihnen bringen?“, fragte die Frau etwas emotionslos. Vermutlich hatte sie die Nachtschicht und war schon gedanklich im Feierabend, ihm war es egal.

Er bestellte sich Speck, Eier, Toast, Bohnen in Tomatensoße und kleine Würstchen. Sein Magen fühlte sich an, als hätte er vier Tage nichts mehr gegessen.

Die Bedienung verschwand hinter die Theke und gab hörbar die Bestellung an das Küchenpersonal weiter, doch seine Aufmerksamkeit widmete er inzwischen dem von der Decke hängenden Fernseher direkt vor ihm.

Das Symbol des regionalen Nachrichtensenders erschien auf dem Bildschirm, begleitet von der melodischen Intromusik. Das Bild schwenkte auf eine junge, elegante Frau in Bluse und Blazer sowie einen charismatischen Mann in Anzug, die hinter einem Studio-typischen Tisch standen. Freundlich begrüßten die beiden ihre Zuschauer und begannen, über die wichtigsten Vorkommnisse in der Welt zu berichten, während beständig ein Informationsband am unteren Bildschirmrand durchlief.

Nur halbherzig nahm er die Information wahr, dass eines der größten Technikunternehmen der Vereinigten Staaten mehr als eintausend Stellen schaffen wolle durch eine neue Produktionsstätte für Computerchips.

John griff gelangweilt nach seiner Kaffeetasse und trank einen Schluck der belebenden Flüssigkeit, als ein Foto auf dem Bildschirm seinen Blick fesselte. Sein eigenes Bild in seiner Arbeitskleidung vor einem Steuerpult flackerte ihm entgegen. Im Hintergrund konnte man durch die Scheibe die Schutzhülle des Fusionsreaktors sehen. Er erinnerte sich, dass es an dem Tag des Tests aufgenommen wurde. Nüchtern informierte die Nachrichtensprecherin die Zuschauer über den aktuellen Stand zu diesem Projekt.

„Gestern gab die Untersuchungskommission Details zu dem beinahe misslungenen Testlauf des Fusionsreaktors bekannt. Der Physiker John Coel hatte die Leitung über den ersten Test eines kommerziell nutzbaren Fusionsreaktors. Auslöser war demnach ein geplanter Sabotageakt eines Teammitglieds, welches bereits vor dem Testlauf an einer psychischen Erkrankung gelitten haben soll. Nähere Angaben zu den genauen Umständen machte der Pressesprecher der NASA nicht. Als Folge des Vorfalls gibt es personelle Änderungen. Doktor John Coel wird von diesem Projekt abgezogen und durch den renommierten Physiker Doktor Ismael Modi ersetzt."

Neben der Nachrichtensprecherin wurde das Profilbild des neuen wissenschaftlichen Leiters eingeblendet. John kannte ihn, er hatte ihn mal auf einem Symposium kennengelernt.

„Die NASA hat angegeben, dass es wesentliche Verstöße gegen die geltenden Sicherheitsvorschriften gegeben habe, die zu einem Abbruch des ersten Testlaufs geführt haben. Weitere Angaben wurden hierzu nicht veröffentlicht, dennoch hält die Regierung an dieser wegweisenden Technologie fest."

„Einmal Speck mit Eiern und Bohnen mit Würstchen", sagte die Kellnerin, die an seinen Tisch mit zwei dampfenden Tellern kam und diese vor ihm platzierte. Sie blieb einen Moment stehen und beugte sich etwas vor, sodass sie ihm direkt ins Gesicht blicken konnte. „Das waren Sie, nicht wahr?"

„Bitte?", fragte John, der in seine Gedanken versunken war und erst jetzt bemerkte, dass die Kellnerin ihn angesprochen hatte.

„Der Mann im Fernsehen, das waren Sie, oder?"

Er wandte sich seinem Essen zu und griff nach dem Besteck. „Ich fürchte, Sie verwechseln mich", erwiderte er nüchtern und begann, seine Würstchen zu zerteilen. Er hatte wirklich wenig Lust, jetzt hier mit einer Fremden darüber zu sprechen.

„Wie Sie meinen", sagte die Kellnerin etwas schnippisch und ließ ihn allein.

Nachdem er sein Frühstück vollständig verspeist hatte, bezahlte er und verließ das Diner. Am wolkenlosen Himmel waren noch Dutzende Sterne zu sehen, auch wenn es bereits dämmerte. Der größte Teil des Himmels war noch dunkel, als er über den staubigen Parkplatz zu seinem Auto ging. Mechanisch lenkte er den alten amerikanischen Pickup vom Parkplatz, fädelte sich in den Verkehr ein und nahm die Auffahrt zum Highway. Er sollte zwar erst um dreizehn Uhr in Demerons Büro erscheinen, um ihm seine Entscheidung über die *Aquarius*-Mission mitzuteilen, doch wusste er nicht wirklich, was er bis dahin machen sollte.

Kathrin hatte sich nicht ein einziges Mal bei ihm gemeldet und auf seine Anrufe hatte sie ebenfalls nicht geantwortet, geschweige denn zurückgerufen. Als würde sie nicht existieren. Für einen Moment hatte er an diesem frühen Morgen daran gedacht, bei ihrem Apartment vorbeizufahren.

Schlussendlich hatte er diesen Gedanken jedoch schnell verworfen, als er endgültig zu dem Entschluss gekommen war, dass eine Beziehung keinen Sinn machen würde, vor allem, weil er sich ebenfalls dazu entschieden hatte, die Mission anzunehmen.

Aus dem Radio dröhnte die Melodie eines alten Rocksongs, als er sich nur wenige Meter hinter der Auffahrt auf der rechten Spur in den Stau einfädelte. Durch eine Baustelle auf der rechten Seite wurden die drei Spuren zu einer verjüngt.

Er öffnete die Ablage der Mittelkonsole und holte eine Packung Pfefferminzbonbons heraus, aus der er eines fischte und in seinem Mund verschwinden ließ, um die

Packung anschließend wieder zu verstauen. Dann ließ er das Fenster herunter, um die klare, noch angenehm kühle Luft hereinzulassen. Die Klimaanlage war bereits seit drei Jahren defekt. Er hatte sie nie reparieren lassen, eigentlich wartete er nur darauf, dass dieser Oldtimer den Geist aufgab, doch er lief und lief, und das bereits seit knapp dreihunderttausend Kilometern zuverlässig.

Die prägnanten Gitarrenriffs verfehlten ihre Wirkung nicht, denn er drehte die Lautstärke hoch und trommelte mit dem Finger zum Takt der Musik auf dem Lenkrad. Er hörte das Knattern des schweren Motorrads erst, als es unmittelbar an seinem offenen Fenster zwischen den beiden Autoreihen links von ihm vorbeifuhr. Für einen Moment blickte er dem dicklichen, in Lederkluft gekleideten Mann auf seinem Chopper nach, der sich zwar nur langsam vorarbeiten konnte, aber wenigstens vorankam. Hinter ihm waren bereits weitere Dutzende Autos zum Stehen gekommen, aus irgendeinem Grund ging es nicht voran.

Normalerweise dauerte es zwar, bis sich alle auf den Reißverschlussverkehr eingestellt hatten, aber gerade ging gar nichts. Er richtete sich in seinem Sitz auf und versuchte, an den vorderen Autos und LKWs vorbeizublicken, in der Hoffnung, irgendetwas zu sehen. Erkennen konnte er den oberen Ausleger eines Baggers, von dessen Schaufel ein Betonrohr an einer Stahlkette baumelte.

Genau zur falschen Zeit am falschen Ort, dachte er und ließ sich zurück in seinen Sitz sinken. Er strich sich durch die Haare, als plötzlich die Musik nur noch stotternd aus dem Radio drang. Ein tiefer Seufzer entfuhr ihm. *Jetzt lass du mich nicht auch noch im Stich*. Er drehte an dem Regler und versuchte, eine bessere Frequenz zu finden.

Unvermittelt fing der Motor ebenfalls an zu stottern und verstummte mit einem letzten, lauten Knattern. „Verdammte Scheiße, was ist denn hier los, ausgerechnet jetzt willst du mich im Stich lassen?", fluchte er und griff zum Zündschloss. „Na komm schon", versuchte er, seinen Truck zu ermuntern, den Motor zu starten. Es war vergebens, der Motor wollte einfach nicht anspringen. „Verdammt, ausgerechnet heute muss das passieren, war ich nicht immer gut zu dir?", fragte er beinahe verzweifelt sein Auto, auch wenn er selbstverständlich keine Antwort darauf erwartete.

Resigniert griff er nach seinem Mobiltelefon, das auf dem Beifahrersitz lag. Bevor er sich überlegen wollte, wie er das tonnenschwere Gefährt auf den Standstreifen bekam, wollte er den Pannenservice rufen. Ein prüfender Blick verriet ihm, dass sich an der Verkehrssituation noch nichts geändert hatte, auch wenn er den Ausleger des Baggers nicht mehr sehen konnte. Vielleicht war er nicht mehr in seinem Sichtfeld, das durch das Heck eines Lastwagens stark beeinträchtigt wurde.

Er konzentrierte sich auf sein Handy und tippte auf das Display. Egal, wie oft oder intensiv er den Bildschirm antippte, es blieb schwarz. „Verdammt noch mal, du jetzt auch?" Hilflos kratzte er sich an der Nase. „Aufgeladen hab ich dich doch?!", murmelte er kopfschüttelnd. „Ich bin mir sicher, dass ich dich aufgeladen habe." Er warf das Telefon achtlos auf den Beifahrersitz.

Erst jetzt war ihm aufgefallen, dass inzwischen einige Fahrzeughalter aus ihren Autos ausgestiegen waren und sich umsahen. Er öffnete die Tür und trat auf die Fahrbahn. Irritiert bemerkte er, dass kein anderes Auto mehr lief, selbst auf der Gegenfahrbahn waren vereinzelt Fahrzeuge liegengeblieben, etwas weiter hinter sich sah er Rauch aufsteigen. Er ging zwischen den Fahrzeugen zur mittleren Begrenzung, wobei er Gesprächsfetzen verwirrter Menschen, die ebenfalls nach der Ursache des plötzlichen Versagens ihrer Autos suchten, aufschnappte.

Er konnte sehen, dass in der entgegengesetzten Richtung einige Autos ineinander gefahren waren. Die Insassen waren bereits aus ihren Fahrzeugen gestiegen, entweder allein oder mit Hilfe anderer. „Was ist hier verdammt noch mal los?“, fragte er sich erneut.

Ein Gedanke schoss ihm als einzig mögliche Erklärung durch den Kopf, warum die Autos und auch sein Handy plötzlich nicht mehr funktionierten. Es musste einen elektromagnetischen Impuls gegeben haben, aber woher? Gab es einen Angriff mit einer nuklearen Waffe? Aber von wem und wieso, in den letzten Jahren gab es keine bedrohlichen Situationen oder Spannungen zwischen den Atommächten der Erde. Wer also sollte ohne Grund eine Atomwaffe zünden? War es vielleicht ein Terroranschlag?

In der Ferne konnte er bereits die weißen Gebäude des Lyndon B. Johnson Space Centers erkennen. Ihm blieb für einen Moment die Luft weg, als sein Blick auf die Halle des Fusionsreaktors fiel. Gab es einen weiteren Testlauf, der dieses Mal wirklich schiefgegangen war? Ungläubig schüttelte er den Kopf. Das konnte nicht sein, ihm fiel keine glaubhafte Erklärung ein, wie es zu einem EMP-Impuls von dem Fusionsreaktor hätte kommen können.

„Mama, sieh mal, die Lichter da oben“, hörte er die Stimme eines Jungen ungefähr einen Meter neben sich. Er schenkte ihm einen Wimpernschlag seiner Aufmerksamkeit und sah, dass der Junge zum Himmel zeigte.

Eine Aurora Borealis!, stellte er in Gedanken fest. John war im ersten Moment gefesselt von dem Schauspiel, als er die grünlichen bis rötlichen Lichtbänder erblickte, die sich am nordwestlichen Horizont entlangzogen.

„Wie kann das sein, hier in Texas?", fragte die Mutter des Jungen ihren Mann.

John hatte dafür nur eine Erklärung, das konnte nur ein Phänomen auslösen. Er erinnerte sich an die Wissenschaftssendung, die von einer äußerst aktiven Phase der Sonne berichtet hatte. Die Erde musste zu dieser Zeit von einem sehr starken Sonnensturm getroffen werden, der so intensiv sein musste, dass selbst so nah am Äquator eine Aurora erzeugt wurde.

„Ist das gefährlich?", hörte er die Frau fragen.

„Papa, werden wir sterben?"

Der Mann lächelte und hockte sich neben seinen Sohn. „Nein, das werden wir nicht, niemand muss sterben."

„Sollten wir nicht irgendwo hingehen, wo wir sicher sind? Ich meine, gibt es da nicht irgendwelche Strahlung?"

John ging auf die drei zu, die unweit von ihm neben einem dunkelblauen SUV standen.

„Bitte entschuldigen Sie, ich habe zufällig ihr Gespräch mitbekommen. Ich bin John und Physiker bei der NASA."

„Sie sind bei der NASA?", fragte der Mann überrascht.

„Sind Sie hier wegen dem, was da passiert? Können Sie uns sagen, was hier los ist? Unser Auto will nicht mehr anspringen und unsere Mobiltelefone sind ebenfalls tot."

John blickte die Frau an, die ihn abwartend anschaute. Er schenkte ihr ein warmes Lächeln. „Nein, ich bin nicht wegen der *Aurora* hier, mich hat der Sonnensturm ebenso wie Sie in meinem Auto überrascht. Ich wollte Ihnen nur sagen, dass Sie sich keine Sorgen machen müssen. Bei einem solchen Phänomen entsteht keinerlei Strahlung, die Ihnen oder Ihrem Sohn gefährlich werden kann."

„Wieso funktioniert unser Auto dann nicht mehr."

„Ich habe mal was von Magnetwellen gelesen, die dabei entstehen und die Technik der Erde stören können", erklärte der Vater.

„Bist du ein Astronaut?", fragte der Junge an John gerichtet.

Der Mann nahm seinen Sohn auf den Arm. „Brian, nicht jeder, der bei der NASA arbeitet, ist direkt ein Astronaut."

John grinste. „In dem Fall hat Brian recht, ich bin ein Astronaut. Ihr Auto funktioniert nicht mehr, da es offenbar einen Koronalen Massenauswurf der Sonne gegeben hat und die Teilchen gerade das Erdmagnetfeld getroffen haben, dadurch werden elektrisch geladene Teilchen produziert, die die Elektronik und andere technische Einheiten der Infrastruktur stören können."

„Was für ein Auswurf?", fragte Brian.

„Es gab einen Sonnensturm, ähnlich einer Fontäne eines Wals, wenn er Luft durch sein Atemloch auslässt und dabei Wasser in die Luft schießt. Nur, dass hier das Wasser geladene Teilchen der Sonne sind, die auf die Erde zurasen."

„Ich mag Wale, die sind lustig."

John lächelte Brian an.

„Müssen wir uns wirklich keine Sorgen machen?"

„Nein, Ma'am, zwar kann so eine Störung des Magnetfeldes mehrere Stunden dauern, aber für uns besteht keine lebensbedrohende Gefahr. Das Kommunikationsnetz und die Technik sind gestört, aber das wird repariert. Mit etwas Glück könnte Ihr Auto bald wieder anspringen, sofern die Bordelektronik nicht durchgeschmort ist."

„Warst du auf dem Mars?“

Brians Frage bohrte sich wie ein Pfeil in sein Herz. Er schüttelte langsam den Kopf. „Nein, aber ich war auf dem Mond.“

„Ich habe im Fernsehen gesehen, als die Astronautin Willis auf dem Mars gelandet ist. Ich durfte die ganze Nacht aufbleiben.“

John lächelte gequält, jetzt bereute er es, die Familie angesprochen zu haben. Er war damals ebenfalls für die Mission in Betracht gezogen worden. Allerdings hatte er es nicht in die entscheidende Runde geschafft, da er damals noch recht frisch bei der NASA war und es Astronauten mit weitaus mehr Erfahrung gab.

„Sie hieß Williams“, korrigierte Brians Vater.

Plötzlich schien die Frau ihn aufmerksam zu mustern. „Sind Sie nicht der Physiker, der heute Morgen in den Nachrichten gewesen ist?“

Dies war der Zeitpunkt, nun endlich von hier zu verschwinden. „Das habe ich heute schon mehrmals gehört, ich fürchte, ich habe ein Allerweltsgesicht“, versuchte er, sich der Situation zu entziehen.

„Doch, ich habe Ihr Foto gesehen. Sie sind dieser Physiker, der dafür verantwortlich war, dass dieser Reaktor beinah hochgegangen ist.“ Die Freundlichkeit war aus ihrer Stimme gewichen, die nun gereizt und eine Spur wütend klang.

„Schatz, jetzt lass den Mann, er hat gesagt, er ist es nicht“, wandte er sich John zu. „Bitte entschuldigen Sie, meine Frau sieht zu viel Fernsehen.“

„Hör auf damit, ich habe dir schon öfter gesagt, du sollst mich nicht bevormunden. Ich will doch nur wissen, ob er es ist, der beinah dafür gesorgt hätte, dass unser Brian in Gefahr war."

John hob abwehrend die Hände. „Es tut mir leid, aber Sie irren sich wirklich. Ich muss jetzt los, viel Glück Ihnen." John drehte sich um und peilte eilig das Heck des Geländewagens an. Auf eine solche Konfrontation hatte er wirklich keine Lust, sein Leben verlief gerade schon beschissen genug.

Beim Weggehen hörte er, wie die beiden sich stritten, ihm war es egal, denn er konnte nichts für ihre Eheprobleme. Gehetzt rannte er zu seinem Auto, öffnete die Fahrertür, stellte den Gang auf N und begann, zu schieben. Doch der Wagen bewegte sich nicht. Erst mit der Hilfe eines jungen Mannes, dessen Elektrosportwagen hinter ihm liegengeblieben war, schaffte er es, den schweren Truck in Richtung des Seitenstreifens zu schieben. Mit einem gekonnten Sprung hüpfte er auf den Fahrersitz und zog die Handbremse, als der Wagen vollends von der Fahrbahn gerollt war. Er stellte den Gang auf P, zog den Schlüssel aus dem Zündschloss und griff sich sein Handy, seinen Ausweis und seine Brieftasche vom Beifahrersitz. Obwohl er das Fenster nicht mehr schließen konnte, verriegelte er die Tür, nachdem er ausgestiegen war, auch wenn dieser Schritt geradezu lächerlich wirkte.

Das war jetzt Nebensache, er musste zum Space Center und herausfinden, wie schlimm es wirklich war. Im schlimmsten Fall konnte es sogar zu einem landesweiten Stromausfall und dem Zusammenbruch der Kommunikation gekommen sein. Das würde das pure Chaos nach sich ziehen, was in Plünderungen und Vandalismus enden konnte. In gewisser Weise spielte ihm dieses Phänomen in die Karten, seine Hoffnung war es, dass die Nachrichten in den kommenden Tagen nicht mehr von dem Reaktortest berichten würden. Vielleicht würden die Leute ihn dann bald vergessen und ihn nicht mehr auf der Straße belästigen.

Er setzte sich in Bewegung, lief an der Baustelle vorbei, wo ebenfalls alle Maschinen ruhten, und rannte zur Ausfahrt zwei Kilometer von seinem Auto entfernt. Die Abfahrt brachte ihn auf die Zufahrtsstraße zum Space Center. Er schwitzte und spürte, wie ihm Schweißtropfen die Schläfen hinunterliefen. In diesem Moment machte sich sein Fitnesstraining, welches er von der NASA verschrieben bekommen hatte, bemerkbar.

Zwar verschwitzt, aber kaum außer Atem, erreichte er die Pforte des Geländes. Auf seinem Weg hatte er mehrere liegengebliebene Autos passiert, auch neben dem kleinen weißen Haus vor der Schranke stand ein dunkelgrüner europäischer Wagen.

Noah, der Wachmann, empfing ihn, der seinen Ausweis, nicht sehen wollte.

„Guten Morgen, John, den Ausweis kannst du stecken lassen. Mein Lesegerät funktioniert eh nicht. Hier, trag dich in die Liste ein und unterschreib bitte."

„Klar", erwiderte er und nahm das Klemmbrett samt Kugelschreiber entgegen. „Wie läuft es?", fragte er beiläufig, während er seinen Namen in die entsprechende Zeile eintrug.

Noah lachte. „Wie soll es schon laufen, seit gut einer dreiviertel Stunde ist hier der Strom weg."

John gab ihm das Klemmbrett zurück.

„Gut möglich, dass drinnen die Notstromaggregate laufen, hier draußen bekomme ich ja nichts mit."

John nickte. „Gut, ich werde mal sehen, ob es was Neues gibt."

„Mach das", sagte Noah und hob zum Abschied grüßend die Hand.

John lief weiter. Die Sonne war bereits über den Horizont gestiegen und hatte die Lichter der Aurora verschwinden lassen, auch wenn John wusste, dass sie noch da waren. Sein Ziel war der Missions-Kontrollraum, dort liefen alle Daten zusammen und er würde am ehesten Informationen erhalten.

Er musste zu Gebäude dreißig, was auf der anderen Seite lag. Mit dem Auto hätte er um das Gelände fahren und direkt vor dem Christopher C. Kraft Jr. Mission Control Center parken können. Zu Fuß war er schneller, wenn er die Wege zwischen den verschiedenen Bauten nahm und den Erholungspark in der Mitte der Anlage durchquerte. Das Gelände wirkte wie ausgestorben, als wäre es verlassen.

An dem kleinen Teich des Parks blieb er kurz stehen und blickte sich um. Er konnte das hohe weiße Gebäude bereits erkennen, in dem sich die Kontrollräume befanden, in denen alle denkwürdigen Missionen der NASA überwacht worden waren, abgesehen der in den Sechzigern durchgeführten Missionen *Mercury* und *Gemini* eins bis drei, die von Cape Canaveral in Florida überwacht worden waren.

Während er weiterlief, spürte er plötzlich den enormen Drang nach Wasser — kein Wunder, er hatte inzwischen sein ganzes Hemd durchgeschwitzt. Erst vor dem Gebäude traf er auf eine kleine Gruppe von Männern und Frauen, die sich, während sie Zigaretten rauchten, aufgeregt unterhielten. Er grüßte sie flüchtig und betrat das eigens für die Deep-Space-Missionen neu angebaute Nebengebäude.

In der Eingangshalle erblickte er Misha Jenkins und Derek Butler, zwei seiner Astronauten-Kollegen und Crewmitglieder der kommenden *Hyperion*-Mission.

„John, was machst du denn hier?", fragte Misha ihn, als er auf sie zukam.

Derek reichte ihm die Hand. „Bist du nicht suspendiert worden?"

„Was glaubt ihr denn?"

Misha schüttelte ihm ebenfalls die Hand. „Hier herrscht das absolute Chaos."

„Was wissen wir schon?"

„Nicht viel", erklärte Derek. „Wir haben keine Verbindung zu anderen Einrichtungen oder Satelliten. Auch die Kommunikation zur Mondbasis ist ausgefallen."

„Das war zu erwarten. Ich war gerade auf dem Highway, als mein Pickup verreckt ist. Auch mein Telefon ist tot, ich denke, dieses Mal wurde die Erde von einem wirklich massiven Sonnensturm getroffen."

„Das ist anzunehmen, das Stromnetz ist kollabiert", gab Misha zurück. „Zwar laufen die Notstromaggregate, aber wir bekommen keine Verbindung zur Außenwelt."

„Das lässt auf einen landesweiten Zusammenbruch des Stromnetzes schließen. Wer ist im Kontrollraum?"

Er blickte die Afroamerikanerin einen Augenblick wartend an. „Ist auch egal, ich muss dorthin, kommt ihr mit?"

„Nicht jetzt, wir warten noch auf Glenn."

John verzog das Gesicht und nickte Derek zu. „Dann verschwinde ich jetzt besser."

Misha griff nach seinem Arm, als er an ihr vorbei wollte. „Hey, John."

Ihre Blicke trafen sich. „Tut mir wirklich leid, dass sie dich nicht als Kommandanten ausgewählt haben. Wir wären wirklich gern mit dir auf die Mission gegangen."

John nickte ihr dankbar zu. „Das weiß ich, Glenn ist ein guter Astronaut. Ich denke, das habe ich mir selbst zuzuschreiben." Mit diesen Worten ließ er sie stehen und eilte weiter zum Kontrollraum.

Bevor er den White Flight Control Room erreichte, traf er auf Demeron, der gerade den Flur entlangkam.

„John, was suchen Sie denn schon hier?"

„Warum fragt mich das jeder? Liegt das nicht auf der Hand?", gab er eine Spur genervt zurück und blieb vor ihm stehen.

Demeron schüttelte ihm die Hand. „Jaja, schon gut, dennoch, was wollen Sie hier? Gehen Sie nach Hause. Sie können hier nichts tun."

„Eigentlich bin ich hergekommen, um Ihnen meine Entscheidung mitzuteilen, dass ich die *Aquarius*-Mission annehme. Doch jetzt will ich helfen."

Demeron lächelte gequält. „Oh, das freut mich, dass Sie die Mission großzügigerweise annehmen, aber um ehrlich zu sein, werden wir sehen müssen, ob diese und auch die *Hyperion* planmäßig oder überhaupt in naher Zukunft starten werden."

„Was meinen Sie damit?"

„Was denken Sie denn? Bevor wir nicht das gesamte Ausmaß des Schadens bemessen können, liegt hier alles auf Eis."

Demeron ließ ihn ohne ein weiteres Wort stehen und eilte den Flur entlang. John setzte sich ebenfalls in die entgegengesetzte Richtung in Gang.

Er betrat den Kontrollraum und unmittelbar nach dem Öffnen der schweren Stahltür drang ihm ein heilloses Durcheinander aus Stimmen entgegen. Er fand den Flight Director am hinteren Ende des Raumes, auf den er zueilte. Wenn jemand etwas wusste, dann er.

„John, was machen Sie denn hier?"

John schenkte ihm ein müdes Lächeln. *Wenn ich doch nur einen Penny bekommen würde bei dieser Frage.* „Informationen sammeln und vielleicht kann ich helfen."

Edward McNiell, der Flight Director der *Hyperion*-Mission und der späteren *Aquarius*-Mission blickte ihn durchdringend an und schüttelte den Kopf. „Solange das staatliche Stromnetzwerk nicht wieder vollständig einsatzbereit ist ...", unterbrach er seufzend. „Na schön, wenn Sie schon einmal hier sind, machen Sie sich nützlich. Hier kann ich Sie allerdings nicht brauchen, Sie sehen ja, was hier los ist."

„Michael Demeron hat mir gesagt, dass die *Hyperion*- und *Aquarius*-Mission auf Eis liegen."

McNiell nickte. „Das ist richtig, wir haben bereits teilweise die Kommunikation zum Gateway und der Mondbasis Euler One herstellen können. Dort scheint alles so weit in Ordnung zu sein. Allerdings wurden einige Satelliten von dem Sturm gestört. Die beiden Kommunikationssatelliten zwischen Mars und Erde sowie Mars und Saturn scheinen einsatzbereit zu sein."

John ließ seinen Blick über die auf einer Ebene gebauten Konsolen des Kontrollraumes schweifen. Einige Bildschirme zeigten Datensätze an. Beinah an jeder Konsole arbeiteten mindestens zwei Personen. Die breite Bildschirmwand an der gegenüberliegenden Seite des Raumes zeigte nur vereinzelt kleine Datenfenster an. Zwei Felder zeigten

Bootloader an, was ein gutes Zeichen war, wie John fand. Das bedeutete, mehr und mehr Systeme funktionierten wieder beziehungsweise erhielten Daten von anderen weltweiten Einrichtungen.

„Was soll das heißen?“ McNiell drehte sich weg, während er offensichtlich Anweisungen per Funk empfing. „Das ist ein Scherz, oder?“ – „Ja, verstanden, wir bereiten alles vor.“

John beobachtete den breitschultrigen, leicht ergrauten Mann, dessen weißes Hemd deutliche Schweißflecken aufwies.

„Hört mal alle her“, rief er mit voller Stimme und klatschte zweimal in die Hände. Die Kakofonie aus Stimmen ebbte ab und alle Anwesenden fixierten McNiell. „Nun, ich weiß, Sie alle geben Ihr Bestes und sind bereits mit Dutzenden Aufgaben betraut. Das Management hat soeben beschlossen, dass wir für die nächste Zeit der primäre Kontrollraum werden und auch die Systeme des Gateway beaufsichtigen. Die neuen Konsolen der *Hyperion*- und *Aquarius*-Mission sind so gut wie einsatzbereit und ich möchte, dass die entsprechenden Teams sie so schnell wie möglich mit den Daten füttern, die Sie von mir erhalten werden.“

Ein kollektives Raunen ging durch den Raum. „Ich weiß, es ist viel Arbeit, aber wir erhalten Unterstützung von den anderen Teams der Kontrollräume. Flight Kontrollraum One ist zurzeit nicht funktionsbereit, dort hat eine Spannungsspitze mehrere Konsolen lahmgelegt. Die Techniker sind bereits dran. Dies ist eine Ausnahmesituation. Also an die Arbeit, vergesst nicht, dass dort oben noch Hunderte Menschen sind, die auf uns angewiesen sind.“

Nicht mal einen Atemzug dauerte es, bis der Geräuschpegel des vorherigen Niveaus erneut erreicht war.

John sah bereits Demeron, der gerade durch die seitliche Stahltür den Raum betrat, sich einen Weg durch die arbeitende Menge bahnte und zielstrebig auf McNiell zusteuerte. Demeron war nicht nur Johns Vorgesetzter, sondern auch McNiells.

Das Leuchten

(3 Tage später, Johns Apartment, Houston, Texas)

Gähnend streckte er sich, die letzten beiden Tage waren für ihn relativ ereignislos gewesen. Der Sturm hatte vor achtundvierzig Stunden nachgelassen, bereits auf dem Rückweg vom Space Center konnte er sein Auto wieder starten und es nach Hause fahren wie viele andere, die auf dem Highway liegengeblieben waren. Seitdem war er auch nicht mehr bei der NASA gewesen, auch wenn er es gern getan hätte. Demeron hatte ihn aufgefordert, zuhause zu bleiben und auf einen Anruf von ihm zu warten.

John zog sich seine Laufsachen an und verließ sein Schlafzimmer. Im Flur hing neben seiner Eingangstür das Erdaufgangsbild, welches der *Apollo*-8-Astronaut Bill Anders geschossen hatte. Er hielt einen Moment inne, als er die Erde über dem Horizont des Mondes betrachtete.

Damals war es der größte Wunsch der Menschheit gewesen, einen Menschen auf den Mond zu bekommen. Heute forschten die Menschen nicht nur dort, sondern arbeiteten an zwei Raumschiffen im Mondorbit.

Etwas wehmütig wandte er sich ab und zog sich seine Schuhe an. Die *Aquarius*-Mission würde gut für ihn sein und vielleicht die einzige und letzte Chance, einen fremden Planeten zu erreichen. Zwar nicht als Erster, denn auf dem Mars gab es ebenfalls eine kleine Kolonie von Wissenschaftlern, aber immerhin kam dort nicht jeder hin.

Als er sich aufrichtete, betrachtete er sich im Spiegel. Er versuchte, seine in alle Richtungen abstehenden schwarzen Haare irgendwie zu bändigen. Als er merkte, dass es keinen

Sinn hatte, rieb er sich über die Bartstoppeln; seit drei Tagen hatte er sich nicht mehr rasiert. Sein Zeigefinger verharrte einen Herzschlag lang auf der Narbe an seinem Kinn, dann griff er sich den Schlüssel und zog die Haustür hinter sich zu.

Die Sonne hatte es gerade geschafft, den Horizont zu streifen, und er konnte noch Sterne am Himmel sehen. Es waren Tausende, so viele wie in den letzten beiden Nächten hatte er noch nie am Himmel über Houston sehen können. Was einzig daran lag, dass die Straßenlaternen und die meisten anderen Lichtquellen noch nicht wieder eingeschaltet werden konnten. Der Präsident hatte zum Stromsparen aufgerufen, um das labile Stromnetz nicht zusätzlich zu belasten.

Ihm war es egal, er genoss die morgendliche Stille, und die Tiere schienen es ebenfalls hörbar zu genießen. Einzig wegen der Raubtiere wie Puma, Luchs oder Kojoten musste er in der Dämmerung vorsichtig sein, daher lief er in der Mitte der Straße, die wie ausgestorben wirkte.

Er nutzte die Zeit, um seine Gedanken zu sortieren, die Erlebnisse der letzten Tage zu verarbeiten, doch konnte er einfach die *Hyperion*-Mission nicht aus seinen Gedanken verbannen. Glenn hatte seinen Platz eingenommen und würde zum Titan fliegen, die Ringe des Saturn aus nächster Nähe sehen und, wenn alles nach Plan lief, als erster Mensch den Saturnmond betreten. Ungläubig schüttelte er den Kopf und schnaufte verachtend. „Wieso zur Hölle muss es Glenn sein", fluchte er murmelnd.

Vielleicht machte es ihm dieser Umstand so schwer, sich mit der Tatsache abzufinden, dass nicht er der Kommandant der Mission wurde.

Mit Kathrin konnte er da deutlich besser abschließen, vielleicht weil er sich selbst ihr gegenüber nie wirklich richtig öffnen konnte. Was vermutlich Kathrin dazu veranlasst hatte, ihren Entschluss zu fassen.

Die restliche Strecke versuchte er, sich auf andere Dinge zu konzentrieren: seine Atmung, seine Geschwindigkeit und das Studieren der Umgebung. In wenigen Fenstern konnte er bereits das flackernde Licht eingeschalteter Fernseher erkennen. Seit gestern hatten einige Sender wieder ihren Betrieb aufnehmen können.

Als er zu Hause ankam, setzte er sich Kaffee auf und ging unter die Dusche.

Im Bademantel nahm er sich eine Tasse Kaffee, griff sich eine Scheibe Weißbrot und setzte sich aufs Sofa. Er schaltete die Nachrichten ein. Der Nachrichtensprecher berichtete gerade von den Reparaturen am Stromnetz und den Folgen nach dem Solarsturm. Er erhöhte die Lautstärke des Fernsehers und biss in sein Brot.

„Die Reparaturen an Transformatoren und Umspannwerken im ganzen Land laufen weiter auf Hochtouren, so der Sprecher von RedBlue Energie. Der Innenminister, Howard Hook, bestätigte, dass die Schäden am Energienetz nicht so gravierend seien, wie zuvor angenommen. Bereits weite Teile des Landes werden wieder mit ausreichend Strom versorgt. In abgeschiedenen ländlichen Gegenden kann es hingegen noch etwas länger dauern, da die zur Verfügung stehenden Transformatoren zuerst in den Ballungsgebieten ersetzt und weitere geordert werden müssen.

Ein Sprecher der NASA hat am gestrigen Abend mitgeteilt, dass mehrere Satelliten mit verschiedenen Funktionen noch beeinträchtigt sind und repariert werden müssen, unter anderem auch Kommunikationssatelliten. Allerdings sollte das Mobilfunknetz größtenteils funktionsfähig sein. Jedoch könnte es bei Navigationsgeräten zu Störungen kommen. Zudem teilte er mit, dass die Besatzung der Gateway-Station im Mondorbit unversehrt ist und ebenfalls die Mondbasis keinen Schaden erlitten hat. Er gab zudem bekannt, dass die beiden Missionen, *Hyperion* und *Aquarius*, planmäßig starten können."

„Yes", rief John und sprang so enthusiastisch auf, dass er beinah seinen Kaffee verschüttet hätte.

„Die beiden Raumschiffe werden zurzeit im Raumhafen der Lop-G, wie die Gateway-Station auch genannt wird, zusammengebaut. Die Station hat sich während des Sonnensturms glücklicherweise im Mondschatten befunden, sodass die Missionen nicht gefährdet wurden.

Das war es von mir und nun folgt das Wetter ..."

John schenkte dem Fernseher keine Aufmerksamkeit mehr. „Auch ich darf mal Glück haben, verdammt noch mal", rief er und grinste.

In diesem Augenblick durchdrang ihn ein tiefes Glücksgefühl darüber, dass er überhaupt noch in den Weltraum fliegen konnte. Der Mars. Als er an den Planeten dachte, kribbelte es in seiner Magenregion. Auch wenn dort bereits Menschen waren, war es nun doch ein fremder Planet, zu dem er reisen und je nach Planung sogar auf ihm landen würde.

Das Klingeln des Mobiltelefons holte ihn zurück in die Realität. Er eilte zum Küchentisch, auf dem das hauchdünne, nur aus einer Glasscheibe bestehende Telefon lag. Am unteren Ende war die Technik in einem kleinen schwarzen Balken gebündelt. Das Handy entsperrte sich automatisch mittels Face-ID. Auf dem Bildschirm stand: Anruf Michael Demeron. Er musste sich das Telefon nur ans Ohr halten, um das Gespräch anzunehmen.

„Mister Demeron, gibt es etwas Neues?“ – „Ja, ich habe es eben in den Nachrichten gehört.“ – „Klar, ich mache mich direkt auf den Weg.“

Das Gespräch wurde automatisch beendet, als er das Telefon auf die Tischplatte ablegte. Er trank den bereits lauwarm gewordenen letzten Schluck aus seiner Kaffeetasse, ehe er in sein Schlafzimmer ging und sich fertig machte.

Der Verkehr auf den Straßen hatte noch nicht das Ausmaß angenommen wie vor dem Sonnensturm, da, wie im Radio bereits mehrfach berichtet wurde, viele der voll autonomen Fahrzeuge neue Computerchips brauchten und diese waren zu diesen Zeiten sehr gefragt. Ihn störte es nicht, er hielt seinen Pick-up so gut es ging in Schuss, wenn dieser eines Tages den Geist aufgab, würde er sich zwangsläufig ebenfalls eines dieser neuen Modelle ohne den klassischen Verbrennermotor zulegen müssen.

Er parkte den weiß-braunen Geländewagen vor dem Mission-Control-Gebäude und betrat die Eingangshalle. In der Empfangshalle grüßte er Frank, den Sicherheitsmann, hinter der Empfangstheke und eilte die Korridore entlang zu Demerons Büro. Er klopfte und sofort hörte er dessen Stimme. „Ja?“

John trat ein und schloss die Tür hinter sich.

Demeron blickte von seinem Computer zu ihm und deutete mit dem Kopf auf den Stuhl vor seinem Schreibtisch. „Gut, John, nehmen Sie Platz.“

John kam der Aufforderung nach und setzte sich.

„Sie können sich bestimmt schon denken, was ich mit Ihnen besprechen will."

„Ich nehme an, Sie wollen mit mir über die *Aquarius*-Mission sprechen?"

Demeron nickte zustimmend. „Die letzten Tage waren sehr turbulent und Sie haben bestimmt den Nachrichten bereits entnommen, dass beide Missionen planmäßig stattfinden werden."

John lächelte.

Demeron reichte ihm ein Datenpad, das nicht mehr als eine Glasscheibe war. „Dies ist Ihr Marschbefehl, lesen Sie Ihn sich ..."

Während Demeron sprach, griff John nach dem zum Pad gehörenden Stift und unterschrieb den Vertrag, der dem Marschbefehl angehängt war.

Demeron, nahm das Pad entgegen und nickte zufrieden. „Wie ich sehe, haben Sie die Zeit genutzt, um sich selbst klarzumachen, dass dies hier Ihre letzte Chance ist." Demeron stand auf, ging um den Schreibtisch herum und setzte sich auf die Ecke der Arbeitsplatte. „Ich hoffe, Ihnen ist wirklich klar, dass Sie sich keinen Fehltritt mehr leisten sollten, dann kann auch ich Sie nicht mehr schützen. Dann sind Sie raus und ich meine wirklich raus, nicht mal mehr der Mond stünde zur Debatte. Ich denke, ich habe mich verständlich ausgedrückt."

„Klar", erwiderte John zähneknirschend. Langsam nervten ihn die Moralpredigten, er hatte es verstanden. Alle behandelten ihn wie einen Aussätzigen, als hätte er dem Präsidenten den geliebten Hundewelpen in aller Öffentlichkeit gestohlen.

„Gut, Ihre Suspendierung ist nun aufgehoben und Sie sind wieder vollwertiges Mitglied der NASA. Eine Kopie des

Einsatzbefehls und des Vertrages wird Ihnen digital zugesandt."

„Gibt es neue Informationen bezüglich der Sonneneruption?"

Demeron erhob sich, ging zurück zu seinem Stuhl und setzte sich. Er seufzte und stützte sich mit den Armen auf die Arbeitsplatte. „Wollen Sie jetzt darüber reden oder über Ihre Mission?"

„Mich interessiert nur, ob es schon neue Berichte über das Ausmaß und die Folgen gibt."

Kopfschüttelnd mahnte Demeron ihn mit dem Finger. „Das ist Ihr Problem, John. Genau das! Sie kümmern sich nicht um das, was für Sie von Interesse sein sollte. Das hat Sie damals das Projekt HighStars gekostet und letztendlich auch zu der Fahrlässigkeit bei dem Reaktortest geführt." Demeron lehnte sich zurück und faltete die Hände über dem Bauch.

John spannte unbewusst die Kiefermuskulatur an, während er die kleinen blauen Augen seines Vorgesetzten fixierte.

„Sie sollten nicht sauer auf mich sein, Sie wissen, dass ich Ihre Personalakte kenne, auch warum Sie die Air Force verlassen haben, aber letztendlich ist es egal." Demeron sprang auf. „Verdammt noch mal, John, Sie sind einer der fähigsten Astronauten der NASA, wenn nicht sogar der Beste, den wir jemals hatten, wenn Sie sich endlich vollkommen auf das konzentrieren, was für Sie wirklich von Interesse sein sollte."

Das Klingeln des Telefons unterbrach Demeron abrupt. Er klopfte sich gegen das rechte Ohr, wo, wie John wusste, ein kleiner Kopfhörer eingesetzt war.

„Demeron hier." – „Cliff, jetzt noch mal ganz langsam, was ist passiert?"

John beobachtete Demeron, dessen Gesicht schlagartig zu einer unbewegten Maske wurde.

„Bitte was ist passiert? Ein Leuchten?" – „Ich bin auf dem Weg." Er tippte sich erneut gegen das Ohr.

John bemerkte, dass sein Vorgesetzter mit einem Mal ziemlich nervös wirkte. „Ist was passiert, gibt es eine weitere Sonneneruption?", fragte er neugierig.

Demeron antwortete nicht und ging stattdessen zur Tür.

John folgte ihm etwas unwillig durch die offene Tür. „Was ist denn los?", fragte John erneut und beeilte sich, um zu Demeron aufzuschließen.

„Kommen Sie einfach mit, das wird auch Sie interessieren", erwiderte Demeron tonlos und eilte im Laufschritt die Flure entlang, nahm die Treppe, durchquerte den Eingangsbereich des Gebäudes und betrat, dicht von John gefolgt, durch eine Stahltür das angrenzende Gebäude, in dem sich die Kontrollräume befanden.

John spürte, dass auch er nun zunehmend angespannter wurde, irgendetwas wichtiges war hier gerade passiert und so wie es Demerons Gemütszustand verändert hatte, musste es von großer Tragweite sein.

Sie betraten den großen Flight-Kontrollraum, der voll besetzt war. McNiell unterhielt sich gerade zwischen den Konsolen mit einigen Männern und Frauen.

„Was ist das denn?", fragte John in den Raum hinein, als er auf dem großen Monitor in der Mitte nicht mehr die Kameras der Mondbasis oder der Gateway-Station sah, sondern einen Planetenausschnitt. Er konnte in der Mitte des Bildes einen dunkleren Fleck sehen, der beinah wie ein schwarzer Tintenfleck wirkte, um den sich längliche

Formationen aus Licht schlängelten. Wie Schlangen aus Licht, die sich unter der Wasseroberfläche um einen bestimmten Punkt bewegten.

„Das ist der Südpol des Uranus", antwortete Demeron tonlos.

John blickte ihn verblüfft an. „Das ist der Uranus?" John wusste, wie der Südpol des Uranus aussah, jedenfalls im Normalfall, nämlich relativ langweilig. Und unspektakulär.

„Kommen Sie, McNiell wird uns vielleicht mehr Daten zeigen können."

Während John an den Konsolen vorbeiging, erhaschte er einen Blick auf Aufnahmen des Uranus im Infrarotbereich. Die dunkle Fläche schien eine gewisse Wärme zu erzeugen, die im kreisrunden Bereich drumherum zunahm und von den Energiebändern kommen musste. Jedenfalls vermutete John dies anhand der flüchtigen Blicke.

„Mister Demeron, gut, dass Sie da sind."

Demeron schüttelte dem Mann die Hand, der sich danach an John wandte und ihm ebenfalls die Hand reichte. „Schön, dich zu sehen, John."

„Ebenso, Cliff." John kannte Cliff gut, er war sein Ausbilder gewesen und hatte zwei der ersten fünf Missionen zum roten Nachbarplaneten geleitet. Nun hatte man ihn als Capcom eingesetzt, der auch die Kommunikation der späteren *Hyperion*-Mission leiten würde. Im Moment war er auch der Verbindungsmann zwischen der Mondbasis und der Erde sowie der Lop-G.

„Gut, dass Sie da sind", schaltete sich McNiell ein und ging zu einem Terminal links von ihm. „Sehen Sie sich das an."

John schaute Demeron, Cliff und McNiell über die Schulter und sah dasselbe Bild wie auf dem großen

Bildschirm, nur dass auf dem Terminalmonitor auch Tabellen, Datensätze und Diagramme zu sehen waren.

„Was hat das zu bedeuten, ich meine, wie kann das sein?“, fragte Demeron, ohne den Blick von dem Monitor abzuwenden.

„Die Euler One hat vor vier Stunden merkwürdige Energiesignaturen gemeldet“, erklärte Cliff. „Wir haben die Daten überprüft und tatsächlich haben wir ebenfalls niederfrequente Energiemuster aufgefangen, die vom Uranus ausgehen. Also haben wir das Giant Magellan und das Keck-Teleskop auf ihn ausgerichtet.“

McNiell räusperte sich. „Um ehrlich zu sein, haben wir keine Ahnung, was wir da haben. Dutzende Astronomen und Teleskope weltweit empfangen dieselben Daten. Das, was wir dort sehen, dürfte eigentlich nicht existieren.“

John blickte den Mann an, dessen Kopf hochrot angelaufen war und dicke Augenringe sein Gesicht zierten. „Was meinen Sie damit?“

„Ich traue es mich nicht auszusprechen, aber es hat den Anschein, dass dort mehr sein könnte, als wir sehen.“

John schaute den Flight-Director argwöhnisch an. Wollte dieser hoch intelligente Wissenschaftler gerade behaupten, dass dort etwas in den Wolken des Uranus verborgen lag, ein außerirdisches Objekt?

Demeron hob die Hände und trat einen Schritt zurück. „Okay, jetzt atmen wir alle mal tief durch und Sie, Cliff, erzählen uns jetzt im Detail, was wir wissen, und wenn es geht ohne irgendwelche Außerirdische.“

Cliff räusperte sich und setzte sich auf den Stuhl vor dem Terminal. Er musste laut sprechen, damit John ihn in dem Wirrwarr aus diskutierenden und aufgebrachten Stimmen, die den Raum erfüllten, verstehen konnte. „Ich habe vor rund fünf Stunden den Wake-Up-Call auf der Lop-G und der Euler-One-Basis durchgeführt. Danach habe ich mit ihnen ein Software-Upgrade durchgeführt. Etwa nach einer Stunde meldete sich Hank von der Euler One und teilte mir mit, dass die Sensoren spinnen und fragte, ob es an dem Upgrade liegen könnte. Wir haben das überprüft und kamen zu demselben Ergebnis. Nach etwas Recherche haben wir die Ursache ausmachen können."

John studierte die Datensätze, die Cliff ihnen auf dem Bildschirm zeigte. Dann beugte er sich vor und zeigte auf eine Spitze eines Liniendiagramms, die sich auf dem Ausschnitt sechsmal in regelmäßigen Abständen wiederholte. „Das ist das Signal, was Sie empfangen haben?"

Cliff nickte.

„Sehr merkwürdig", murmelte John und kratzte sich am Kinn.

„Sehe ich das richtig, dass es sich in regelmäßigen Abständen wiederholt?"

John blickte Demeron an. „Genau daran habe ich auch gedacht und das würde bedeuten, dass McNiells Vermutung vielleicht gar nicht so abwegig ist. Das kann nicht natürlichen Ursprungs sein."

„Wir haben die Datensätze der letzten Wochen durchsucht", fuhr Cliff fort.

„Einen Moment, bitte", fuhr Demeron dazwischen. „Ich bin Ingenieur und kein Astrophysiker, aber können diese Signale nicht von dem Magnetfeld des Planeten kommen, das nun durch die geladenen Teilchen des Sonnensturms gestört wird? Ich meine, wir alle kennen doch die Melodie des Jupiters."

Cliff schüttelte den Kopf. „Nein, nicht beim Uranus. Zugegeben, wir wissen nicht wirklich viel über diesen

Planeten, da ihn bis heute lediglich die Voyager-2-Sonde untersucht hat und das auch nur bei einem Vorbeiflug." Cliff drehte sich zu ihnen herum und fixierte Demeron. „Ihnen ist bekannt, dass die Achse des Planeten gekippt ist, beinah waagerecht?"

„Selbstverständlich", fuhr ihn Demeron an. „Das müssen Sie mir nicht erklären, das ist Grundwissen, also kommen Sie zum Wesentlichen."

„Schon gut, wir wissen, dass die magnetischen Pole des Planeten ebenfalls gekippt sind und nicht exakt definiert werden. Das Seltsame daran ist, dass das Magnetfeld nicht im Kern des Planeten, wenn er denn einen hat, sondern in der Atmosphäre der unteren Schichten, entsteht. Dort ist der Druck so hoch, dass es eine Suppe aus verflüssigten Gasen gibt, die zu einem Plasma verdichtet werden. Vermutlich ist dies der Grund für die seltsame Form des Magnetfeldes, die einem Quadrupol entspricht. Es hat somit zwei Süd- und zwei Nordpole."

John wusste das und bemerkte, dass Demeron dies ebenfalls klar sein musste und ungeduldig wurde. „Wenn ich mal eben einspringen darf", fuhr John dazwischen, dem Cliff zunickte. „Ich denke, was Cliff uns mitteilen will, ist, dass diese Signale unmöglich durch das Magnetfeld entstehen konnten, da die Position des Planeten so ist, dass die stille Seite zu uns zeigt. Das heißt, die geladenen Teilchen der Sonne treffen nicht auf das Magnetfeld, sondern treffen die Ionosphäre des Planeten. Dieses Phänomen ist damals auch beim Vorbeiflug der Sonde passiert, sie ist genau in dem Winkel an dem Planeten vorbeigeflogen, wo kein Magnetfeld war, und daher hatte man lange vermutet, dass er gar keines hat."

Demeron nickte sichtlich dankbar. „Das habe ich jetzt verstanden. Aber was heißt das jetzt konkret, muss ich das Management und den Präsidenten informieren?"

Cliff drehte sich erneut zu seinem Monitor um. „Vielleicht, deswegen habe ich Sie gerufen, damit Sie das entscheiden."

„Ich denke, wir werden uns wegen der *Hyperion*-Mission unterhalten müssen", fügte McNiell hinzu.

„Wie ich bereits erwähnt hatte, sind wir die Daten der Sensoren rückwirkend durchgegangen", fuhr Cliff fort. „Dabei haben wir bereits vor drei Wochen registriert, dass auffällig viele hochenergetische Teilchen die Ionosphäre des Südpols treffen müssen. Unser Zentralstern durchläuft gerade eine extrem aktive Phase und der Superflare vor drei Tagen war vielleicht die Spitze. Allerdings haben wir die niederfrequenten Signale erst nach der extrem starken Eruption gemessen."

„Sie meinen, dass die aktive Sonne und diese Eruption vor drei Tagen das Uranus-Phänomen ausgelöst hat?"

Cliff blickte John über die Schulter an.

„Ich sagte ja bereits, dass wir wegen der *Hyperion*-Mission noch einmal sprechen sollten." McNiells Blick ging an John vorbei.

„Wollen Sie vorschlagen, die *Hyperion* zum Uranus zu schicken wegen ein paar Polarlichtern?", fragte Demeron ungläubig, der rechts neben John stand.

John beugte sich neben Cliff, um die Daten besser analysieren zu können.

„Nicht wegen den Polarlichtern", antwortete Cliff. „Vergessen Sie den dunklen Fleck in der Wolkendecke des Südpols nicht."

„Was ist damit?"

Cliff drehte sich zu Demeron. „Ganz einfach, wir haben diese Signale empfangen, weil sie vom Uranus gesendet werden. Zudem hat sich das Magnetfeld verschoben."

John blickte Cliff ungläubig an, der unwillkürlich lachte und mit dem Kopf schüttelte. „Ich kann nicht erklären, warum, aber es scheint so, dass der Ursprung des Magnetfeldes sich Richtung Südpol verlagert hat."

„Das ist unmöglich, wie soll das bitte funktionieren, wollen Sie mich hier auf den Arm nehmen?", blaffte ihn Demeron verständnislos an.

„Ich glaube, er hat recht", bestätigte John, der die Daten durchging. „Die Daten lügen nicht."

„Dann möchte ich jetzt endlich wissen, was hier los ist und was am Uranus passiert."

„Um das wirklich herauszufinden, werden wir vor Ort forschen müssen, das können wir von der aus Erde nicht", warf McNiell dazwischen. „Cliff, spielen Sie die Aufnahme der empfangenen Signale vor", forderte McNiell ihn auf.

Cliff gab den entsprechenden Befehl ein und auf der flachen Bildschirmscheibe der Konsole erschien ein kleines Feld, das die spektrale Leistungsdichte des Signals und die Frequenz in Kilohertz zeigte. Cliff reichte Demeron einen Kopfhörer, der ihn entgegennahm und sich die Aufnahme konzentriert anhörte. John beobachtete dabei die Ausschläge des Spektralbereichs.

Nach etwa einer Minute streifte Demeron sich den Kopfhörer ab und reichte diesen John. „Ich weiß nicht, hört sich für mich nach viel Rauschen an", unterbrach er sich seufzend. „Okay, fein, ich habe auch diese knackenden Laute gehört, aber das könnte doch alles sein, oder nicht?"

„Darf ich auch mal hören?", fragte John.

„Klar“, sagte Cliff, wartete, bis John die Hörer aufgesetzt hatte, und startete die Aufnahme.

John schloss die Augen und lauschte dem Rauschen. Ihm war bewusst, dass der Planet Uranus keineswegs still war, sofern das Magnetfeld richtig ausgerichtet zur Erde war. Praktisch jeder Planet oder Mond, der ein Magnetfeld hat, erzeugte einen eigenen Sound.

Der des Uranus hörte sich an, als würde ein leiser Glockenschlag mit tiefem Sound durchgehend hörbar sein, dazu mischten sich Geräusche, als würde man pusten und eine Triangel ganz zart anspielen. Ab und zu mischte sich ein Grollen dazwischen, als würde ein Düsenjet in weiter Entfernung an einem vorbeifliegen, doch da war noch etwas anderes. Er konzentrierte sich und konnte es deutlich hören, ein dumpfes Knacken, als würde ein schwerer Lederball aus einem Meter Höhe auf den Boden fallen. Wieder und immer wieder gleichbleibend im Takt, er zählte mit: sechsmal hintereinander, dann gab es vier schnellere Schläge, dann zwei kurze und sieben lange. Plötzlich brach die Aufnahme ab und er öffnete die Augen.

Cliff blickte ihn erwartungsvoll an. „Und?“

John gab ihm die Kopfhörer. „Es ist ganz klar ein Muster zu hören.“

Eine der Wissenschaftlerinnen kam zu ihnen. „Hallo zusammen“, grüßte sie freundlich in die Runde.

John schenkte ihr ein Lächeln und nickte.

„Ich müsste Sie bitten, mir zur EECOM zu folgen“, sagte sie an McNiell gewandt.

Der reckte den Hals, um in die nächste Terminalreihe zu blicken. „Ist es dringend?“

„Ja, wir haben ein Software-Update erarbeitet für das Versorgungssystem der *Hyperion*.“

„Schon gut, zeigen Sie es mir." Bevor er ging, wandte er sich an Demeron. „Bevor Sie gehen, möchte ich noch mit Ihnen sprechen, es ist wirklich wichtig."

Demeron nickte und McNiell folgte der schwarzhaarigen Frau.

„Sie sind also auch der Meinung, dass in dem Signal ein spezifisches Muster zu erkennen ist?", fragte Demeron an John gewandt.

„Auf jeden Fall, es erinnert mich an Morsezeichen. Es könnte in der Tat ein Signal sein, das für jemanden bestimmt ist", antwortete John nickend.

„Jemanden?", fragte Demeron skeptisch nach.

„Na ja, keine Ahnung, ich will nur sagen, dass dieses Signal bestimmt nicht vom Planeten erzeugt wird, dafür ist es zu gleichmäßig, und ich wette, dass es sich nach einiger Zeit wiederholt. Quasi eine Botschaft in Dauerschleife."

„Eine Botschaft?" Demeron zog überrascht eine Augenbraue hoch.

Cliff stand von seinem Stuhl auf. „Ich weiß, wie seltsam sich das anhört, aber ich stimme John zu. Das ist kein natürlich erzeugtes Signal."

Demeron verschränkte die Arme vor der Brust und seine Mundwinkel verzogen sich zu einem unsicheren Grinsen. Dann fuhr er sich mit beiden Händen über den kahlen Schädel und deutete anschließend mit dem Zeigefinger zwischen beiden hin und her. „Sie beide wollen mir hier also gerade erklären, dass ein außerirdisches Signal vom Uranus gesendet wird? Und woher? Wer schickt dieses Zeichen?"

Cliff setzte sich zurück auf den Stuhl und öffnete ein Infrarotbild des Uranus, der wie eine Zielscheibe mit seinen Ringen aussah. Dunkelblau erschienen die Ringe, ebenfalls wie der hauptsächliche Planet, einzig am Südpol veränderte sich die Farbe zunehmend von grünlich über gelblich und wurde zum schwarzen Fleck hin rötlich.

„Eine eindeutige Wärmesignatur am Pol, diese grellen Linien sind keine Polarlichter, sondern hochenergetische Energieblitze, die aus dem dunklen Fleck kommen. Sie müssen dort entstehen und für das Leuchten des Pols verantwortlich sein." Cliff rief ein weiteres Bild auf, was den Planeten gänzlich in rötlichen Tönen zeigte. „Dieses Bild haben wir vom Keck erhalten. Sehen Sie diese verschwommene Fläche?" Er deutete auf die Glasscheibe vor sich.

John beugte sich vor. Er konnte auf der rötlichen Aufnahme eine eventuell quadratische Struktur erkennen, sie konnte aber auch rechteckig sein. Die Aufnahme war zu unscharf, dennoch ließ sie keinen Zweifel aufkommen. Irgendetwas war da.

„Sie meinen, dass dieses verschwommene Ding auf der Aufnahme ein außerirdisches Objekt ist? Vielleicht wollen Sie mir auch noch sagen, dass das Ding für die Neigung des Uranus verantwortlich ist und ebenfalls dafür, dass der Planet so kalt und beinah unauffällig ist."

Cliff drehte sich zu Demeron. „Das werden wir nur herausfinden, wenn wir die *Hyperion* dorthin schicken und es erforschen."

Johns Magen krampfte bei dem Gedanken, dass möglicherweise Glenn nun nicht zum Titan, sondern zum Uranus fliegen würde.

„Wer weiß davon?"

Cliff verzog das Gesicht. „Was meinen Sie?"

„Na von dem, was am Uranus passiert."

Cliff lächelte unsicher. „Nun, das Leuchten des Südpols wird jeder Hobbyastronom entdecken, der den Planeten beobachtet. Von dem Signal wissen nur Hank, seine Schicht des Kontrollraumes der Euler One und alle in diesem Raum. Es wird allerdings nur eine Frage der Zeit sein, bis das Netzwerk es ebenfalls entdeckt hat und es publik macht."

Demeron nickte verstehend. „Gut, wir behalten das also erst einmal für uns, dass sich unter der Wolkendecke vielleicht ein außerirdisches Objekt befindet, das möglicherweise durch die Aktivität der Sonne aktiviert wurde und nun ein Signal sendet", sprach er mehr zu sich selbst, schüttelte dann aber den Kopf. „Nein, ich werde mit dem Vorstand sprechen und wir werden eine offizielle Pressemitteilung herausgeben, dass wir das leuchtende Phänomen entdeckt haben, ebenso das Signal. Das sind Dinge, die wir nicht verbergen können. Das Objekt hingegen vielleicht schon, wir werden sehen."

„Sie sollten wirklich darüber nachdenken, ob wir die *Hyperion* nicht dorthin schicken. Das Schiff ist für den Flug ausgerüstet und würde knapp zehn Monate brauchen. Ich habe es durchgerechnet, wir müssten nur minimale Anpassungen am Raumschiff durchführen", versuchte Cliff es erneut.

Demeron rieb sich das Kinn. „Lassen Sie das meine Sorge sein. Sie kümmern sich jetzt um die Crew der Euler One, auch die sollen erst einmal die Füße stillhalten, ebenso die Mitarbeiter des Keck. Hoffen wir, dass das Netzwerk die Daten nicht schon hat."

McNiell kam just in diesem Moment um die Konsole gebogen.

John eilte zu Demeron, der sich bereits drei Schritte von ihm entfernt hatte. „Mister Demeron, was mache ich jetzt?"

Demeron blieb stehen und McNiell gesellte sich zu ihnen. „Sie fahren jetzt nach Hause und kommen morgen zu ihrem Training. Sie vergessen das hier besser. Sie kennen Ihre Mission und sollten sich auf den Flug zum Mars konzentrieren, verstanden?“ Mit diesen Worten ließen Demeron und McNiell ihn stehen und verschwanden aus seinem Sichtfeld.

Bereits am Abend berichteten die ersten Nachrichtensender von ungewöhnlichen Lichtern am Südpol des Uranus. John verfolgte eine Breaking-News-Sendung auf dem Sofa und trank ein Bier. Es war bereits nach einundzwanzig Uhr, aber seine Neugier war geweckt. Er wollte erfahren, was die Welt wusste. Die Moderatoren interviewten verschiedene Astrophysiker, zeigten Aufnahmen von Hobby-Astronomen und befragten Passanten. Keine drei Stunden nach der Bekanntgabe durch die NASA hatten sich bereits die ersten Verschwörungstheorien im Internet zu dieser Anomalie gefestigt. Auch einige Passanten vermuteten, dass die Lichter von Außerirdischen zu uns gesendet wurden, um Kontakt aufzunehmen. John musste lächeln, als er an das vermeintliche Objekt in der Wolkendecke dachte. Vielleicht hatten diese Menschen mit ihren Theorien gar nicht mal so unrecht.

Als ein älterer Mann allerdings behauptete, dass diese Bilder genauso inszeniert wurden wie die Mondlandung damals, um die Macht der Regierung zu demonstrieren, schaltete er den Fernseher aus und ging zu Bett.

Der Alkohol tat, was er sollte, und ließ ihn schnell einschlafen und trieb ihn bereits um halb sieben morgens auf die Toilette. Gerade als er aus der Dusche kam, gab es eine Live-Pressekonferenz der NASA. Er eilte nackt, wie er war, ins Wohnzimmer und sah eine junge Frau, die hinter einem Rednerpult stand. Hinter ihr konnte er das Emblem der NASA sowie das offizielle Zeichen der *Hyperion*-Mission erkennen, das an einem blauen Vorhang befestigt war.

Er regelte schnell die Lautstärke hoch.

„Guten Morgen und herzlich willkommen. Nach den gestrigen Berichten zum Uranus-Phänomen haben sich in der Nacht der Vorstand der NASA und die Regierung darauf geeinigt, die in acht Wochen anstehende *Hyperion*-Mission, deren Ziel der Saturnmond Titan ist, umzuplanen. Die *Hyperion* wird aus besagten Gründen zum Uranus fliegen und vor Ort diese einmaligen Ereignisse untersuchen. Die Crew wird nach wie vor vom Kommandanten Glenn Miles angeführt."

Das Profilbild von Glenn wurde neben der Frau eingeblendet.

„Die Crew wird in gut zehn Monaten beim zweitäußersten Gasriesen ankommen und vor Ort mit verschiedenen Experimenten den Ursprung des Signals lokalisieren." Sofort hob sie abwehrend die Hände, als zig Handzeichen von den verschiedenen Pressevertretern nach oben schnellten. „Bitte stellen Sie mir keine Fragen zu außerirdischen Aktivitäten oder Ähnlichem. Die Experten sind sich einig, dass es eine natürliche Erklärung dafür gibt und die Signale nicht von einem Raumschiff stammen. Sie haben jetzt zehn Minuten, um Ihre Fragen zu stellen."

John spürte, dass ihm kühl wurde und seine Körperhärchen sich bereits aufgestellt hatten. Er eilte ins Schlafzimmer und zog sich an. *Verdammt noch mal, die Hyperion fliegt zum Uranus.* Er wusste nicht so recht, wie er sich bei diesem Gedanken fühlte. Einerseits fluchte er, dass Glenn diese Gelegenheit erhielt, andererseits wollte er unbedingt wissen, was dort vor sich ging, egal, wer die Untersuchungen durchführte. Nachdenklich schaltete er den Fernseher aus, schnappte sich seine Sachen und verließ die Wohnung. In einer dreiviertel Stunde sollte er bei der NASA zum Beginn seines Trainings sein.

Animos

(Lyndon B. Johnson Space Center, Houston, Texas)

John parkte den Wagen vor einer großen weißen Halle, in der sich unter anderem das Space Vehicle Mock-up Facility, oder kurz SVMF, befand. Dort wurden für die verschiedenen Missionen lebensechte Module aufgebaut, um die Astronauten mit der Technik und den Geräten vertraut zu machen.

Sein eigentliches Ziel war allerdings das Gebäude links von dieser Halle. Ein verspiegelter Bürokomplex, in dem sich unter anderem auch die Theorie- und Aufenthaltsräume sowie die Kantine befanden. Ebenso fand das Virtual-Reality-Training hier statt. Heute sollte er dort seine Crew kennenlernen beziehungsweise seine Pilotin und die drei Wissenschaftler, die er zum Mars bringen sollte.

Er eilte über den Parkplatz, betrat das Bürogebäude durch die gläserne Schiebetür und nahm den Aufzug in der geräumigen Lobby, der ihn in den dritten Stock brachte. Der Konferenzraum, in dem das Meeting stattfand, lag am Ende des Flures.

Als er den eher spärlich eingerichteten Raum betrat, bemerkte er, dass er der Erste war. Er sah erstaunt auf seine Uhr und setzte sich auf einen der leeren Stühle, die um den ovalen Metalltisch standen. Langsam ließ er seinen Blick durch den Raum schweifen. Neben einem großen Fernseher, der die Wand zierte, gab es ein Sideboard, auf dem eine Glaskaraffe mit Wasser gefüllt sowie einige Gläser bereitstanden. Einzig eine große Pflanze in der hinteren Ecke verlieh dem sterilen Besprechungsraum einen Hauch von Gemütlichkeit. Auf dem modernen Bildschirm aus dünnem Glas prangte mittig das Zeichen der *Aquarius*-Mission. Eine kreisrunde grafische Darstellung des Raumschiffes, das einer elliptischen Linie um den rostroten Planeten folgte. Eingerahmt wurde diese Szene von einem in Aquamarin gehaltenen Dreieck.

„Sie müssen dann wohl Colonel John Coel sein?", riss eine angenehme Stimme ihn aus seinen Gedanken.

John fuhr herum und sah eine Frau am anderen Ende des Tisches. Ihre braunen Haare legten sich in einem modischen Bob um ihr schmalgeschnittenes Gesicht, in dem sich ein freundliches Lächeln abzeichnete. Er schätzte sie auf Mitte dreißig. Sie trug eine helle Jeans, Bikerstiefel und eine schwarze Lederjacke rundete ihren legeren Look ab. Damit traf sie genau seinen Geschmack.

Hastig sprang er von seinem Stuhl auf, ging zwei Schritte auf sie zu und griff nach ihrer ausgestreckten Hand.

„Bitte einfach John", erwiderte er und verlor sich einen Herzschlag lang in ihren blassgrünen Augen. „Wow, das ist mal ein kräftiger Händedruck."

Sie löste ihre Hand und legte den Helm, den sie in der anderen Hand festgehalten hatte, auf die Tischplatte. „Das ganze Fitnesstraining muss sich ja auszahlen", lachte sie ihn herzlich an und öffnete den Reißverschluss ihrer Jacke.

„Sie haben ein Motorrad?", fragte er nach, als sein Blick auf den schwarzen Helm mit dem silbrig verspiegelten Visier fiel.

Sie zog ihre Jacke aus und hängte diese über die Lehne eines Stuhles. Als sie sich setzte, grinste sie. „Ich habe eine Striker Z GTE, steht draußen auf dem Parkplatz. Interessieren Sie sich für Motorräder?"

John setzte sich ebenfalls wieder. Eigentlich hatte er nichts für Zweiräder übrig, aber sie schien nett zu sein und er wollte die Konversation nicht ersterben lassen. „Ich habe zwar keines, aber mein Vater hatte eine Harley. Ist aber schon Jahrzehnte her. Ich habe lediglich einen alten Pick-up Truck."

Sie zog die Augenbrauen hoch. „Ich verstehe. Ich bin übrigens Mandy Bishop, die Pilotin der *Aquarius*. Bitte nennen Sie mich Mandy, ich bin nicht der Typ für zu viel Förmlichkeit."

„Freut mich sehr, Mandy. Der Flug wird also doch angenehmer als gedacht", sagte er mit einem schiefen Grinsen.

Sie schaute ihn einen Moment prüfend an und legte den Kopf schief. „Flirten Sie etwa mit mir? Sie wissen, dass uns noch drei weitere Passagiere begleiten?", erwiderte sie hämisch zwinkernd.

John hob resignierend die Hände. „Das ... äh ... Ich meinte das nicht so. Ich wollte nur sagen, dass ich froh bin, dass Sie es sind, weil Sie nett zu sein scheinen", stotterte er etwas unbeholfen.

„Schon gut, war nur ein Spaß. Aber freuen Sie sich nicht zu früh, Sie kennen mich ja gerade mal fünf Minuten", lachte sie ihn an.

John atmete erleichtert auf und erwiderte ihr Lachen. „Ich denke, ich werde das Risiko eingehen."

„Allerdings bin ich froh, dass ich die *Aquarius* fliege", nickte sie mit ernster Miene.

„Wieso?" Sie zögerte einen Moment, bevor sie auf seine Frage antwortete.

„Nehmen Sie es bitte nicht persönlich, aber es kursieren Gerüchte über Sie und Ihren Abzug von der *Hyperion*-

Mission." Ihr Blick wurde unsicher, als sie fortfuhr. „Stimmt es wirklich, dass Sie einem Ingenieur erlaubt haben, an dem Reaktor zu arbeiten, der psychisch labil war, nur weil er Ihr Freund ist und Sie das Ganze nicht so ernst genommen haben?"

John schluckte schwer, als ihm die Tragweite dessen bewusst wurde, was er soeben gehört hatte. Man redete bereits über ihn, und sein guter Ruf schien bereits deutlich gebröckelt zu sein.

Sein Herz schlug schneller, er spürte das Adrenalin in seinem Körper und musste sich zwingen, sich zu beherrschen. Mandy wirkte nicht, als würde sie ihn provozieren wollen, eher so, als wäre sie wirklich davon überzeugt, dass er nicht mehr das Zeug für eine bedeutungsreiche Mission wie die *Hyperion* hatte.

War es wirklich schon so weit gekommen, dass er unter seinen Kollegen und bei der NASA als zweitrangiger Astronaut galt? War Demeron etwas herausgerutscht? Wer schürte die Gerüchte über sein Versagen bei dem Reaktortest?

. Wollte der Vorstand ihn mit einer solchen Schmutzkampagne doch noch aus der NASA drängen? Demeron hatte ja gesagt, dass es ihn einiges gekostet hatte, ihm die *Aquarius*-Mission zu verschaffen.

Er räusperte sich. „Wer erzählt so etwas? Zum einen ist Nick Silver mehr ein Bekannter, den ich während meiner Ausbildung zum Astronauten kennengelernt habe, zum anderen hatte ich keine Kenntnis über seinen geistigen Zustand", versuchte er, die Situation zu entschärfen. Innerlich baute sich eine Wut in ihm auf, nicht gegen Mandy, sondern gegen die ganze Scheiße, die gefühlt kein Ende nehmen wollte. War er nicht schon genug gestraft durch die öffentliche Bloßstellung und die Tatsache, dass er nicht zum Uranus fliegen durfte? Wegen eines einzigen, dummen Fehlers, der jedem hätte passieren können. Oder etwa nicht?

Mandy schien seinen Gemütszustand richtig zu deuten. „Sorry, ich bin zu weit gegangen. So bin ich, ich rede, wie mir der Mund gewachsen ist, manchmal überschreite ich dabei Grenzen. Tut mir wirklich leid, ich meine, ich dachte wirklich, Sie wüssten, was hinter vorgehaltener Hand so gesprochen wird."

Seufzend lehnte er sich in seinem Stuhl zurück. Er konnte ihr deswegen nicht böse sein. „Schon okay, ich habe dieselbe Angewohnheit, daher bin ich einigen im Vorstand ein Dorn im Auge, die es gern sehen würden, wenn ich hinschmeiße."

„Wollen Sie damit etwa sagen, dass jemand aus dem Vorstand diese Gerüchte in die Welt gesetzt hat, um Sie zur Kündigung zu bewegen? Das sind schwere Anschuldigungen", erwiderte sie mit hochgezogener Augenbraue.

John zuckte mit den Schultern. „Sehen Sie, Mandy, Sie wirken auf mich wie eine aufgeweckte, intelligente Frau. Ich kann Ihnen nur sagen: Glauben Sie nicht alles, was Sie hören, machen Sie sich selbst ein Bild und urteilen Sie dann."

Mandy nickte. Sie schien zu verstehen, was er ihr damit sagen wollte.

„Das ist ein guter Deal." Sie schenkte ihm ein Lächeln, dann ließ sie den Finger auf der Tischplatte kreisen und tippte schließlich zweimal darauf. „Sie sind doch schon länger bei der NASA und haben gute Verbindungen, wissen Sie etwas mehr über das Uranus-Leuchten? Mir wurde erzählt, dass Sie im Kontrollraum kurz nach der Entdeckung waren. Ich meine, irgendetwas muss doch da sein, wenn die NASA sogar die *Hyperion* dorthin schickt", fragte sie, den Blick fest auf ihn gerichtet.

Das ging schnell, dachte John. Allerdings begrüßte er den Themenwechsel, bevor sie ihm noch Fragen zum Reaktortest stellte.

Gerade als er ansetzen wollte, traten Demeron und McNiell in den Raum, gefolgt von zwei Männern und einer Frau.

„Guten Morgen zusammen", grüßte Demeron, ging zum Kopfende des Tisches und blieb dort stehen.

McNiell folgte ihm, nachdem er hinter den drei Folgenden die Tür geschlossen hatte, und positionierte sich neben Demeron.

Die beiden Männer und die Frau grüßten sie leise und setzten sich. John und Mandy erwiderten den Gruß.

Demeron wartete einen Moment, bis sich alle sortiert und ihm zugewandt hatten, bevor er zu sprechen begann.

„Guten Morgen. Starten wir direkt mit dem Wesentlichen. Colonel John Coel, zu meiner Linken hier, wird der Kommandant der *Aquarius* sein."

John hob kurz die Hand und nickte in die Runde.

„Lieutenant Mandy Bishop wird die Pilotin des Raumschiffes sein."

Auch sie blickte freundlich in die Runde.

„Dies sind die Doktoren Aaron und Anders Willis ..."

Jetzt erst war John aufgefallen, als er die beiden Männer genauer betrachtete, die ihm gegenübersaßen, dass sie eine frappierende Ähnlichkeit hatten, nicht wie eineiige Zwillinge, aber doch deutlich genug, um sie als Brüder zu identifizieren. Sie hatten beide eine mittelkräftige Statur und trugen kurzes blondes Haar. Ihr Äußeres lies auf eine skandinavische Abstammung schließen, vielleicht schwedisch.

„... und Doktor Azuka Mombou; sie werden Ihre Passagiere sein. Die drei werden allerdings zunächst ein grundlegendes Astronauten-Training absolvieren, bevor sie mit Ihnen zusammen an den Geräten der *Aquarius* arbeiten werden."

John warf der Afroamerikanerin ein freundliches Lächeln zu, die ihr krauses Haar sehr kurz geschnitten und in einem rostroten Ton gefärbt hatte, der beinah dem des Mars gleichkam.

„Ihr Flight-Director Edward McNiell wird Sie jetzt über die Details der Mission und Ihr anstehendes Training informieren. Ich werde mich an dieser Stelle bereits verabschieden, da ich noch ein wichtiges Meeting habe."

„Wahrscheinlich wegen der *Hyperion*-Mission", flüsterte Mandy John zu.

Demeron nickte McNiell zu und verließ anschließend den Raum.

„Guten Morgen zusammen."

Erneut erwiderte die Runde seinen Morgen-Gruß mit einem kurzen Nicken.

McNiell räusperte sich. „Sie beide, Bishop und Coel, werden bereits morgen an den Geräten geschult. Die anderen werden die erweiterte Astronautenausbildung noch abschließen und anschließend zu Ihnen stoßen." Er drehte sich um und tippte den Bildschirm an; das Missionsabzeichen verschwand und es tauchten verschiedene Tabellen und Bilder auf.

In den folgenden Stunden wurde ihnen erklärt, wie die Mission im Einzelnen ablaufen sollte. Der interessanteste

Teil dabei war, dass Material sowie die drei Wissenschaftler mit einem von der *Aquarius* gesteuerten Lander auf die Oberfläche gebracht werden sollten. Dieses Manöver würde vollautomatisch der Bordcomputer unter Bishops Beobachtung durchführen.

Im Notfall sollte sie übernehmen und den Lander auf der Oberfläche landen oder abbrechen und ihn zum Mutterschiff zurückfliegen.

Der Tag verging schnell, ebenso die nächsten Wochen, in denen er mit Mandy zusammen das Cockpit auswendig lernte und verschiedene Systeme warten musste. In den kommenden Wochen würden sie lernen müssen, sämtliche Systeme reparieren zu können, denn im Ernstfall waren sie auf sich allein gestellt. Der Trainingsplan enthielt zudem Hunderte Szenarien von ausfallenden Geräten, die sie zu meistern hatten.

(2 Wochen vor dem Start der Hyperion, Kantine Astronautenausbildungscenter, Lyndon B. Johnson, Houston, Texas)

„Was genau soll das sein?“, fragte Mandy, während sie etwas von der grauen, breiigen Substanz von ihrem Löffel zurück auf den Teller platschen ließ.

John grinste und biss in sein Brötchen, das er sich zu seinen Nudeln geholt hatte.

„Sieht aus wie Babykotze“, ergänzte sie und schob den Teller angewidert von sich.

„Mal was anderes“, schob Azuka dazwischen.

Während er sich eine Ladung Nudeln in den Mund schob, musterte er gespannt die Wissenschaftlerin. John mochte sie, auch wenn sie sich bis jetzt lediglich in den Pausen in der Kantine getroffen hatten. Doch ihre offene, freundliche und vor allem witzige Art ließen die fünfundvierzig Minuten Pause zu einer unterhaltsamen Zeit werden.

„Habt ihr schon die Neuigkeiten des Tages gehört? Also mal abgesehen davon, dass unsere Mandy hier offenbar die Speisekarte der Kantine nicht lesen kann. Das, meine Gute, ist Proteinbrei und sehr nahrhaft.“

John schmunzelte, während er kaute.

„Freundlich wie immer, unsere Azuka“, gab Mandy zurück und griff sich den Becher Pudding von ihrem Tablett.

„Es geht das Gerücht herum, dass man bereits Teile des Signals vom Uranus identifizieren konnte.“

John ließ die Gabel mit den Nudeln auf halber Strecke zum Mund wieder sinken und starrte die Wissenschaftlerin verblüfft an. „Ist das dein Ernst?“

Sie nickte. „Aaron hat einen Kollegen, der für die NASA im Analytik-Team arbeitet“, erzählte sie von ihrem Wissenschaftskollegen, der ebenfalls mit ihnen auf die Mission gehen würde.

„Tut mir leid, Azuka“, unterbrach er sie. „Du weißt, ich mag dich, aber spuck‘s endlich aus.“

Sie hob die Hand. „Nur Geduld, ich komme doch jetzt dazu“, erwiderte sie mit ruhiger Stimme. „Also, er ist Analytiker und hat auch schon für die NSA gearbeitet. Er hat Aaron gesteckt, dass es tatsächlich ein Signal einer extraterrestrischen intelligenten Lebensform ist.“

„Wie kommen sie zu diesem Schluss, ich meine, haben sie irgendeine Nachricht entschlüsseln können?“, fragte Mandy nach, die ihren Puddingbecher auslöffelte.

„Na ja, es war jetzt keine Nachricht im Sinne von: Hey, wir sind Bewohner der Uranus-Wolken, kommt her, damit wir uns zu einem Love-Inn treffen können“, erwiderte Azuka eine Spur schnippisch.

„Okay, können wir für einen Moment ernst bleiben?“, forderte John und lehnte sich mit einem Ellbogen auf die Tischplatte. Er senkte die Stimme. „Also wird tatsächlich eine Nachricht vom Uranus ausgesendet, die auf eine fremde Spezies schließen lässt?“

Azuka wiegte mit dem Kopf. „Na ja, so detailliert hat Aaron es nicht erzählt. Er meinte, dass sein Kontaktmann lediglich davon gesprochen hat, dass in dem Signal ein spezifischer Code enthalten ist, der auf etwas Mechanisches schließen lässt.“

„Ein Code? Eine verschlüsselte Nachricht also?“

Azuka blickte ihm in die Augen und zuckte mit den Schultern. „Keine Ahnung, möglich, ist das denn nicht egal? Versteht ihr denn nicht, wenn das der Wahrheit entspricht, ist das der endgültige Beweis, dass wir nicht allein im Universum sind und mindestens noch eine weitere intelligente Spezies existiert."

Mandy lachte für einen Moment amüsiert auf. „Du glaubst das doch nicht wirklich. Ich fürchte, Aaron wollte dich auf den Arm nehmen und dir einen Streich spielen."

John lehnte sich zurück und rieb sich das Kinn. „Ich finde es definitiv interessant", murmelte er. „Ich hatte ebenfalls schon daran gedacht, dass in dem Signal mehr enthalten ist als das, was wir akustisch hören konnten. Ich bin mir sicher, dass es eine Botschaft ist, nur von wem und was wollen sie uns sagen?", grübelte er laut vor sich hin.

„Du glaubst das also?", fragte Mandy überrascht und blickte ihn prüfend an. „Das meint ihr beide doch nicht ernst, oder?" Sie stellte ihren leeren Becher samt Löffel zurück auf das Tablett.

„Warum nicht, ist es denn so schwer zu glauben?", fragte Azuka.

Mandy ließ sich gegen ihre Stuhllehne fallen und seufzte. „Ich weiß nicht, keine Ahnung."

John gingen in diesem Moment Tausend Dinge durch den Kopf, die Fragen dröhnten in seinem Schädel wie Hammerschläge. Wieso wurde das Signal jetzt erst gesendet und warum wurde es vom Uranus entsandt? Gab es dort tatsächlich etwas, was sich in den Wolken versteckte, ein Raumschiff vielleicht? Aber was wollte diese Spezies damit bezwecken und warum verschlüsselten sie die Botschaft, wenn sie Kontakt aufnehmen wollten? Oder wollten sie vielleicht gar nicht mit der Erde in Kontakt treten, sondern mit ihren Artgenossen? Dann würde sich allerdings die Frage stellen, ob die Gefahr bestand, dass der Erde eine Invasion drohte. Gab es da draußen eine feindliche Spezies, die die Menschen angreifen und sogar vernichten wollte? Aber warum wurde diese Ereigniskette erst mit der sehr aktiven Phase der Sonne ausgelöst, oder war dies lediglich ein Zufall, und das Signal sowie das Leuchten am Uranus wären ohnehin entstanden? Sein Kopf fing an zu schmerzen, als ihn die Welle von Fragen überflutete.

„Erde an John", drang Mandys Stimme langsam in sein Bewusstsein. Er schreckte aus seinen Gedanken. „Ja?", fragte er etwas verwirrt.

„Erde an John, bitte kommen", neckte sie ihn grinsend.

„Was denn?", gab er irritiert zurück.

„Ob du das wirklich glaubst, wollte ich wissen", fragte sie erneut nach.

„Keine Ahnung", erwiderte er noch immer grübelnd.

„Oh, da kommt Captain Arrogant", erwähnte Azuka und blickte an John beiläufig vorbei. „Glaubt mir, dieser Glenn ist die Art von Mann, die ich am liebsten zur Venus schießen würde. So ein aufgeblasener Angeber, stolziert hier herum, als wäre er der Größte, nur weil er jetzt zum Uranus fliegt."

„Wow, scheinst ihn ja wirklich gefressen zu haben", lachte Mandy.

John störte es nicht, er schenkte Glenn keine Beachtung, auch als er seine Stimme unmittelbar hinter sich hörte.

„Schau nicht so auffällig rüber", flüsterte Mandy ihr zu.

„Was meinst du, dass er mit seiner Crew dann herüberkommt und uns aufmischen will? Mach dir nicht gleich ins Hemd", gab Azuka mit einem Zwinkern zurück.

John hörte ihr nur halbherzig zu, auch das Stühlerücken hinter sich nahm er nur unterbewusst wahr. Selbst Glenns aufgekratzte Stimme konnte er weitestgehend ignorieren, der sich nun am Tisch hinter ihm niedergelassen haben musste.

„Ach, der Typ ist mir wirklich egal“, gab Mandy achselzuckend zurück. „Ich bin lediglich etwas neidisch, muss ich gestehen. Also wenn ich darüber nachdenke und es stimmt, was du uns gerade erzählt hast, dann hat die Crew der *Hyperion* die Möglichkeit, den Erstkontakt mit einer anderen Spezies herzustellen, die nicht von der Erde stammt.“

„Neidisch?“ Azuka blickte von ihrem Sandwich auf und warf ihr einen entrüsteten Blick zu. „Ich finde es eher beängstigend, dass er das erste Individuum der Erde sein soll, den sie kennenlernen. Danach würde ich an deren Stelle die Erde vielleicht eher meiden.“ Mandy und sie lachten, auch John wurde davon angesteckt und lächelte gedankenversunken.

Geistesabwesend starrte er auf den halbvollen Teller Nudeln vor sich und massierte sich das Kinn.

„Man, unseren Kommandanten hier hat es aber richtig erwischt, der fliegt ja nur noch auf Autopilot.“

Mandy lachte auf. „John“, sprach sie ihn an.

Jetzt endlich erwiderte er ihren Blick und zog die Augenbrauen hoch.

„Denk nicht so viel über den Uranus nach, wir fliegen zum Mars“, holte sie ihn auf den Boden der Tatsachen zurück. „Erzähl uns doch mal, woher die breite Narbe stammt, die du die ganze Zeit so intensiv massierst“, lenkte sie vom Thema geschickt ab und tippte sich gegen das Kinn.

„Würde ich lieber nicht.“

Mandy wich etwas überrascht zurück. „Okay, wie du meinst.“

„Scheint ja eine schmerzhafte Story hinter der Narbe zu stecken", fügte Azuka nachdenklich hinzu und musterte ihn aufmerksam.

Plötzlich hörte John hinter sich das laute Kreischen von Stuhlbeinen, die über den Boden geschoben wurden. Im nächsten Moment tauchte Glenns grinsendes Gesicht neben ihm am Tisch auf.

„Bitte entschuldigt, dass ich hier so hereinplatze, aber ich kam nicht drumherum mitzuhören. Denn ich finde die Geschichte der Narbe äußerst interessant." Glenn klopfte ihm dabei provokant auf die Schulter und grinste.

John vermied es, ihm Aufmerksamkeit zu schenken, und überlegte daher, ob er einfach aufstehen und gehen sollte. Andernfalls könnte es vielleicht hässlich werden, er spürte bereits, dass allein die Anwesenheit von Glenn und sein herablassendes Auf-die-Schulter-Klopfen in ihm etwas auslöste, und es waren definitiv keine guten Gefühle. „Glenn, ich sage es nur einmal, verschwinde. Wir beide haben uns nichts zu sagen", knurrte er und spannte sich.

„Warum denn gleich so abweisend?", fragte Glenn herausfordernd.

Azuka lehnte sich auf den Tisch. „Vielleicht solltest du besser zu deiner Crew zurückdackeln, wir wollen ja nicht riskieren, dass dir was passiert, sonst fliegt die *Hyperion* in zwei Wochen noch ohne dich, giftete sie ihn an."

„Oh, wie ich sehe, hast du nun einen Bodyguard", stellte Glenn amüsiert fest.

Azuka erhob sich.

„Okay, beruhige dich", beschwichtigte Glenn mit einer Süße in der Stimme, dass einem übel werden konnte. „Ich wollte deiner überaus reizenden Freundin hier doch nur ihre Frage beantworten", ergänzte er an Mandy gewandt.

John blickte in Glenns süffisant grinsendes Gesicht. „Ich meine es ernst, Glenn, verschwinde."

„Na komm, hab dich nicht so. Ich weiß gar nicht, wieso du so feindselig mir gegenüber bist. Ich habe dir nichts getan", erwiderte er mit unschuldig erhobenen Händen nun direkt an John gewandt dessen Aufforderung.

Für einen Wimpernschlag blitzte in John das Gefühl auf, dass er das wirklich ernst meinte. Doch so schnell es kam, verflog es wieder und er blies hörbar verachtend Luft aus. „Glenn, ich bitte dich ein letztes Mal, lass uns jetzt in Ruhe und geh zu deiner Crew zurück an den Tisch." John wusste, dass Misha und Derek hinter ihm am Tisch saßen. Er hatte bereits vorhin ihre Stimmen identifiziert. Er hatte wirklich keine Lust auf eine Konfrontation mit Glenn, auch wenn es ihm schwerfiel, schließlich hatte er sich seine Laufbahn selbst zuzuschreiben. Jedenfalls wollte er dies glauben, um nicht im Hass auf Glenn und Selbstmitleid zu ersticken.

„John, mal ehrlich, du hast mir nie eine reale Chance gegeben, mir zu erklären, was denn los ist, oder mich zu erklären."

Der ist wirklich davon überzeugt, dass er unschuldig ist. Nun gut, ein letztes Mal lasse ich mich auf diesen Tanz ein. „Okay, Glenn, dann erkläre dich, hier und jetzt."

Glenn schlug triumphierend mit der flachen Hand auf die Tischplatte, zog den Stuhl ganz ans Tischende und setzte sich. „Danke, John, ich weiß das wirklich zu schätzen."

„Jetzt bin ich gespannt, was kommt", sagte Azuka skeptisch.

„Ich auch", fügte Mandy aufgeregt hinzu.

In Glenns Gesicht bildete sich ein schiefes Lächeln. „Nun, also du wolltest wissen, woher John diese Narbe hat", begann er und deutete mit dem Daumen auf John, ohne sich von Mandy abzuwenden. „John ist ein ausgezeichneter Pilot. Er und ich wurden von der US Air Force ausgebildet. Ihr müsst wissen, dass John und ich schon immer in einem gesunden Konkurrenzkampf standen."

John schnaubte verachtend.

„Jetzt lass mich auch erzählen", forderte Glenn ein wenig schmollend.

„Dann komm zum Punkt."

„Nun, wir beide wurden ausgewählt, für ein geheimes Programm der Regierung zu arbeiten und die neuesten Testmaschinen zu fliegen. John war zu dieser Zeit immer die Nummer-eins-Wahl und hatte immer den Vorzug erhalten. Bei seinem letzten Flug sollte er einen Jäger testen, der mit der damals neuesten Technologie ausgestattet war."

Vor Johns innerem Auge tauchten wieder die Bilder auf; das enge Cockpit, die Anzeigen vor ihm, der Steuerknüppel zwischen seinen Beinen, der Helm auf seinem Kopf. Sie waren so klar, als sei er noch vor einer Stunde in dem Cockpit gesessen. Die Stimme auf seinem Ohr, die von der Bodenkontrolle kam, klang verzerrt. Ihm fiel der Höhenmesser ins Auge, er hatte die 16000 Fuß bereits überschritten und befand sich am oberen Ende der Stratosphäre. Diesen ersten prägenden Blick ins All aus dem Cockpit heraus würde er nie vergessen.

Der Geschwindigkeitsanzeiger stand bereits auf Mach 9,8 und er beschleunigte weiter. Schon vor einigen Sekunden hatte er leichte Vibrationen in der Maschine festgestellt. Die Bodenkontrolle ließ ihn selbst entscheiden, er vertraute der Maschine und beschleunigte weiter. Als er Mach 9,9 erreicht hatte, versagte erst das rechte und einen Atemzug später auch das linke Triebwerk. Das lähmende Gefühl der ersten Sekunden, als er realisiert hatte, was dies für ihn bedeutete, überwältigte ihn auch nach so langer Zeit noch. Er hatte damals keinen Moment daran gedacht, auszusteigen. Es ging einfach nicht, denn damals war Glenn ihm als Ersatzmann so nah auf den Fersen gewesen, dass die Zerstörung des Flugzeuges und die Einstellung des Projektes sein Karriereende bedeutet hätte. Glenns Vater war zu diesem Zeitpunkt zusammen mit seinem Sohn im Kontrollraum gewesen. General Miles war der befehlshabende Offizier und hatte die Aufsicht über das Projekt gehabt. Für John war dieser Umstand Ansporn genug, sein Bestes zu geben und auch Grenzen zu überschreiten, denn er hatte kein Vitamin B in der Hinterhand.

Über den Rest des Fluges hing ein Schleier aus Nebel, egal, wie intensiv er sich versuchte, an den Sinkflug zu erinnern, er schaffte es nicht. Lediglich einige Bildfetzen kamen ihm ins Gedächtnis, letztendlich hatte er es irgendwie geschafft, das Flugzeug auf der Air Force Base Pearl Harbor-Hickam zu landen.

„John galt seitdem als Legende und einziger Pilot, dem solch ein Manöver bis heute gelungen ist. Echt mal, John“, sagte Glenn und klopfte ihm anerkennend auf die Schulter. „Dafür braucht man wirklich Eier, ich wette, neunundneunzig Prozent wären ausgestiegen.“

„Ich habe davon gehört“, sagte Mandy begeistert. „Ich war auch bei der Air Force und selbst in der Akademie hängt ein Bild von ihm neben dieser Maschine.“

John richtete sich auf und schob Glenns Hand beiseite, die bis dahin auf seiner Schulter ruhte. „Für mich geht es nicht um Ruhm. Wieso erzählst du nicht auch den Rest der

Geschichte, wie du mich dennoch aus dem Projekt gekickt hast und mir anschließend auch noch zur NASA gefolgt bist?“

Glenn faltete die Hände vor sich und schüttelte grinsend den Kopf. „Wie oft denn noch? Ich habe dich nicht aus dem Projekt gekickt. Es war ein Unfall und das weißt du.“

„Ein Unfall, den du absichtlich provoziert hast“, bellte John nun ungehalten.

„Was für ein Unfall?“, wollte Azuka wissen.

„Als John wieder in den Staaten war, sind wir zusammen zum NASCAR gegangen. Ihr müsst wissen, auch wenn wir damals Konkurrenten waren, haben wir uns verstanden und haben hin und wieder mal ein paar Bier zusammen getrunken oder sind zum Autorennen gegangen.“

„Ihr wart mal befreundet?“, entfuhr es Mandy überrascht, während sie zwischen den beiden hin und her blickte.

John lachte auf. „Befreundet würde ich es nicht nennen, eher eine flüchtige Bekanntschaft.“

Er spürte Glenns Blick. „Wie du meinst, John“, sagte Glenn hörbar gereizt. „Also an diesem Sonntag war das große Rennen in Fort Worth auf dem Texas Motor Speedway. Nach dem Rennen durften sich ausgewählte Leute ebenfalls auf der Strecke messen. Da John und ich nicht ganz unbekannt waren und auch in der Rennliga Freunde hatten, durften wir jeweils mit einem NASCAR fahren. Wir fuhren ein kleines Rennen von zwanzig Runden mit vier weiteren Autos. John und ich lieferten uns dabei mehrere Duelle, und in der letzten Kurve im Kampf um Platz zwei und drei ist John zu weit nach außen gekommen und in die Wand gekracht. Dabei hatte er sich überschlagen und sich zum Glück nur eine Gehirnerschütterung und eine Platzwunde am Kinn zugezogen. Es musste zwar mit mehreren Stichen genäht werden, aber sonst war er unversehrt."

John schlug mit der Faust auf den Tisch, so plötzlich, dass Mandy und Azuka zusammenzuckten. Glenn lehnte sich abwartend zurück und fixierte ihn.

John war sauer, richtig sauer. „Das ist deine Version der Geschichte, ich bin zu weit herausgekommen?" Er spürte, wie Wut in ihm hochkochte. „Du hast mich absichtlich in die Wand gedrängt, weil du es einfach nicht ertragen konntest, dass ich die Nummer eins war und immer noch bin. Nur durch diesen Unfall konntest du das Projekt letztendlich an dich reißen und es zu Ende bringen. Selbst als ich danach zur NASA gegangen bin, konntest du das nicht auf dir sitzen lassen und bist mir gefolgt", blaffte er ihn an.

In Glenns Gesicht bildete sich ein breites Grinsen. „Mensch, John, ich wusste wirklich nicht, dass du so paranoid bist, aber anscheinend hast du deswegen auch deinen Freund beim Testlauf weiterarbeiten lassen, obwohl er genauso einen an der Murmel hat wie du." Glenn lachte bösartig. „Du bist echt nur zu bemitleiden." Glenns Miene wurde schlagartig ernst, er beuget sich nach vorne und kam John bedrohlich nah. Er senkte die Stimme. „Du hattest es damals verdient. Finde dich damit ab, dass ich jetzt die Nummer eins bin und zum Uranus fliege. Du hast versagt, John. Du bist raus, akzeptiere es endlich!"

Das war zu viel für John, so gut er auch versucht hatte, sich zu beherrschen, jetzt platzte ihm der Kragen. Er sprang auf, dabei fiel der Stuhl krachend nach hinten und er stürzte sich auf Glenn. Zusammen fielen sie samt dessen Stuhl zu Boden. John versuchte sofort, über ihn zu kommen, um ihm eine saftige Abreibung zu verpassen.

Bevor er den ersten Schlag setzen konnte, spürte er zwei kräftige Arme, die sich um seine Brust schlangen und ihn von seinem Kontrahenten runterzogen.

„Lasst mich, der Mistkerl hat es verdient", rief er, völlig außer sich vor Wut.

„Du bist doch total neben dir, du Wrack", erwiderte Glenn kalt, während er sich aufrappelte. Zwei Techniker, die am Nachbartisch gesessen hatten, flankierten ihn, damit er sich nicht auf John stürzen konnte. Misha war ebenfalls bei ihm.

„Glenn, lass es, denk an die Mission, wenn du dich jetzt hier prügelst, war es das", versuchte sie, auf ihn einzureden.

Glenn rieb sich den Hinterkopf und nickte ihr zu. Dann wandte er sich von ihm ab und setzte sich in Bewegung, begleitet von Misha.

„Das ist noch nicht vorbei, ich hoffe für dich, du versauerst am Uranus", rief er Glenn wütend hinterher und versuchte, sich aus dem Griff zu lösen.

„Ich lass dich los, wenn du dich beruhigst", hörte er Dereks Stimme hinter sich.

John ergab sich.

Derek löste den Griff und trat vor ihn. „Man, John, das kann euch beide die Mission kosten. Räum deinen Kopf auf und konzentriere dich auf das Wesentliche, verdammt." Mit diesen Worten ließ er John stehen und folgte seinen Kollegen.

„Das war ja aufregend. Wusste gar nicht, dass unser Kommandant hier so ein Bad Boy ist."

John überhörte Azukas Kommentar und rieb sich den Ellbogen, den er sich bei dem Sturz auf den Boden angeschlagen hatte. Er hatte genug, er musste hier weg. Jetzt wusste er, wer über ihn die Gerüchte streute. Irgendwie musste Glenn interne Details aus der Untersuchungskommission erfahren haben. Auch wenn sie haltlos waren, war es ein Angriff auf seinen Ruf und seine Integrität. Glenn versuchte ihn offenbar wirklich beruflich zu vernichten. War Glenn aus Eifersucht zu so etwas fähig?

Er beschleunigte seine Schritte und hörte nicht auf Mandy, die ihm folgte. Sie wollte ihm sowieso nur irgendeinen beruhigenden Quatsch erzählen, aber er wollte sich nicht beruhigen.

Der Start der *Hyperion* zwei Wochen später verlief nach Plan. John war zum Mission Control Center gefahren, um ihn live mitzuerleben. Glenn hatte er seit dem Vorfall in der Kantine nicht mehr gesehen, da dieser ohnehin vor dem Start in Quarantäne musste. John hatte es nicht bereut, was passiert war. Ob er wirklich zugeschlagen hätte, wusste er im Nachhinein nicht mehr zu sagen. Als er ehrfürchtig die startende Rakete verfolgte, wie sie sich majestätisch in den Himmel schraubte, war er allerdings gottfroh, dass er Glenn keine verpasst hatte. Es hätte der letzte Sargnagel seiner Karriere bei der NASA sein können. Ihm war zwischenzeitlich auch der Gedanke gekommen, dass Glenn genau darauf abgezielt hatte. Dereks schnellem Eingreifen hatte er es zu verdanken, dass nichts Schlimmeres passiert war.

Konsequenzen hatte es glücklicherweise für keinen von beiden gegeben. Mandys Verhalten ihm gegenüber war jedoch deutlich distanzierter seither und er spürte, dass sie ihn nun mit anderen Augen sah.

Er hoffte, dass es sich in den kommenden Monaten während ihrer Vorbereitungszeit wieder legte.

Die Crew der *Hyperion* stieg an der Gateway-Station ohne Zwischenfall in ihr Raumschiff um, das sie nun auf Kurs zum zweitäußersten Planeten des Sonnensystems bringen sollte, um das Geheimnis des Uranus-Leuchten hoffentlich zu lüften.

Aquarius

(Neun Monate später, Launch Complex 39, Kennedy Space Center, Cape Canaveral, Florida, USA)

John musterte Mandy, die gerade ihren Raumanzug mit Hilfe einer Suithelferin anzog. In den letzten Monaten hatten sie beide sehr viel Zeit miteinander verbracht, um die Bordelektronik und alle Systeme auswendig zu lernen. Er hatte größten Respekt vor ihrer professionellen Herangehensweise. Sie war zielstrebig, konzentriert und besaß eine überdurchschnittliche Intelligenz, wie er bereits beim Kennenlernen vermutet hatte. Unzählige Nächte hatten sie gemeinsam im Simulator verbracht und bis zum Erbrechen geübt, um im Notfall die Landung des Landers durchzuführen. Über den Vorfall in der Kantine oder Glenn selbst hatten sie dabei nie mehr gesprochen.

Vielleicht traute sie sich nicht oder fand es unangebracht, es anzusprechen, weil er ihr Vorgesetzter war. Früher oder später mussten sie allerdings diese unsichtbare Mauer zwischen sich einreißen. Auch wenn sie während ihres Trainings einen professionellen Umgang miteinander pflegten, sie sich nichts anmerken ließ und sie seinen Anweisungen bedingungslos folgte, wurde er das Gefühl nicht los, dass sie den Streit mit Glenn vielleicht aus einer anderen Perspektive sah.

Er hatte viel in letzter Zeit darüber nachgedacht, ob die Möglichkeit bestand, dass er die Situation zwischen sich und Glenn vielleicht falsch eingeordnet hatte. War er es, der diese Feindschaft erst ins Leben gerufen hatte? Er kam, egal, wie intensiv, wie detailliert er in seinem Geiste die einzelnen Situationen durchging, stets zum selben Ergebnis: Glenn hatte den Konkurrenzkampf erst zu einem Streit eskalieren lassen, als er beim Autorennen den Unfall provozierte, bei dem John sogar im schlimmsten Fall hätte sterben können.

Mehrmals versuchte er, gemeinsam nach einem langen Arbeitstag ein Bier trinken zu gehen, um sie auch auf persönlicher Ebene besser kennenzulernen. Dies hatte sie jedoch stets zurückgewiesen, zwar immer freundlich, aber bestimmt.

Die Brüder Aaron und Anders sowie Azuka waren vor sechs Monaten zu ihnen gestoßen und hatten ihr gemeinsames Training mit ihnen aufgenommen.

Selten hatte er so eine innere Ruhe verspürt wie in dem Moment, als ihm die Handschuhe des Raumanzuges übergestreift wurden und anschließend sein Helm. Es war der Tag gekommen, an dem er nach vier Jahren auf der Erde endlich erneut ins All fliegen würde.

„Hörst du mich?"

Er blickte Mandy an und reckte den Daumen hoch. „Klar und deutlich."

Sie nickte. „Ich dich auch."

„Gut, dass ich gestern keine Lasagne mehr gegessen habe, sonst würde ich nicht mehr in das Ding passen", witzelte Azuka.

Er musste seinen Oberkörper drehen, um Azuka ins Blickfeld zu bekommen. Hinter ihr wurden gerade den beiden Willis-Brüdern die Helme aufgesetzt.

Ein Mann in einem weißen Kittel trat an John heran. „Alles so weit gut, läuft die Lüftung?"

Er hörte die Stimme zwar dumpf, aber deutlich. Er nickte und reckte erneut den Daumen nach oben

Der Mann nickte zufrieden und ging auf Azuka zu.

Als John das Gebäude verließ, war es beinah wie ausgestorben auf der breiten asphaltierten Ebene. Als er auf den kleinen weißen Elektrobus zuging, der sie zur Startrampe bringen würde, konnte er auf dem Aussichtspunkt hinter dem Zaun vielleicht ein Dutzend Menschen erkennen und gerade einmal einen Übertragungswagen eines lokalen Nachrichtensenders. Bereits im Vorfeld hatte er befürchtet, dass die Medien und die Bevölkerung kein besonderes Interesse am Start seiner Mission hatten, aber dies glich eher einem Boykott.

Er hatte in den letzten Wochen die Berichte im Fernsehen verfolgt, die über die Fortschritte und Video-Aufzeichnungen der *Hyperion*-Crew berichteten. Dutzende Astronauten und Verantwortliche der NASA wurden in Talkshows befragt und noch immer rätselte die Welt, was dort am Uranus vor sich ging. Das Leuchten und das Signal waren unverändert präsent in den Medien. Die NASA hatte sogar mehrere Teleskope in unterschiedlichen Auslegungen dauerhaft auf den Uranus ausgerichtet. John hatte schnell akzeptiert, dass sich niemand für einen Versorgungsflug zum Mars interessieren würde, so wie damals das Interesse nach der erfolgreichen Landung auf dem Mond an den nachfolgenden *Apollo*-Starts gesunken war.

Eigentlich war er mittlerweile sogar froh darum, dass die Presse und die Welt die Beinahe-Katastrophe des Testlaufs des Reaktors, die er hatte verantworten müssen, vergessen hatte. Mit erhobenem Haupt winkte er dennoch der Kamera und der Handvoll Menschen zu, die sich zum Start eingefunden hatten. Wahrscheinlich waren es Angehörige von Mandy, Azuka, Aaron und Anders oder einfach nur Schaulustige. Bis sich die Rakete mit ihnen an Bord in den Himmel schrauben würde, würden noch einige Stunden vergehen.

„Das ist wirklich mickrig, was da an Zuschauern auf uns gewartet hat", ertönte eine Stimme hinter ihm.

„Was hast du erwartet, Anders? Wir fliegen zum Mars und liefern da nicht nur uns selbst ab, sondern uninteressante Versorgungsgüter", erklärte Aaron, während er auf den weißen Bus zuging.

Neben der offenen Seitentür stand ein junger Mann im schwarzen Overall und mit nostalgischer Piloten-Sonnenbrille. „Kein Schwein interessiert sich für eine Mission, die zum staubigen Planeten führt", fügte Mandy hinzu.

„So langweilig ist es jetzt dort auch nicht, immerhin haben wir dort bereits bakterielles Leben im Eis finden können", konterte Anders.

Azuka schnaubte belustigt. „Wer bitte beachtet Bakterien, die im Eis eingefroren sind, wenn es Hinweise darauf gibt, dass sich vielleicht in den Wolken des Uranus ein Alien-Raumschiff versteckt?!"

„Hallo zusammen", begrüßte sie der Mann am Bus. „Ich bin Brian und werde euch zu eurer Startrampe bringen."

Sie erwiderten Brians Gruß und stiegen nacheinander in den speziell für den Transport von Astronauten in Raumanzügen umgebauten Van ein. Brian schloss die Tür, setzte sich hinter das Steuer und startete den Elektromotor.

„Ich muss Azuka da schon recht geben", nahm Mandy den Gesprächsfaden wieder auf. „Was allerdings nicht heißen soll, dass das schlecht ist. Ich finde es eher gut, dass die Welt uns nicht die ganze Zeit über die Schulter schaut. So können wir uns auf unsere Aufgaben konzentrieren."

„Hier Capcom, wie geht es euch da draußen?"

„Hallo, Cliff, wie ich das sehe, geht es der Crew sehr gut. Wir unterhalten uns gerade über die dürftige Medienpräsenz", antwortete John über Funk.

„Der PAO hat mir mitgeteilt, dass sich wohl zwei weitere Nachrichtenteams für den Start angekündigt haben. Eines davon sendet national, aber machen wir uns nichts vor, der Star ist der Uranus und die *Hyperion*."

„Danke, Cliff, für deine aufbauenden Worte", erwiderte John und sah Mandys Schmunzeln. „Wir sind gleich an der Startrampe."

„Verstanden", erwiderte Cliff.

Sie fuhren über eine lange, asphaltierte Straße, die rechts und links von saftig grünen Wiesen umgeben war. John blickte aus dem Fenster und fasste die Aufbauten der Startrampe samt der Rakete ins Auge.

Die aufgehende Sonne hüllte die majestätisch anmutende Rakete in ein gleißendes orangegelbes Licht.

Wie hatte er diesen Moment vermisst. Dieser Anblick in dem Wissen, dass dieses tonnenschwere Ungetüm sie bald ins All schoss, war beinah unvorstellbar, wenn man nicht ansatzweise die Technik dahinter verstand.

„Das ist ein ganz schönes Monster", erwähnte Azuka ehrfürchtig.

Als Brian zur Startrampe abbog, verschwand die Rakete aus Johns Sichtfeld.

„Hoffen wir, dass auch uns diese Startrampe Glück bringen wird wie einst den Crews der *Apollo*- und der *Artemis*-Missionen."

„Nicht zu vergessen der *Hyperion*-Mission und den Pionieren der Raumfahrt vor *Apollo*", ergänzte Mandy.

Brian stoppte in dem Moment den Bus, stieg aus und ließ sie aussteigen. „Viel Glück und guten Flug", sagte er und warf hinter ihnen die Seitentür mit Schwung zu.

„Danke", erwiderte Aaron, der als Letztes ausgestiegen war.

„Man, was für ein Riesending", entfuhr es Azuka erneut.

Mehrere Männer mit weißen Schutzanzügen nahmen sie in Empfang. „Kommen Sie bitte mit, wir geleiten Sie hinauf zur Raumkapsel", sagte der erste Mann im Schutzanzug, der John erreichte.

Sie folgten ihnen zum Aufzug des Turms, der sie knapp bis unterhalb der Spitze brachte.

John wurde fest in seinen Sitz gedrückt. Einer der Techniker stand über ihm, hatte einen Fuß auf seiner Schulter abgestellt und drückte ihn in den Sitz. Er zog die Sicherheitsgurte so stramm, dass John dachte, er wäre eins mit seinem Sitz. Neben ihm wurde Mandy ebenfalls gerade fest in ihrem Sitz verzurrt. Azuka, Aaron und Anders wurden hinter ihnen in einer Sitzreihe angeschnallt. Die Raumkapsel der neusten Generation konnte bis zu fünf Astronauten in den Orbit bringen.

Die Techniker vergewisserten sich, dass alle ordnungsgemäß und sicher in ihren Sitzen angeschnallt waren, bevor sie die Luke von außen schlossen und verriegelten. In wenigen Minuten würden die Techniker die Startrampe aus Sicherheitsgründen verlassen und sie waren allein auf sich in der Kapsel gestellt. John hörte den Atem in seinem Helm widerhallen; die Stille, die ihn umgab, war ihm vertraut und erfüllte ihn mit tiefer Zufriedenheit. Er hatte sie vermisst, kein Geräusch der Außenwelt drang in diesen Sekunden an sein Ohr.

„*Aquarius*, hier Houston, seid ihr bereit für den Beginn der Startprozedur und des Comchecks?"

„Roger, Houston, bestätige, sind alle verschnürt wie ein Paket und können mit der Startvorbereitung beginnen. Tut gut, deine Stimme zu hören, Cliff", gab John zurück.

Nacheinander meldeten sich alle bei Cliff über Funk, der die einwandfreie Funkverbindung bestätigte. „Roger, wir hören euch alle klar und deutlich", erwiderte Cliff. „Dann lasst uns die Systeme einzeln durchgehen."

Es musste mehr als eine Stunde vergangen sein, in der John und Mandy jeden Schalter, jedes System auf Funktionsfähigkeit prüften und die erforderlichen Schritte nach dem Handbuch durchgingen.

Die Sonne stand bereits über ihnen, als John das Handbuch schloss und mit einem Klettverschluss an der Wand fixierte. Dieses Handbuch war eins der wenigen, das aus laminierten Papierseiten bestand. Eine Sicherheitsmaßnahme, um auch bei einem elektromagnetischen Impuls auf das Wissen zurückgreifen zu können.

„Houston, ich bestätige, dass alle Bordsysteme einwandfrei funktionieren und ich grünes Licht geben kann."

„Roger, wir bestätigen ebenfalls. Ich übergebe jetzt an unseren Flight-Director McNiell."

„Guten Morgen, *Aquarius*, Sonne und weitestgehend blauer Himmel, es scheint, als wäre heute ein guter Tag für einen Raketenstart."

„Roger, Houston, und guten Morgen. Astronautin Mombou hat schon die Sonnenbrille ausgepackt."

„Ich brauche noch eine Margarita", fügte Azuka schmunzelnd hinzu.

John hörte McNiell, der sich ein Lachen nicht verkneifen konnte.

„Wir werden sehen, was wir tun können", erwiderte er. „Wir haben einen leicht bewölkten Himmel und vierundzwanzig Grad. Es weht nur ein laues Lüftchen mit vier Knoten aus Nordwest."

„Wenn das nicht hundertprozentig gute Aussichten auf eine Startfreigabe sind, weiß ich auch nicht. Dann werde ich dem Wetterfrosch noch einen Präsentkorb zusenden", erwiderte John.

Mandy lachte.

„Dann wollen wir mal, ich möchte von jeder Station einzeln ein Go oder No-Go hören. Fangen wir an, INCO Go oder No-Go?"

„Go", hörte John die Stimme des Controllers.

In den folgenden Minuten ging McNiell alle Controller der Konsolen durch, die alle jeweils einen speziellen Bereich der Mission überwachten. Sollte auch nur ein No-Go ertönen, war der Start der Rakete in Gefahr und konnte im schlimmsten Fall abgebrochen werden.

Gespannt hörte John zu, bis jetzt hatten die Stationen alle ihr Go gegeben.

„Bestätige, alles steht auf Grün", erklärte McNiell. „Der Countdown läuft für den Start auf mein Zeichen bei einer Stunde und fünfzig Minuten. Drei, zwei, eins, Mark."

„Bestätige OnBoard-Zeit mit T minus eine Stunde und fünfzig Minuten", funkte John zurück.

Mit Johns verstummender Stimme wurde es still in der Kapsel. Bis zum Start hatten sie nichts mehr zu tun, niemand sagte ein Wort, denn keinem war nach Smalltalk.

John störte es nicht, es kam ihm gelegen. Er genoss die Ruhe, konzentrierte sich auf seinen Atem und blickte aus dem kleinen Fenster neben sich, wo er den blauen Himmel sehen konnte. Die Minuten vergingen, die schnell zu einer Stunde wurden.

Die Sonne stand bereits hoch über ihnen, als er einen Druck in seiner Magengegend verspürte. *So ein Mist, jetzt muss ich pinkeln.*

Durch die unglückliche Position auf dem Rücken liegend und mit angewinkelten Beinen verspürte man zwangsläufig schnell das Gefühl, urinieren zu müssen, auch wenn man wenig getrunken hatte. Er blickte zu Mandy; sie hatte die Augen geschlossen. Der Druck in seiner Blase nahm zu und er entschloss sich, den Urinbehälter zu füllen in der Hoffnung, dass er die kondomartige Öffnung richtig übergezogen hatte, sonst würde der Urin nicht durch den Schlauch in den Beutel fließen, sondern den Rücken hinauf, bis er zu den Lüftungsventilen gelangte und seinen Anzug außer Kraft setzte, was einen Startabbruch nach sich ziehen würde. Doch John hatte keine Wahl. Es schmerzte bereits und er entspannte sich. Sofort nahm der Druck in seinem Bauch ab und zu seinem Glück blieb alles trocken.

Nach einer gefühlten Ewigkeit tat sich endlich etwas und Cliffs Stimme ertönte über Funk. „John, hörst du?“

„Klar und deutlich, wie sieht es aus?“

„Alles läuft nach Plan, der Countdown läuft weiter. In diesem Moment schicken wir die aktualisierten Orbitalparameter der Gateway-Station an eure Bordcomputer.“

„Roger, ich sehe es und bestätige den Empfang.“

„Verstanden, das heißt, wir haben das Startzeitfenster angepasst und starten zehn Sekunden früher. Bei T minus dreißig Minuten werden die Sekunden beim nächsten Hold automatisch abgezogen."

„Roger, Houston."

Dann wurde es abermals ruhig in der Kabine. Mittlerweile stand die Sonne so ungünstig, dass sie John durch das Fenster so stark blendete, dass er die Augen schloss. Er horchte in sich hinein, er mochte vielleicht äußerlich ruhig sein, doch jetzt, so kurz vor dem Start, kreisten die Gedanken unaufhaltsam durch seinen Kopf. Das Bild des Uranus tauchte vor seinem inneren Auge auf, die *Hyperion* auf dem Weg zu ihm. Er versuchte, die Gedanken an diese Mission beiseitezuschieben, zwang sich, sich endlich voll und ganz auf seine Mission zu konzentrieren.

Bei T minus dreißig Minuten wurde der Countdown für zehn Sekunden unterbrochen und ermöglichte so der Bodenkontrolle noch einmal, die Systeme auf ihre Einsatzbereitschaft zu überprüfen. Anscheinend waren alle Terminals weiterhin auf Grün und der Countdown lief weiter.

Bei T minus zehn Minuten wurde der Countdown erneut unterbrochen und Flight-Director McNiell meldete sich. Ein letztes Mal würde er den Status abfragen, um anschließend seine endgültige Entscheidung über den Start zu treffen.

John hielt den Atem an, dies war der entscheidende Augenblick.

Einzeln fragte der Flight-Director die Controller an ihren Stationen durch, ähnlich der Prozedur nostalgischer Filme über das Raumfahrtprogramm. Wirklich viel hatte sich an dieser Prozedur, die noch aus *Apollo*-Zeiten stammte, auch mehr als siebzig Jahre später nicht geändert.

John atmete auf, als der Countdown planmäßig weiterlief.

„T minus zehn Minuten, alles steht auf Grün und wir haben eine Startfreigabe. Das Startteam wünscht Ihnen viel Glück auf Ihrer Mission."

„Roger, Houston, und danke, wir werden das Paket wohlbehütet am Mars abliefern und ebenso unsere Fachkräfte, die dort den Grundstein einer Marskolonie legen werden." John konnte sein Grinsen nicht unterdrücken.

Er hatte sich lange überlegt, was er in diesem Moment sagen würde, denn der letzte Funkverkehr wurde live an die Medien übertragen.

Bei T minus zwei Minuten ertönte Cliffs Stimme erneut. „*Aquarius*-Crew, schließen Sie die Visiere und verriegeln Sie diese."

John schloss das Visier und verriegelte es vorne mit einem Hebel. Dann legte er den Schalter für die interne Sauerstoffversorgung um.

„T minus eine Minute", sagte John. „Ich sehe deutlich den Druckaufbau in den Tanks. Sieht alles gut aus."

„T minus dreißig Sekunden, Autosequenzer aktiviert", hörte John Cliff über den Lautsprecher in seinem Helm.

Nun lag die Steuerung des Countdowns vollends in der Hand des Computers.

Auch die Bodenkontrolle konnte nun nicht mehr eingreifen, in einem Unglücksfall würde John den roten Knopf neben sich drücken und die Kapsel würde von der explodierenden Rakete abgesprengt werden.

„T minus zwanzig, fertig machen."

Nun setzte eine starke Vibration ein, die von den Treibstoffpumpen kam, die tonnenweise Sauerstoff und Wasserstoff zu den Triebwerken pumpten.

„T minus zehn Sekunden, Go für Zündung."

Die Vibrationen nahmen exponentiell mit dem Lärm in der Kapsel zu. John wurde heftig in seinem Sitzt hin und her gerüttelt, seine Zähne klapperten und er sah, dass die Uhr jetzt lief.

Ein Blick aus dem Fenster verriet ihm, dass der Turm am unteren Rand des Fensters gemächlich nach hinten glitt und der Schub die Rakete sanft abheben ließ.

Meter für Meter gewann sie an Höhe und beschleunigte dabei. John schloss die Augen, der Moment war gekommen, an dem sein Leben mit einem neuen Abschnitt begann. Solange die Rakete nicht noch in der Atmosphäre aus irgendeinem Grund explodieren würde, hatte seine Karriere als Kommandant eines Raumfrachters begonnen. Zwar war er für solch einen Job überqualifiziert, aber in Anbetracht der sich zugetragenen Ereignisse des letzten Jahres war dies seine letzte Chance. Und das war ihm in diesem Moment, als der Schub das tonnenschwere Höllengerät in den Himmel drückte, bewusster denn je.

Die Vibrationen in der Kabine waren heftig, der Funk lag in den ersten Sekunden des Aufstiegs still. Er spürte seinen Herzschlag, sein Körper stand unter extremen g-Kräften und versuchte, den Kreislauf aufrechtzuerhalten. Er öffnete die Augen und sah in dem kleinen Fenster neben sich dünne Wolkenfetzen, die vorbeirauschten. Am Horizont konnte er bereits die Krümmung der Erdkugel sehen, die dünne Atmosphärenschicht, die sie umgab, und darüber die Schwärze des Alls. Schnell verschwand die helle Oberfläche des Planeten aus seinem Sichtfeld. Er checkte die Anzeigen vor sich und warf Mandy einen Blick zu.

„Sieht alles gut aus“, sagte sie.

Er nickte. „Houston, wir sind bereit für Abtrennung der Booster.“

„Roger, *Aquarius*, Go für Abtrennung der Booster.“

„Dann wollen wir mal, festhalten dahinten.“ John streckte seinen Arm. Den Schalter vor sich zu erreichen, war durch den gewaltigen Schub nicht ganz so leicht. Er aktivierte den Schalter, der sofort weiß aufleuchtete. Unmittelbar danach wurden er und Mandy in die Gurte nach vorne gedrückt und ein metallisches Kratzen drang durch die Kabine. Dann wurde es für einen Moment still in der Kapsel.

„Booster abgetrennt“, informierte Mandy.

„Houston, Booster erfolgreich abgetrennt“, gab John durch den Funk weiter.

„Roger, *Aquarius*, aktivieren Sie jetzt den Antrieb von Stufe zwei.“

„Roger, Houston.“ Er drehte sich zu Mandy und nickte. „Dann los. Stufe zwei zünden.“

Mandy aktivierte einen Schalter vor sich.

Von der einen auf die andere Sekunde wurde John so stark in seinen Sitz gepresst, dass er das Gefühl hatte, jemand hätte ihm einen Amboss auf die Brust geworfen. Das Atmen fiel ihm so schwer, dass er es gerade mit äußerster Mühe schaffte, durch den Mund Luft in seine Lungen zu pressen.

Sofort wurde die Kabine von dem anfänglichen Lärm erfasst. Sein Kopf vibrierte auf seinen Schultern hin und her und das laute, ohrenbetäubende Rauschen der gewaltigen Schubdüse dröhnte in seinen Ohren.

„Schub läuft noch dreißig Sekunden“, sagte Mandy.

Er selbst behielt die Anzeige ebenfalls im Blick. Die Sekunden liefen herunter, bis der Schub des Triebwerks abrupt verschwand.

Mandy beugte sich nach vorne und drückte auf den weiß blinkenden Schalter. „Schubphase erfolgreich abgeschlossen."

„Sehr gut", sagte er an Mandy gewandt. „Houston, wir sind im Orbit. Wir trennen jetzt Stufe zwei ab und beginnen den Flug zur Gateway-Station."

„Verstanden, alle Systeme sehen gut aus", informierte Cliff.

Mandy aktivierte zwei Schalter an der Konsole vor sich. „Okay, trenne jetzt die Kapsel von der zweiten Stufe."

John betrachtete die Anzeigen und aktivierte die kleine Kamera, deren Bildschirm noch schwarz blieb.

John hörte, wie Teile der Verkleidung weggesprengt wurden und sich ihre Raumkapsel mit ihrem Service-Modul aus der Konstruktion der Endstufe löste.

„Geschwindigkeit ist gut. Wir lösen uns sauber." John sah nun auf dem Bildschirm, wie der Abstand zwischen der Endstufe und ihrem Raumschiff größer wurde.

„Abstand liegt jetzt bei fünfhundert Meter."

„Ich sehe es", bestätigte er. „Houston, Abtrennung von der Endstufe war erfolgreich. Aktivieren jetzt das Service-Modul und starten unsere Reise zur Lop-G."

„Verstanden, *Aquarius*, Freigabe zur Aktivierung der Serviceeinheit erteilt. Guten Flug."

„Danke, Cliff."

Mandy aktivierte mehrere Schalter und John drückte ebenfalls vier Knöpfe, die die Stromversorgung, die Heizung, das Lebenserhaltungssystem und die Solarpaneels aktivierten.

Er checkte die Anzeigen vor sich und war zufrieden, als alle Systeme wie gewünscht ihren Dienst taten. „Sieht alles gut aus. Dann bring uns mal auf Kurs."

„Aye, aye Captain", gab Mandy zurück. „Der Mond kommt gleich aus dem Erdschatten. Der Kurs ist berechnet, und wir sollten die Raumstation in fünf Stunden erreichen." Dann aktivierte sie einen weiteren Schalter und John spürte sofort den Schub. Die Geschwindigkeitsanzeige stieg schnell, die Erde tauchte in Johns Fenster wieder auf, um wenig später abermals aus ihm zu verschwinden.

„Schub noch für fünf, vier, drei, zwei, deaktiviere Triebwerk." Mandy drückte einen Knopf und der Schub ließ unmittelbar nach.

„Wir sind auf Kurs. Geschwindigkeit ist auch gut. Ich würde sagen, der erste Teil unserer Reise war erfolgreich. Wie sieht es dahinten aus?"

„Bei uns hier auf den billigen Plätzen ist alles gut, es ist nur etwas eng und ich glaube, mein Hintern ist eingeschlafen."

John lachte. „Azuka, ich glaube, du bist der erste Mensch, der in den Weltraum fliegt, dessen Hintern eingeschlafen ist."

„Immerhin etwas", gab sie amüsiert zurück.

„Bei uns ist auch alles gut, mir ist nur etwas flau im Magen", erklärte Anders.

John griff an den metallischen Gurthalter des Vierpunktgurtes auf Höhe seiner Brust und öffnete ihn. „Das gibt sich gleich wieder, wir können uns jetzt abschnallen und die Helme ausziehen. Der Autopilot wird den Flug für uns übernehmen." Er warf einen letzten Blick aus dem Fenster, in dem der Mond bereits zu sehen war. Er öffnete die Verriegelung des Helms in dem Moment, als er ein würgendes Geräusch hörte.

Anders fiel ihm ins Auge. Der Wissenschaftler hatte seinen Helm bereits abgenommen und erbrach sein Frühstück in einen Beutel.

„Tja, ich habe dir gesagt, du sollst dir den Bauch nicht so vollschlagen“, tadelte Aaron seinen Bruder.

„Das passiert den Besten. Auch wenn man schon zehnmal im All war, kann der Körper immer wieder so auf die Schwerelosigkeit reagieren“, erklärte Mandy, die ebenfalls ihren Helm abgenommen hatte.

Azuka war bereits zur hinteren Luke geschwebt und hatte den Durchgang zum Servicemodul geöffnet. „Auch wenn das jetzt komisch wirken mag, ich habe allerdings einen Riesenhunger.“

„Ich könnte auch einen Happen vertragen“, sagte John und folgte Azuka in das geräumigere Modul, in dem es auch Schlafsäcke, Toilette und eine Wand mit Halterungen für die Raumanzüge gab. Auch eine kleine Küche, die aus einer Trinkanlage, einem Vorratsschrank und einem kleinen Mikrowellenofen bestand, war in einer Wand verbaut.

John schlüpfte aus seinem Anzug und hängte ihn in die dafür vorgesehene Vorrichtung. Auch wenn der Flug zur Raumstation nicht wirklich lang dauerte im Vergleich zu den Anfängen der Raumfahrt, als Astronauten noch drei Tage zum Mond unterwegs waren, waren die verbleibenden viereinhalb Stunden geradezu luxuriös. Dennoch entledigte er sich seines Anzugs, da das Servicemodul zwar größer als die Kapsel, aber nicht gerade ein Platzwunder war. Zudem waren die Anzüge auch nicht dafür gemacht, sich in so einer engen Umgebung zu fünft zu bewegen. Aaron und Anders folgten Mandy und zogen ebenfalls ihre Raumanzüge aus.

John klopfte Anders auf die Schulter, als er vorbeiflog, und schenkte ihm ein aufmunterndes Lächeln.

Aus dem Gesicht des Wissenschaftlers war die Farbe gewichen und er lächelte gequält zurück.

„Was haben wir denn Leckeres zu essen?", fragte Mandy, die gerade ihren Anzug aufhing.

Azuka schwebte zum Vorratsschrank und griff sich einige vakuumierte Tüten. „Also, es gibt Hühnerfrikassee, dann gibt es Kartoffelbrei mit Rindfleisch, Gemüse mit Kartoffelbrei und einen Proteinbrei. Den will vielleicht Mandy, der hat dir auf der Erde doch immer so gut geschmeckt?" Azuka hielt ihr die silbrige Tüte hin und grinste.

„Haha, sehr witzig", erwiderte Mandy. „Ich nehme den Kartoffelbrei mit Rindfleisch."

„Kommt sofort", erwiderte Azuka.

Sie suchten sich alle etwas aus, auch Anders aß etwas, nachdem es ihm besser ging. Sie füllten ihre Beutel mit Wasser, sodass ihr Essen genießbar wurde, und unterhielten sich anschließend.

„Anders, geht es dir wieder gut?", fragte Mandy und blickte den Wissenschaftler an, der seinen leeren Trinkbeutel in einer Tüte verstaute und mit einem Klettverschluss an der Wand hinter sich fixierte.

„Geht schon wieder."

„Beim ersten Flug ins All habe ich mich auch heftig übergeben müssen, konnte gerade noch meinen Helm ausziehen", erwiderte Mandy.

John hatte sein Bestes getan, nicht an die *Hyperion* zu denken. Dank der Startvorbereitungen hatte es auch teilweise funktioniert, aber jetzt gerade hatte sein Gehirn nicht viel Auslastung und die quälenden Fragen kehrten zurück. „Sag mal, Anders“, begann er und fixierte ihn. „Du warst doch in dem Team, das das Uranus-Signal untersucht hat?“

Aaron leerte hörbar den letzten Schluck seines Orangensaftes aus seinem Beutel und blickte auf. „Siehst du, ich habe dir gesagt, du sollst das nicht überall herumerzählen“, fuhr er seinen Bruder tadelnd an. „Du weißt, dass keine Informationen nach draußen dringen dürfen.“

„Ist ja nicht so, als wäre ich damit hausieren gegangen“, gab er angriffslustig zurück und machte eine wegwerfende Handbewegung. „Ich habe es nur Tiffany, einer Kollegin, erzählt“, unterstrich er mit abwehrend erhobenen Händen. „Allerdings habe ich ihr nur erzählt, dass ich in dem Team bin.“

„Ja und sie hat es weitererzählt und ich habe da was ganz anderes gehört, was du erzählt hast. Man, sobald du eine hübsche Frau siehst, bist du wie ein offenes Buch.“

„Du kannst mich mal“, fauchte er seinen Bruder an.

„Beruhigt euch wieder“, ging John dazwischen. „Es ist ja nichts passiert.“

„Genau genommen sind wir hier übrigens gerade unter uns“, erklärte Azuka. „Ich finde, wir könnten uns darüber ruhig mal unterhalten. Ich denke, dass wir ein Recht darauf haben, zu erfahren, was da vor sich geht.“

Mandy legte den Kopf schief. „Ich muss gestehen, dass ich es verstehen kann, dass solche internen Informationen, die eine solche Brisanz beinhalten können, vertraulich behandelt werden müssen. Aber ich muss Azuka recht geben. Wir sind alle bei der NASA und befinden uns gerade in einem Raumschiff auf dem Weg zur Mondumlaufbahn, also wem sollten wir davon erzählen, ohne dass die NASA-Verantwortlichen etwas davon mitbekommen?

„Ist ja gut", gab Anders zurück und seufzte. „Nun, zuerst solltet ihr wissen, dass ich nicht nur Geologe bin. Vor meiner Kariere als Wissenschaftler war ich in den ersten Jahren nach dem College Analyst bei der NSA."

„Du warst bei der NSA?", fragte Azuka verblüfft nach.

„Ja, hört sich spannender an, als ihr denkt. Ich habe hauptsächlich nach Mustern, besser gesagt bestimmten Mustern in Datensätzen gesucht, um verschlüsselte Informationen und Datentransfers ausfindig zu machen."

„Wie kommt man denn von solch einem Job zu einem Doktor in Geologie?", wollte Mandy wissen.

„Ganz einfach, mir hat es gereicht, dass ich in einer anderen Welt gelebt habe. Es war, als würde ich in einem Gefängnis der Geheimhaltung sitzen. Ich durfte mit niemandem sprechen, nicht mal, dass ich bei der NSA war, durfte ich damals jemandem sagen. Ich hatte schon immer einen Hang zur Natur, vielleicht liegt das daran, dass mein Bruder und ich in den Rocky Mountains aufgewachsen sind. Wir waren viel draußen und Steine hatten es mir ebenso wie Computerprogramme früh angetan."

„Das klingt interessant, aber was hat das nun mit dem Signal zu tun?", fragte John. Er wurde ungeduldig, wollte endlich wissen, was der Mann darüber wusste, und dass er etwas wusste, lag auf der Hand, so wie er um den heißen Brei redete.

„Eine Menge, auf Grund meiner Erfahrung wurde ich in das Team gerufen. In dem Signal ist weitaus mehr versteckt als nur eine bestimmte Abfolge von Geräuschmustern. Übrigens würde ich an dieser Stelle gern dem Mann von der

NASA danken, der anhand der Tonspur ausmachen konnte, dass weitaus mehr dahinterstecken muss."

John lächelte. „Das war dann wohl ich, ich habe es Demeron gesagt, als wir das Signal das erste Mal empfangen haben."

„Dann haben Sie Dank." Anders zwinkerte ihm zu. „Nun, ich bin mir sehr sicher, dass dieses Signal kein natürliches ist, darauf weisen verschiedene Aspekte hin. Eine bestimmte Passage, die ich entschlüsseln konnte, lässt mich zum dem Schluss kommen, dass es auch nicht von einer anderen Lebensform ist."

„Was willst du denn jetzt damit sagen?", fragte Aaron.

„Ich glaube, er will uns gerade sagen, dass es von einer Maschine kommt. Wenn es nicht natürlich ist und auch nicht von einer anderen Lebensform, dann muss es maschinell sein, richtig?"

John musterte Azuka, die Anders fragend anblickte.

Anders nickte zustimmend. „Ja, davon gehe ich aus. Es schien eine Botschaft zu sein, ich konnte es nicht weiter entschlüsseln, aber auf Grund meiner Erkenntnisse wird das Team weiter daran arbeiten, das Signal zu entschlüsseln."

„Also ist in den Wolken des Uranus irgendeine Maschine versteckt?", fragte Mandy ungläubig. „Aber warum, ich meine, was macht die da?"

„Für mich wäre nur eine Art Sonde eine Erklärung, vielleicht hatte diese eine Fehlfunktion und ist dort gestrandet."

„Eine Sonde? Du meinst eine Forschungssonde?", fragte Aaron und blickte John direkt an.

John nickte. „Ja, vielleicht ist es eine Sonde, in der Art wie die Voyager, entsandt von einer intelligenten Spezies, die als

Aufgabe hat, die nahe kosmische Umgebung zu erkunden. Vielleicht wurde sie schon vor Jahrzehnten losgeschickt und ist nun hier angekommen. Dann könnte das Signal vielleicht gar nicht für uns sein, sondern es sind Forschungsdaten, die sie an ihre Heimatwelt funkt."

„Ich weiß ja nicht", ließ Azuka von sich hören.

Sie unterhielten sich noch ein wenig, bis John die Reißleine ziehen musste, als er Cliffs Stimme über Funk vernahm.

„*Aquarius*, hier Houston. Ihr erreicht euer Ziel in fünfundvierzig Minuten, zieht eure Raumanzüge an und bereitet euch für das Rendezvous vor."

John glitt zu einer kleinen Schaltkonsole und aktivierte das *COM*. „Verstanden, Houston, bereiten Rendezvous vor." Dann wandte er sich an seine Crew. „Ich fürchte, die Plauderstunde ist vorbei. Raumanzüge anziehen und Plätze wieder einnehmen."

Wortlos folgte seine Crew der Anweisung, und sie fanden sich schon wenig später in der Raumkapsel ein.

John sah bereits links neben dem Erdtrabanten die hell weiß leuchtende Station, auf die sie sich zubewegten. An einem Ausleger konnte er ein Schiff erkennen, das an einer Luftschleuse angedockt war. Es war die *Aquarius*, die auf dem Mond montiert und vor einigen Tagen zur Gateway-Station gebracht worden war, wo die letzten Systemchecks durchgeführt wurden.

John hatte zwar die Baupläne gesehen und in den einzelnen Mockups der Bereiche gearbeitet, aber in der Realität sah die *Aquarius* bei Weitem nicht so aus wie in seiner Vorstellung. Allein ihre Größe ließ das Erscheinungsbild majestätisch wirken. Sein Schiff wartete nur darauf, sich mit ihm zusammen auf die Mission zu begeben.

Das dunkle Metall der Außenhülle reflektierte nur schwach das Licht der Sonne. Dieses Raumschiff hatte nichts mit einem aus vergangen Tagen zu tun. Die *Hyperion* und auch die *Aquarius* gehörten zu der ganz neuen Klasse von interplanetaren Raumschiffen.

Die Schiffe der *Gaia*-Klasse waren Forschungsschiffe, die unter anderem einen Hangar besaßen, aus denen kleinere Shuttles gestartet werden konnten. Ebenfalls verfügten sie über Crewkabinen mit Schlafkapseln, einen Fitnessraum und Frachträume. Auch Forschungssonden konnten aus bestimmten Öffnungen wie Torpedos losgeschickt werden.

Waffen oder ähnliches besaßen beide Schiffe nicht, wofür auch, niemand rechnete damit, dass eines der Raumschiffe angegriffen wurde. Außerdem verfügten sie über die neusten Techniken wie einen hochmodernen Schiffscomputer, der Dutzende Aufgaben der Crew übernehmen konnte und die verschiedensten Forschungs- und Messinstrumente enthielt. Ebenfalls hatte man den beiden Schiffen den schnellsten Antrieb verpasst, der zurzeit verfügbar war. Der nukleare Antrieb konnte das Schiff auf unglaubliche neuntausendachthundert Meter in der Sekunde beschleunigen.

Der einzige Unterschied zwischen den beiden Schiffen war, dass die *Aquarius* mit insgesamt dreihundert Metern Länge größer war als die hundert Meter kürzere *Hyperion*. Die *Aquarius* wurde nicht nur für die Forschung entwickelt, sondern auch für den Transport von Waren. Geplant war, dass nach dem ersten erfolgreichen Flug zum Mars und dem Absetzen des Landers in folgenden Missionen ebenfalls Material zu dem Zwergplaneten Ceres gebracht würde, um dort eine neue Forschungskolonie aufzubauen.

„Verdammt, ist die groß", hörte er Aarons leise Stimme über Funk.

„In dreiundzwanzig Tagen werden wir mit ihr am Mars ankommen, beinah unvorstellbar", fügte Azuka ehrfürchtig hinzu.

John betrachtete das breite Heck, wo er die beiden Schubdüsen sah. Auf der Oberseite waren mehrere Parabolantennen und andere Instrumente zu sehen. Nach vorne hin wurde das Raumschiff schmaler.

„*Aquarius*, alle Systeme funktionieren einwandfrei", dröhnte Cliffs Stimme aus den Lautsprechern. „Aktivieren Sie jetzt den Autosequenzer zum Andocken an die Station. Der Kontrollraum der Lop-G wird Ihrem Computer ein Leitsignal senden."

„Verstanden, Houston, bestätige Empfang des Leitstrahls", gab John zurück.

„Dann mal los. Aktiviere den Autosequenzer", sagte Mandy und aktivierte einen Schalter rechts neben sich.

John betrachtete den kleinen Monitor in der Mittelkonsole, der ihn laufend über aktuelle Daten der Systeme informierte. „Bestätige, Computer hat Leitstrahl erfasst und beginnt den Anflug auf Luftschleuse L2."

Mars

(23 Tage später, Mars-Umlaufbahn, Frachtraum an Bord der Aquarius, knapp 10 Monate nach dem Start der Hyperion)

„Wie sieht es aus? Viel dürfte es nicht mehr sein."
Aaron drehte sich zu John um. „Wir sind gleich so weit. Ich denke, wir brauchen noch zwanzig Minuten, dann ist alles verstaut."

John nickte und sah zu, wie Azuka zusammen mit Anders eine Kiste die Laderampe des Landers hinauftrug. Mittlerweile waren beinah alle Kisten mit Ausrüstungsgegenständen in der kleinen Landefähre verstaut worden.

Der Lander sah einem Space Shuttle ähnlich, nur dass diese Fähre um einiges kleiner war. Bis zu fünf Astronauten und fünf Tonnen Fracht konnten in diesem Landungsgleiter zur Oberfläche gebracht werden. Selbstverständlich konnte man mit ihrer Hilfe auch zurück zu einem Raumschiff im Orbit aufsteigen. Alles vollautomatisch, sofern die Computer die jeweiligen Befehle und die Leitsignale erhielten.

„Verstanden. Dann gehe ich zurück zur Brücke." John drehte sich um und ging zwei Schritte, bevor er sich erneut dem Wissenschaftler zuwendete, der sich bereits eine kleinere Kiste geschnappt hatte. „Ach und zieht eure Helme an, ihr kennt die Vorschriften. Ohne die nutzen euch auch eure Raumanzüge nichts."

„Geht klar, Boss", erwiderte Anders ächzend und wuchtete die Kiste die Laderampe hinauf.

John drehte sich um und steuerte das Schott des Hangars an. Mittlerweile hatte er sich an den seltsamen Gang gewöhnt, der durch die Magnetstiefel entstand. Es war ungefähr vergleichbar mit dem Durchwaten von knöcheltiefem Schlamm.

Er betrat den Korridor und nahm seinen Helm ab. In einem kleineren Raum unweit des Hangars entledigte er sich seines Raumanzugs und folgte einer Treppe, die ihn zur Kommandoebene brachte.

„Alles klar hier?", fragte er Mandy, als er auf den Copilotenstuhl neben ihr zuhielt.

„Wir haben beinah unsere Geschwindigkeit erreicht und befinden uns bereits im Mars-Orbit."

„Ich sehe es", erwiderte John und checkte die Anzeigen der Monitore vor sich. Durch die Frontscheibe fiel ein rötlicher Schimmer ins Cockpit, der von der hellrostroten Oberfläche des Planeten stammte.

„Wie sieht es im Frachtraum aus?"

„Wir haben fast alles verstaut und die drei machen noch den Rest, ehe sie ihre Plätze einnehmen."

„Verstanden, wir haben gerade eine Audionachricht von Houston empfangen."

John warf Mandy einen flüchtigen Blick zu. „Und was wollen sie?"

„Hör es dir besser selbst an."

„Klingt nicht nach guten Nachrichten."

Mandy ließ über das Bedienfeld der Mittelkonsole die Nachricht abspielen.

„*Aquarius*, hier Houston. Herzlichen Glückwunsch für einen reibungslosen Flug zum Mars. Mit dieser Nachricht wird ein Update für den Schiffscomputer übermittelt. Wir haben die Programme des Autosequenzers des Landers etwas modifiziert. Wir haben den Eintrittswinkel und den Abwurfzeitpunkt neu berechnet, ebenfalls haben wir die Dauer der Triebwerkzündung angepasst. Zudem wird der Autopilot nun schneller abschaltbar sein, sodass im Ernstfall manuell schneller reagiert werden kann, dafür wurden zwei Sicherungen entfernt. Houston Ende."

„Ein Update, jetzt noch?", entfuhr es John erstaunt.

Mandy nickte ihm zu. „Tja, ich habe es jedenfalls schon installiert und mir die Daten angeschaut. Kurs und Geschwindigkeit sind angepasst, und um den Zeitplan einzuhalten, müssen wir den Lander in T minus zwölf Minuten abwerfen."

„Okay", erwiderte John und aktivierte die Intercom. „Wie sieht es aus bei euch?"

„Ladung ist verstaut und gesichert", hörte er Aarons Stimme aus dem Lautsprecher über ihm.

„Sehr gut, wir werden in T minus zehn Minuten und einunddreißig Sekunden starten."

„Roger, wir werden auf unseren Liegestühlen Platz nehmen, ach und schickt doch bitte den Kellner vorbei, ich könnte jetzt eine Margarita vertragen."

Mandy lachte und konnte sich ein Grinsen nicht verkneifen. „Hab verstanden, allerdings ist während des Fluges der Konsum von alkoholischen Getränken verboten, liebe Azuka."

„Schon okay, ihr gönnt uns aber auch gar keinen Spaß", gab Azuka gespielt enttäuscht zurück.

Mandy gab einige Befehle über den Monitor vor sich ein, während sie weitersprach. „War ein cooler Flug mit euch, hat Spaß gemacht, wird ziemlich still auf dem Rückflug."

„Das wollen wir auch hoffen", erwiderte Aaron.

John rief sich die Datensätze und den Live-Feed des Landers auf den Schirm. „Also schön, dann wollen wir uns mal auf euren letzten Teil der Reise konzentrieren. Zuerst noch der Comcheck mit Anders, kannst du uns hören?“

„Klar und deutlich.“

„Sehr gut, wir werden jetzt die Systeme abgleichen. Auf dem Monitor vor dir müssten mehrere Felder zu sehen sein, hat eines von ihnen eine andere Farbe als Grün?“

„Negativ, John, alles steht auf Grün.“

„Sehr gut, dann aktiviere nun bitte den Schalter ControlMain.“

John konnte auf dem Kamerabild sehen, wie Anders auf einen Schalter vor sich drückte.

„ControlMain leuchtet weiß und ist aktiviert.“

„Sehr gut, T minus drei Minuten, der Autosequenzer läuft. Ab jetzt wird der Computer übernehmen und Mandy wird eure Rettungsleine sein. Guten Flug.“

„Danke“, erwiderten die drei.

„Kommt gut nach Hause“, fügte Azuka hinzu.

„Ladeluke wird geschlossen und ich stelle den Druckausgleich im Hangar her.“

John beobachtete jeden Schritt, den Mandy durchführte, nicht, weil er ihr nicht vertraute, sondern weil es Vorschrift war, und noch einmal würde er diese nicht missachten.

Langsam schloss sich die hintere Frachtrampe des Shuttles und John sah, wie die Druckanzeige sank, bis sie das Niveau des Alls angenommen hatte.

Mandy tippte einen Befehl auf dem Monitor an. „T minus eine Minute, ich öffne das Tor.“

„Dann wollen wir mal sehen, ob die Technik das tut, was sie tun soll“, murmelte Mandy gerade so laut, dass John sie hören konnte.

„Nicht so pessimistisch", gab er zurück. „Wird schon schiefgehen."

„Triebwerk zündet, Lander verlässt den Hangar", kommentierte Mandy die Videobilder der im Hangar installierten Kameras.

In den folgenden Sekunden schwieg John, er spürte, dass Mandy angespannt war, auch wenn sie nichts mit dem Sinkflug zu tun hatte. Sie hatte allerdings dieses Verfahren in den Monaten vor ihrem Start mitentwickelt und einige ihrer Ideen wurden der Software hinzugefügt.

Kurz dachte er nach und entschied sich, sie ein wenig auf andere Gedanken zu bringen. „Sag mal, Mandy, sollen wir nicht mal miteinander sprechen?"

Sie warf ihm einen verwunderten Blick zu. „Ich verstehe nicht. Sprechen wir nicht dauernd miteinander?"

„Na, wir haben nie darüber gesprochen, was in der Kantine zwischen mir und Glenn vorgefallen ist."

„Du willst mich gerade verscheißern, oder?"

John war in der ersten Sekunde über die feindselige Antwort überrascht, hakte dann aber nach: „Nein, wieso?"

„Du willst jetzt darüber sprechen? Ich meine, jetzt, in diesem Moment und nicht in den nächsten Wochen, wenn wir nach Hause fliegen?"

„Ich dachte nur, du kannst jetzt eh nichts tun, und wir sind das erste Mal wirklich unter uns." John wich Mandys Blick aus und betrachtete das Shuttle, das in der Außenkamera immer kleiner wurde und sich in einer gebogenen Flugbahn der Marsatmosphäre näherte.

„Okay, wenn du ausgerechnet jetzt darüber reden willst, dann bitte, aber was willst du von mir hören?"

Er spürte ihren Blick, der ihn förmlich durchbohrte.

Sie hielt inne, dann holte sie Luft. „Weißt du, John, es wundert mich wirklich sehr, dass du jetzt nach Monaten damit ankommst. Ich meine, ich hatte es schon beinah vergessen und eigentlich interessiert es mich auch nicht mehr. Was zwischen dir und Glenn ist, geht mich nichts an."

„Ich habe mehrmals versucht, mit dir ein Bier trinken zu gehen, um mit dir zu reden. Ich hatte ständig das Gefühl, dass seit dem Vorfall irgendetwas zwischen uns steht. Als würdest du mich für einen Schläger oder Rüpel halten."

Sie schwieg und starrte stur auf die Anzeigen vor sich.

„Ich bin alles andere als das, ehrlich und ich will das mit dir klären. Ich glaube dir nicht, dass du das vergessen hast. Wie sollen wir so mehr als drei Wochen allein auf diesem Raumschiff verbringen?"

Kopfschüttelnd seufzte sie und blickte ihn an. „John, ich glaube, du interpretierst da viel zu viel hinein. Zugegeben, anfangs war ich etwas verwirrt, weil du mich überrascht hattest. Ich hatte dich nicht so impulsiv eingeschätzt. Aber das ist jetzt bald ein Jahr her. Wirklich, John, das, was da zwischen dir und Glenn ist, geht mich nichts an." Sie wirkte, als wäre es ihr in der Tat gleichgültig.

Dennoch blieb das dumpfe Gefühl tief in ihm, dass sie ihn womöglich für einen gewaltbereiten Menschen hielt, der, wenn man ihn reizte, auch mal handgreiflich werden konnte. Für den Moment beschloss er, es dabei zu belassen. „Okay, dann ist das geklärt", sagte er und warf einen Blick auf die Anzeigen.

Innerlich ärgerte er sich, dass er es überhaupt angesprochen hatte, als wäre er ein dummer Teenie. Inständig hoffte er, dass seine Autorität nicht gelitten hatte, zumindest wusste er jetzt, dass es Mandy offensichtlich egal war, und er sich umsonst so viele Gedanken darum gemacht hatte. Im Nachhinein betrachtet erschien es nun logisch, dass es sie nicht interessierte.

Ein heftiger Ruck riss ihn aus seinen Gedanken, auf den unmittelbar der Masteralarm folgte. „Verfluchte Scheiße, was ist gerade passiert?“ Kaum hatte er seine Frage ausgesprochen, verstummte der Alarm und jedes andere technische Gerät des Schiffes ebenso.

„Alle Systeme sind ausgefallen“, rief Mandy panisch und hämmerte auf sämtliche Knöpfe.

Auch John versuchte, irgendetwas zu aktivieren, doch die Sekunden vergingen, ohne dass auch nur das Licht anging. Er streckte sich, um das Shuttle ins Auge fassen zu können. Dieses hatte die Flugbahn geändert und die bananenförmige Kurve wurde flacher. „Verdammt, der Winkel des Landers wird flacher, auch deren Systeme müssen ausgefallen sein. Bei der Geschwindigkeit und dem Winkel werden sie von der Atmosphäre abprallen.“

„Und was soll ich deiner Meinung nach tun?“, rief sie ihn zornig anfunkelnd.

„Die Nerven behalten, also lass uns durchgehen, was wir machen können.“ Unvermittelt nach seinem letzten Wort sprang das Licht der Brückenbeleuchtung an und er sah vor sich die Bootloader auf den Monitoren.

„Wir haben wieder Saft“, stellte sie lakonisch fest.

John spürte, wie sein Puls unentwegt Adrenalin in seine Adern pumpte. Mit all seiner Routine und Erfahrung gelang es ihm, die Fassung zu bewahren. „Mach dich bereit, sobald die Systeme alle wieder laufen, musst du vielleicht die Steuerung des Shuttles übernehmen.“

„Alles klar, die Rechner fahren hoch, hoffen wir, dass die Steuerung nicht defekt ist.“

„Das werden wir gleich sehen", presste er schwer atmend hervor.

Die Sekunden zogen sich wie Kaugummi, dann endlich erschienen die ersehnten Datensätze auf den Monitoren und der schrille Alarm dröhnte aus den Lautsprechern. Diesen deaktivierte John als allererstes.

„Okay, wir sind online. Das Shuttle hat das Leitsystem verloren, ich übernehme."

John nickte, auch wenn Mandy ihn nicht ansah. Er aktivierte die Funkverbindung in der Hoffnung, dass diese funktionierte. „Lander M1, hier ist die *Aquarius*, könnt ihr mich hören?"

Rauschen folgte auf seine Worte, dann knackte es. „Hier ... M... haben de... Compu... ...loren. ... Leit... ...tem, aus ... Wir werden ..." Dann folgte nur noch Rauschen.

„Verdammt", fluchte John. „Das bringt nichts. Wie sieht es bei dir aus?"

„Ich glaube, ich kann das Shuttle stabilisieren, doch du musst die *Aquarius* näher heranbringen, bevor das Shuttle zu weit weg ist. Ich weiß nicht, ob wir die Verbindung dann wieder herstellen können."

„Verstanden, berechne Kurs. Die Sensoren erfassen das Shuttle. Es scheint, als hätte unser Bordcomputer keinen Schaden erlitten."

„Die Fernsteuerung hat bereits Aussetzer."

„Einen Moment noch", murmelte John und gab die entsprechenden Befehle über das Touchpad ein. Seine Finger waren ruhig, auch wenn sein Puls raste, dafür hatte er Dutzende Trainings absolviert und etliche Stunden, Tage, sogar Wochen im Simulator verbracht. Dann leuchtete ein grünes Lämpchen auf. „Kurs berechnet, wir beschleunigen und holen auf."

„Ich werde versuchen, das Shuttle zurück an Bord zu manövrieren, ohne das Leitsystem kann ich es nicht mehr sicher landen."

John betrachtete das Bild der Außenkamera, in dem er nun den kleinen weißen Punkt in der Ferne wieder deutlich erkennen konnte. „Verstanden, das Leben der drei steht an erster Stelle; egal, wie, wir müssen sie retten."

Schnell gewann der Punkt an Größe, Konturen und Umrisse des Landers wurden deutlicher sichtbar. Die leuchtende Planetenoberfläche war bereits zum linken unteren Fensterrand gewandert und vor ihnen lag der offene Raum.

„Das Radar erfasst mehrere kleinere Objekte", stellte John fest. „Es sind kleinere Asteroiden, die sich uns und dem Shuttle nähern."

„Ich sehe es, bitte sei für einen Moment still, ich muss mich konzentrieren."

In Anbetracht der Situation ließ er ihr dies durchgehen. Vielleicht würde er ihr später sagen, dass dies kein angemessenes Verhalten ihrerseits war. Doch jetzt zählte einzig und allein das Leben der drei Wissenschaftler.

John scannte die Anzeigen und war bereit, einzugreifen, falls der Computer die Geschwindigkeit der *Aquarius* nicht an die des Shuttles anpassen würde.

„Ich werde eine Kurve fliegen und es zum Hangar steuern."

„Verstanden, ich öffne das Tor. Entfernung zehntausend Meter und sinkend. Ich verlangsame jetzt die Geschwindigkeit der *Aquarius*."

„Fuck", fluchte Mandy in dem Moment, als auch John die drei roten Punkte sah, die sich ihrer Position näherten.

„Ich sehe es auch. Drei Trojaner, alle ungefähr zehn Meter im Durchmesser. Besser die treffen uns und nicht das Shuttle."

„Schon klar, John. Halt die *Aquarius* ruhig."

Das Schiff ruhig halten, was für eine ironische Aussage. Die *Aquarius* trieb mittlerweile gemächlich durchs Vakuum und John reduzierte weiterhin die Geschwindigkeit, bis sie zum Stillstand gekommen war. Er konnte die Front und die Scheiben des Cockpits der Fähre jetzt deutlich erkennen, die direkt auf sie zusteuerte.

Auf Mandys Konsolen befanden sich weitaus mehr Bildschirme mit verschiedenen Kameraperspektiven, sowohl von der *Aquarius* aus als auch aus Sicht des Shuttles. Zudem hatte sie verschiedene andere Systeme, die ihr Flugbahn, Geschwindigkeit und andere wichtige Flugdaten anzeigten. Mit einem speziellen Joystick, der an ihrem Stuhl befestigt war, steuerte sie das Shuttle manuell.

„Noch fünftausendfünfhundert Meter, du bist etwas schnell."

Mandy schwieg und biss sich konzentriert auf die Unterlippe. Ihr Blick war starr auf die Monitore fixiert.

„Das Tor ist offen und die Landezone ist auch frei. Löschroboter sind aktiviert. Mandy, du musst die Geschwindigkeit reduzieren, sonst wird das Shuttle die Hangarwand durchbrechen", forderte er.

„Das geht nicht, wenn ich langsamer werde, schaff ich es nicht an dem Asteroiden vorbei."

Mandy hatte recht, denn der Felsbrocken, der einem Planeten nichts anhaben konnte, konnte einem Schiff wie dem Shuttle durchaus gefährlich werden und beträchtlichen Schaden anrichten. Der erste Asteroid war hinter dem Lander vorbeigeflogen, der mittlere näherte sich von rechts dem Shuttle.

„Verdammt, ich hoffe, du weißt, was du da tust." John konnte seine Augen nicht von den Monitoren abwenden. Der Asteroid war jetzt beinah auf gleicher Höhe. Er hielt den Atem an. Eine beklemmende Stille hatte sich auf der Brücke ausgebreitet. Wie in Zeitlupe eines Videospiels verfolgte er die Flugbahn des rot blinkenden Punktes, der den grünen nur um Haaresbreite verfehlte und schnell an Abstand gewann. „Das war knapp. Der dritte Asteroid wird für uns keine Gefahr sein. Du musst jetzt die Geschwindigkeit reduzieren."

„Bin schon dabei, noch eintausendfünfhundert Meter. Ich glaube, wir haben es fast geschafft."

„Bestätige, Geschwindigkeit verringert sich und Kurs sieht gut aus. Jetzt bring den Vogel nur noch sicher ins Nest."

„Mit dem allergrößten Vergnügen."

Johns Puls normalisierte sich leicht, als er den sich verringernden Wert der Abstandmessung betrachtete. Das Shuttle war jetzt groß als Nahaufnahme auf seinem Bildschirm zu sehen. Er zoomte etwas heraus, sodass er den Anflug besser verfolgen konnte.

Er wollte sich nicht vorstellen, wie sich Azuka, Aaron und Anders fühlen mussten, es musste die Hölle sein. Hilflos sein Leben in fremde Hände zu geben, ohne auch nur den Hauch einer Chance zu haben, irgendetwas zu beeinflussen. Auch der Druck, der auf Mandy lag, war mit fast nichts zu vergleichen, in ihren Händen lag das Leben von drei Menschen, die ihr schutzlos ausgeliefert waren.

Das Shuttle näherte sich und wurde weiterhin langsamer.

„Noch fünfhundert Meter, Geschwindigkeit ist gut, du bist etwas flach."

„Jep, schon gemerkt. Keine Sorge, ich habe alles unter Kontrolle."

Kleinere und etwas größere weiße Teile der Verkleidung stoben vom Heck des Shuttles ins All, als wäre dort etwas explodiert. Sofort blinkten sämtliche Anzeigen auf Mandys Displays rot auf und wurden von einem schrillen Alarmton begleitet.

Er hatte den Mund geöffnet, um etwas zu sagen, doch es blieb ihm im Hals stecken, als er sah, wie der Lander in eine unkontrollierte Flugbahn abdriftete. Das Heck brach aus, irgendetwas drückte es nach links.

„Das Heck bricht aus, ich weiß nicht, ob ich sie stabil halten kann", rief Mandy angespannt. „Das wird eine harte Landung. Achtung, festhalten!"

Bevor John etwas erwidern konnte, wurde die Brücke von einem heftigen Ruck erfasst, der ihn in seine Gurte drückte. Für eine Sekunde wurde ihm die Luft aus der Lunge gepresst und er spürte den drückenden Schmerz.

Dutzende Lampen blinkten rot auf, der Masteralarm war angesprungen. Die Bildschirme, die zuvor noch die Bilder der Außenkameras des Shuttles übertragen hatten, zeigten nur noch Schneegestöber an.

„Was ist gerade passiert?", fragte er mehr sich selbst und versuchte, das Kamerabild des Hangars reinzubekommen. Dort sah er Dutzende Bruchstücke der Hangarverkleidung sowie jener, die zum Lander gehörten.

John öffnete seinen Vierpunktgurt. „Übernimm die Steuerung der *Aquarius* und bring uns in den Orbit des Mars zurück. Ich werde zum Hangar gehen."

„Verstanden", erwiderte sie schwer atmend.

„Und stell diesen Alarm ab", rief er fordernd, bevor er die Brücke verließ. Er rannte so schnell es ihm seine Magnetstiefel zugestanden. Bevor er den Hangar erreichte, streifte er sich seinen Anzug über und verriegelte den Helm. Das Tor des Hangars müsste zwar geschlossen sein, doch es erschien ihm sicherer zu sein, mit Anzug dem Qualm entgegenzutreten. Er aktivierte sein Servicemodul und machte sich auf zur Luftschleuse. Er brauchte keinen Druckausgleich herstellen, da der Hangar bereits nach dem Schließen des Tores automatisch einem Druckausgleich unterzogen wurde. Dichter schwarzer Qualm hatte sich in der Halle ausgebreitet, Wassertropfen benetzten sein Visier, das von den Löschsystemen stammen musste. Er konnte trotz des Rauchs die Umrisse des Shuttles erkennen, der Bug sah deformiert aus.

Ein brennendes, schwebendes Wrackteil rechts von ihm blendete ihn kurz und er wandte sich schnell dem Heck zu.

Das Shuttle musste sich durch den Aufprall gedreht haben und gut zwanzig Meter über den Metallboden vom Tor weggerutscht und schlussendlich von den magnetischen Standfüßen abgebremst worden sein. Er konnte am Heck auf seiner Seite erkennen, dass unmittelbar vor Beginn der Antriebssektion ein Loch in der Außenhülle klaffte. Als er näher ging, sah er einen kleinen Felsbrocken in dessen Mitte stecken. *Verdammt, der dürfte einen Durchmesser von gerade mal einem halben Meter haben und hat trotzdem bei seinem Einschlag unglücklicherweise irgendwelche Leitungen beschädigt.*

„John, sprich mit mir, wie sieht es aus?", drang Mandys Stimme durch den internen Funk.

„Das Shuttle wurde von einem kleineren Asteroiden am Heck getroffen, den die Sensoren nicht registrieren konnten. Dadurch muss Gas ausgetreten sein, was den Schlingerkurs verursacht hat, und es muss mit der Hülle des Hangars kollidiert sein, so wie der Bug aussieht. Der ist ziemlich eingedrückt und verbeult. Kannst du eine Verbindung zu den drei herstellen?"

„Moment", gab Mandy zurück.

John ging zum Heck und fand das kleine Bedienfeld, das neben der Laderampe in der Außenhülle installiert worden war. Es schien tot zu sein, egal, wie heftig er auf das Touchpad drückte, es blieb schwarz. „Mist, ich kann die Heckrampe nicht öffnen."

„Versuch die Rettungsluke an der Steuerbordseite. Du müsstest jetzt die drei auch über Funk erreichen können."

„Aaron? Anders? Azuka, könnt ihr mich hören?" Er lauschte und ging an der Steuerbordseite entlang und suchte die Notausgangsluke, die, wie er wusste, auch händisch ohne Technik zu öffnen war. „Kann mich jemand hören? Antwortet mir, hier spricht John, ihr seid wieder im Hangar der *Aquarius*." John bemerkte, dass der Großteil der Brände bereits gelöscht worden war und der Rauch von der Lüftungsanlage abgezogen wurde.

Er fand die rechteckige, zwei Meter mal einen Meter große Luke, in deren Mitte ein langer Hebel installiert war. Mit beiden behandschuhten Händen griff er nach ihm. „Ich komme jetzt zu euch rein." Er zog an dem Hebel in der Hoffnung, dass sich die Luke nicht mit der Außenhülle verzogen hatte. Dabei fühlte es sich an, als würde er sich von selbst bewegen.

„John, hörst du mich?", vernahm er endlich Azukas Stimme über Funk.

Er zog mit einem Ruck das Lukenbauteil aus der Öffnung und ließ es achtlos neben sich los, woraufhin es von ihm wegtrieb. In der entstandenen Öffnung sah er Azuka, die in ihrem Anzug stand. Durch das Visier konnte er sehen, dass ihre Stirn etwas mit Blut verschmiert war. Hinter ihr tauchten Aaron und Anders auf.

„Verdammt noch mal, tut das gut, euch zu sehen", entgegnete er den dreien erleichtert und reichte Azuka eine Hand.

„Ich dachte, es wäre aus mit uns", sagte Azuka mit zitternder Stimme.

John half ihr, mit ihren Magnetstiefeln auf dem Boden Halt zu finden. Nacheinander stiegen sie aus und entfernten sich von dem zerstörten Lander.

„Was zum Henker ist passiert?", wollte Anders wissen.

„Das würde ich auch gern wissen", fügte Aaron hinzu. „Plötzlich gab es irgendeine Schockwelle oder einen Impuls und der Bordcomputer ist ausgefallen. Nach kurzer Zeit sind einige Systeme wieder hochgefahren, doch dann hat sich plötzlich unser Kurs geändert."

„Das war Mandy, auch die *Aquarius* wurde getroffen. Hier scheint allerdings alles in Ordnung zu sein, zumindest nach dem ersten Anschein. Euer Leitsystem war defekt und Mandy musste euch zurückholen. Dummerweise wurde das Shuttle beim Landeanflug von einem kleinen Asteroiden getroffen, der den anschließenden Unfall verursacht hat." John zeigte auf das Loch am Heck.

„Scheiße, wir hätten draufgehen können", ließ Azuka von sich hören.

„Glücklicherweise ist Mandy eine ausgezeichnete Pilotin", erklärte Aaron.

„Das ist sie", bestätigte John und wandte sich zur Schleuse. „Kommt, lasst uns herausfinden, was hier los ist, denn es dürfte klar sein, dass dieses Shuttle leider nirgendwohin mehr fliegt."

„Sollten wir Houston nicht zuerst kontaktieren?"

John drehte sich in der Schleuse zu Anders um. „Alles zu seiner Zeit, die werden bestimmt unsere Daten schon empfangen haben, wenn die Schockwelle nicht auch die Erde getroffen hat. Wir sollten zuerst herausfinden, was die Ursache für diese Störung war." Dann wandte er sich ab und ging zu dem kleinen Raum, in dem sie alle ihre Anzüge auszogen.

Als sie die Brücke betraten, stürmte Mandy an John vorbei und umarmte Azuka.

„Es tut wirklich gut, euch an Bord zu wissen", sagte sie, löste sich und umarmte auch die Brüder.

„Das Feuer ist gelöscht und der Rauch abgezogen", berichtete John. „Das Shuttle allerdings hat einen Totalschaden erlitten. Da kannst auch du nichts mehr als Ingenieurin retten."

„Solange keiner ums Leben gekommen ist, kann ich damit leben", erwiderte Mandy.

„Wie ist unser Status?", wollte John wissen.

Mandy ging zu einem Terminal links von ihnen und rief einige Datenfelder auf. „Die Systeme der *Aquarius* laufen einwandfrei. Der Hangar ist so weit dicht und steht unter Druck, allerdings wurde die Führung des Tores beschädigt. Ich befürchte, wenn wir es öffnen und erneut schließen wollen, kann es passieren, dass es sich verkeilt."

„Dann lassen wir es zu, wir haben immer noch die Schleuse, über die wir das Schiff im Notfall verlassen könnten."

„John sprach von einem Impuls, der uns getroffen hat. War das wieder ein Sonnensturm?“ Anders schob sich neben John, um den Bildschirm besser zu sehen.

„Soweit ich das sehe, kam die Impulswelle aus einer ganz anderen Richtung, und zwar aus Richtung des Uranus“, erwiderte Mandy.

„Vom Uranus, ist das verifiziert?“, fragte Azuka nach. „Du meinst also, dass der Planet einen EMP ausgesendet hat. Wie denn?“

Mandy zuckte mit den Schultern. „Das kann ich dir nicht sagen, ich erkläre dir nur, was die Sensoren mir zeigen. Der Impuls wurde eindeutig schon vorher aufgezeichnet und er kommt aus dieser Richtung. Nichts anderes befindet sich in dieser Gegend.“

„Okay, wurde wirklich nichts auf der *Aquarius* beschädigt? Was ist mit dem nuklearen Antrieb?“

Mandy warf John einen Blick über die Schulter zu. „Alle Werte im grünen Bereich, ich denke, dass wir Glück hatten. Im Gegensatz zu dem Shuttle verfügt die *Aquarius* über deutlich mehr Schutz gegen solche Wellen.“

John nickte. „Hat Houston sich schon gemeldet?“

Mandy schüttelte mit dem Kopf. „Bis jetzt nicht.“

„Sollten wir nicht unten Bescheid geben, dass es uns gut geht und wir den Flug nicht mehr durchführen können?“, fragte Aaron erneut.

„Das werden wir und uns ebenfalls vergewissern, ob dort alles klar ist. Dann werden wir einen Bericht nach Houston schicken. Irgendetwas stimmt hier nicht, und zwar gewaltig. Denn wenn der Uranus uns nun EMP-Impulse schickt, muss dort etwas sein, was diese erzeugt, und das wird sicher nicht durch Gase oder etwas ähnliches ausgelöst.“

Die vier blickten John an. „Ich denke, euch ist klar, dass ihr nicht mehr auf den Mars gelangen werdet. Jedenfalls nicht mit dieser Mission."

Aaron seufzte. „Das ist uns bewusst, dennoch sollten wir klären, was mit unseren Kollegen ist. Es besteht durchaus die Gefahr, dass auch sie erhebliche Probleme haben."

Zu gerne würde ich wissen, was mit der Hyperion ist und was diesen EMP ausgelöst hat. Durch ein natürliches Phänomen ist er bestimmt nicht entstanden, nicht am Uranus, dafür ist er zu kalt. John fuhr sich mit den Händen durch das Haar, das schweißnass war.

Entscheidung

(Mars Umlaufbahn, Brücke an Bord der Aquarius, knapp zehn Monate nach dem Start der Hyperion)

„Mars-Basis One, hier spricht Colonel John Coel, Kommandant der *Aquarius*. Wie ist Ihr Status?“ Er wartete einen Moment, in dem er lediglich ein leises, regelmäßiges Piepsen einer Konsole hinter sich vernahm. „Mars-Basis One, hier ist die *Aquarius*, bitte antworten Sie. Wie ist Ihr Status?“

„Vielleicht ist ihre Kommunikations…“ Ehe Mandy ihren Satz zu Ende sprechen konnte, ertönten zwei schnell aufeinanderfolgende piepsende Töne.

„Hier spricht Doktor Ella Diaz von der Mars-Basis One. Bitte entschuldigen Sie, hier ist gerade etwas Chaos.“

„Das ist die Astrobiologin und eine Kollegin von mir“, flüsterte Azuka hinter Johns Rücken. „Darf ich mit ihr sprechen?“

John nickte.

„Hallo, Ella, hier Azuka. Freut mich sehr, dich zu hören, wie sieht es bei euch aus?“

„Hallo, Azuka, ich bin ebenfalls froh, dich zu hören. Wir haben euren Anflug verfolgt. Bis unsere Systeme ausgefallen waren und wir bis jetzt dabei sind, diese wieder zu starten. Wisst ihr vielleicht, was passiert ist?“

„Bei uns war es dasselbe, unsere Pilotin Mandy hat uns glücklicherweise unversehrt zurück zur *Aquarius* gebracht.“

„Hallo, Doktor Diaz, hier noch mal Coel“, unterbrach John Azuka und legte seine Hand auf ihre Schulter. „Wir vermuten, dass es einen elektromagnetischen Impuls gab, doch können wir nicht hundertprozentig sagen, woher er kam. Gibt es Verletzte bei Ihnen?"

„Ja, aber nichts Ernstes, ein paar Verbrennungen und blaue Flecken, die bei einer Spannungsspitze entstanden sind."

„Was ist mit den technischen Geräten der Basis?"

„Soweit wir das bis jetzt feststellen konnten, haben wir wohl Glück gehabt. Die Stromversorgung läuft und auch das Lebenserhaltungssystem scheint keinen Schaden genommen zu haben."

John atmete erleichtert auf. „Leider können wir die Mission nicht mehr wie geplant durchführen, da unser Shuttle irreparabel beschädigt wurde", ging er nun auf das Wesentliche über.

„Das Shuttle wurde beschädigt?", fragte Ella nach.

„Ja, wir können Ihre Kollegen und das Material nicht mehr zu Ihnen auf die Oberfläche bringen."

„Mit der Lieferung sollte uns hauptsächlich technisches Material geliefert werden. Von daher, solange es Azuka, Aaron und Anders gut geht, ist das nicht ganz so schlimm."

„Uns geht es gut", antwortete Anders.

„Danke, Ella, der Schreck sitzt zwar noch tief, aber wir leben", fügte Aaron hinzu.

„Wir werden das hydroponische Labor noch eingehend überprüfen müssen, aber früher oder später werden wir neues technisches Gerät und andere Versorgungsgüter brauchen."

„Verstanden."

„Ach und Colonel, bitte schicken Sie den Statusbericht zu Houston, wir konnten noch keine Verbindung zum Kommunikationssatelliten aufbauen."

„Haben den Bericht gerade empfangen und werden ihn weiterleiten, bleiben Sie auf Standby, wir werden uns wieder melden und bleiben im Orbit."

„Verstanden, Mars-Basis Ende."

Azuka stieß hörbar erleichtert Luft aus. „Zum Glück ist keiner ernsthaft verletzt worden."

„Dennoch stecken wir in einer misslichen Lage", erklärte John und ging zur gegenüberliegenden Konsole auf der Brücke. „Wir haben das Shuttle verloren, können unsere Mission nicht planmäßig durchführen und wissen noch nicht einmal, was wirklich passiert ist." Er drehte sich um, bevor jemand etwas sagen konnte. „Wir sollten nicht vergessen, dass die *Hyperion* ebenfalls von diesem Impuls getroffen worden sein muss."

„Das stimmt und die sind viel näher am Uranus dran als wir", fügte Aaron besorgt hinzu.

John nickte. „Ich werde jetzt eine Nachricht an Houston schicken, in der Zwischenzeit möchte ich, dass wir alle Systeme kontrollieren, ob die *Aquarius* wirklich hundertprozentig einsatzbereit ist."

„Verstanden, ich werde mich direkt an die Analyse machen", gab Anders zurück.

„Wir werden auch so gut helfen, wie wir können, und das Schiff auf etwaige Beschädigungen absuchen."

John nickte auch Aaron zu, der sich gefolgt von Azuka in Bewegung setzte.

„Dann werde ich in den Maschinenraum gehen und eine Tiefendiagnose des Antriebs durchlaufen lassen", verabschiedete sich Mandy als letzte.

„Mach das."

Es dauerte etwas mehr als eine Stunde, bis sie sich auf der Brücke wiedertrafen.

„Reaktor und Antrieb sind fehlerfrei, hätte mich auch gewundert, da dieser Bereich besonders geschützt ist."

John nickte Mandy zu. „Jetzt haben wir Gewissheit."

„Wir konnten auch keine Beschädigungen finden, scheint alles okay zu sein", erklärte Azuka.

„Kann ich nur bestätigen", fügte Anders hinzu.

„Gut, das ist sehr gut. Houston hat uns soeben auch eine Antwort geschickt." John ging zu der Mittelkonsole zwischen den beiden Pilotensitzen und startete die Nachricht.

„*Aquarius*, hier Houston, zunächst einmal sind wir alle glücklich, dass niemandem etwas passiert ist", drang Cliffs Stimme aus dem Lautsprecher. „Unsere Instrumente haben ebenfalls eine elektromagnetische Welle registriert und bestätigen, dass diese vom Uranus ausging, um es zu konkretisieren: vom Südpol. Glücklicherweise ist der Impuls für die Erde keine Gefahr gewesen. Wir haben allerdings den Kontakt zur *Hyperion* verloren, aus welchem Grund, wissen wir noch nicht. Sie hat bereits die Umlaufbahn des Saturns passiert und befand sich nach ihrer letzten Positionsangabe knapp sechs astronomische Einheiten hinter der Umlaufbahn. Seit dem Impuls ist sie verschollen, jedoch zeigten die letzten empfangenen Daten, dass reihenweise Systeme versagten und letztendlich auch der Antrieb."

John schluckte.

„Ihr sollt auf Standby bleiben und auf weitere Instruktionen warten. Hier wird gerade einiges besprochen. Wir melden uns, sobald wir mehr haben."

„Die *Hyperion* ist verschollen", stellte Mandy leise fest.

„Was hat das zu bedeuten?", fragte Aaron unsicher.

„Das kann vieles bedeuten, ich meine, der Uranus ist ein Planet, von dem wir nicht wirklich viel wissen. Wir können uns nicht mal erklären, warum sein Äquator gekippt ist. Vielleicht hat die aktive Phase der Sonne das Magnetfeld gestört."

John schüttelte sofort mit dem Kopf und blickte Anders an. „Ich denke, das können wir ausschließen. Ich kann mir beim besten Willen nicht physikalisch erklären, aus welchem Grund deswegen vom Planeten selbst ein solch heftiger Impuls ausgehen sollte, dass wir ihn hier noch spüren." John wies auf den Monitor, wo er zuvor mehrere Daten aufgerufen hatte. „Die Daten der vergangenen Monate zeigen, dass irgendetwas anderes die Ursache für die Ereignisse sein muss."

Azuka drängte sich in sein Blickfeld. „Und was soll das sein? Du willst uns doch nicht sagen, dass dort irgendwelche grünen Männchen hausen?"

„Vielleicht keine grünen Männchen, aber irgendetwas anderes muss da sein. So etwas passiert nicht einfach nur so", erwiderte John lakonisch.

Aaron seufzte. „Ich selbst habe mir das auch schon überlegt. Ehrlich gesagt, ich habe keine Ahnung, was ich denken soll. Das hier widerspricht aller wissenschaftlichen Logik."

Anders verschränkte die Arme vor der Brust. „Meint ihr, die *Hyperion* ist von dem Impuls zerstört worden?"

„Nein", erwiderte Azuka. „Wieso sollte ein Raumschiff durch einen elektromagnetischen Impuls zerstört worden sein?"

Mandy schüttelte mit dem Kopf. „Das glaube ich auch nicht, vielleicht ist einiges defekt, aber mir würde kein

Grund einfallen, weshalb das Raumschiff gänzlich zerstört worden sein könnte. Wenn wir davon ausgehen, dass der Impuls nahe des Uranus' intensiver war, könnten durchaus die Systeme beschädigt worden sein. Vielleicht ist aber auch nur ihre Antenne beschädigt." Mandy rief eine schematische Darstellung der *Aquarius* auf. „Ich als Ingenieurin weiß, dass die *Aquarius* und auch die *Hyperion* mit einem faradayschen Käfig konstruiert wurden. Dieser schützt die technischen Geräte vor solchen Impulsen."

„Das mag ja sein", unterbrach John sie. „Die Fakten zeigen allerdings, dass selbst hier am Mars die Systeme der *Aquarius* gestört wurden, auch wenn die Störung nur für kurze Zeit gewesen war. Wir können nicht sagen, was mit der *Hyperion* passiert ist oder welche Auswirkungen der Impuls auf das Schiff hatte. Was wir wissen, ist, dass sie nicht mehr antworten und es möglicherweise sogar so ernst ist, dass die Crew in Lebensgefahr schwebt."

„Du meinst wirklich, die Crew schwebt in Lebensgefahr?", fragte Azuka ängstlich.

John zuckte mit den Schultern. „Das wissen wir nicht, im Moment fällt mit nur Schrödingers Katze ein. Damit will ich sagen, wie in dem Experiment von Schrödinger, können wir in diesem Moment anhand der Daten, die uns vorliegen, keine genaue Diagnose stellen. Der Crew könnte es gut gehen, sie könnte in Lebensgefahr schweben oder schon längst tot sein. Ohne Antrieb können sie zwar nicht zur Erde zurückkehren, aber sie haben ausreichend Verpflegung für mehrere Monate."

Anders streckte die Hand aus, um John zu signalisieren, dass er innehalten sollte. „Du willst doch nicht vorschlagen, dass wir dorthin fliegen, oder?"

John schwieg.

„Die Position der *Hyperion* ist Monate von uns entfernt", fuhr Anders fort, „und es ist durchaus möglich, dass die Crew ihre Mission auch mit defekter Kommunikationsanlage durchführt."

„Ich muss meinem Bruder recht geben, zwar haben die letzten Daten darauf hingewiesen, dass die Bordsysteme samt Antrieb ausgefallen sind, aber das heißt nicht, dass sie jetzt nicht bereits wieder laufen und ihre Mission in diesem Moment fortführen."

„Und was ist, wenn nicht?", fragte Azuka und blickte abwechselnd in die Gesichter der anderen. „Ich meine, wir wissen, dass sie aktuell Probleme haben. Wir sind das einzige Schiff, ihre einzige Chance auf Rettung überhaupt. Bis die NASA eine Rettungsmission auf die Beine gestellt hat, würden Monate, wenn nicht Jahre ins Land gehen. Das Schiff müsste erst einmal konstruiert werden."

John blickte Mandy an, die schweigend auf den Monitor starrte.

Aaron drehte sich weg, ging einen Schritt auf die Frontscheibe zu und drehte sich erneut zu ihnen. „Seien wir doch mal realistisch, selbst wenn der Antrieb ausgefallen ist, rauschen sie mit tausenden Kilometern pro Sekunde durchs All. Bis wir bei ihnen sind, wäre die *Hyperion* längst am Uranus vorbeigeflogen."

„Das ist nicht richtig", korrigierte Mandy, ohne den Blick vom Monitor abzuwenden. Sie gab über die Tastatur mehrere Befehle ein. „Beide Raumschiffe sind mit einem Notstopsystem ausgestattet, das heißt, wenn der Antrieb der *Aquarius* bei voller Fahrt ausfällt, schaltet sich ein System hinzu, das sofortigen Gegenschub über die Steuerdüsen erzeugt und so das Schiff zum Stillstand bringt. Dieses ist vom Hauptsystem entkoppelt, damit bei einem beschädigten Computerkern zumindest das Raumschiff abbremst."

Aaron lachte verständnislos auf. „Das kann doch nicht euer Ernst sein. Wir sind Wissenschaftler, ich bin Experimental-Physiker und verstehe was von Biochemie, mein Bruder ist Geologe und Codeanalyst. Azuka ist Geophysikerin und Vulkanologin, Mandy ist zugegeben eine fantastische Pilotin und wahrscheinlich auch Ingenieurin, aber wir sind kein Rescue-Team, das für solch einen Einsatz ausgebildet ist. Auch du, John, bist ein ausgezeichneter Kommandant, Astronaut und Physiker, aber das ist eine Nummer zu groß für uns."

„Ich kann meinem Bruder nicht widersprechen, ich wüsste nicht, wie wir, selbst wenn wir die *Hyperion* rechtzeitig erreichen sollten, die Crew von Bord retten könnten."

Azuka blickte die beiden entsetzt an. „Das meint ihr jetzt nicht im Ernst?! Wisst ihr, was ihr da gerade gesagt habt? Ihr habt euch gerade dazu entschieden, die Crew der *Hyperion* sterben zu lassen. Houston hat offenbar keine Ahnung, was mit dem Schiff ist, sonst hätten wir bereits längst neue Informationen und sollen nicht auf Standby bleiben."

John hob die Hand, um eine weitere Wortmeldung zu unterbinden. „Bis jetzt hat hier niemand irgendjemanden zum Sterben zurückgelassen. Wir sollten uns jetzt erst einmal beruhigen und die ganze Situation verarbeiten. Ich verstehe deine Einwände, Azuka, aber jetzt gehen wir alle erst einmal schlafen. Es ist Zeit, es war ein aufregender und anstrengender Tag, der uns alle sehr beansprucht hat. Wir sollten nicht vergessen, was in den letzten Stunden auch uns widerfahren ist." John erhob die Stimme, als Azuka gerade etwas sagen wollte. „Nein, wir werden heute nichts entscheiden, nicht so und nicht ohne weitere Informationen. Geben wir Houston und der *Hyperion* etwas Zeit, Licht ins Dunkel zu bringen. Ich denke, wir werden morgen neue Erkenntnisse erhalten, vielleicht will Houston uns ja selbst dorthin schicken, oder die *Hyperion* hat sich gemeldet und alles ist halb so wild."

„Das klingt nach einem vernünftigen Vorschlag", sagte Aaron.

„Wie ihr meint", schnaufte Azuka enttäuscht.

John war irritiert, warum sie plötzlich so aufgebracht war, zumal er nicht gesagt hatte, dass er nicht selbst dorthin fliegen würde, nur jetzt wollte und konnte er nichts überstürzen. Wieso also brachte Azuka diese Entscheidung nur derart auf die Palme?

„Du, John, hast doch selbst gesagt, dass wir ihnen helfen müssen, worauf warten wir also? Wenn sie unsere Hilfe brauchen, müssen wir schnell handeln", setzte sie trotz Johns Ermahnung nach.

Mandy fixierte sie und ging einen Schritt auf sie zu, dann nahm Sie Azuka in den Arm und flüsterte ihr etwas ins Ohr.

John versuchte, die Situation irgendwie zu handeln, bevor sie eskalierte. „Wir haben die Zeit. Wenn die *Hyperion* ein Problem hat und Hilfe benötigt, kann die Crew mehrere Monate an Bord überleben. Sie hätten ja auch zur Erde zurückfliegen müssen, deshalb kommt es nicht auf die paar Stunden an. Bis wir an ihrer Position angelangt sind, sind ohnehin Monate vergangen. Also geben wir ihnen jetzt die Zeit und ruhen uns etwas aus.

Mandy ließ Azuka los, Tränen liefen ihr über die Wange.

John trieb völlig hilflos auf offener See. Er hatte keine Ahnung, warum Azuka das Ganze derart aus der Bahn warf, zumal überhaupt noch gar nicht bewiesen war, dass es überhaupt einen Notfall gab.

Azuka versuchte indes, sich zu beruhigen, atmete tief durch und wischte sich die Tränen weg. „Ist gut, ich gehe schlafen", sagte sie schluchzend und verließ die Brücke.

John tauschte mit den anderen einen Moment lang Blicke aus. Aaron und Anders schienen ebenfalls verwirrt zu sein, einzig Mandy setzte sich an das Terminal und ging weiter die Datensätze durch.

„Ich hau mich auch aufs Ohr, der Schock über den Beinahe-Absturz steckt mir noch in den Knochen", sagte Anders.

Aaron nickte. „Ich komm mit."

„Bis morgen, versucht wirklich zu schlafen", sagte John, als die beiden auf dem Weg zum Schott waren.

„Was ist mir dir?", fragte er Mandy und stellte sich neben sie.

„Ich gehe auch gleich, zuerst will ich noch ein paar Datensätze durchgehen, die die Sensoren während des Impulses aufgezeichnet haben."

„Ist gut, dann bis morgen", sagte er und verließ ebenfalls die Brücke und folgte den Korridoren in Richtung seiner Kabine.

(Am nächsten Morgen, 7:30 Uhr, Johns Kabine, Mannschaftsdeck, Aquarius, Mars Orbit)

John wurde von einer poppigen Melodie geweckt. Er öffnete die Augen und verspürte den Drang, seine Augen zu reiben. Als er den Widerstand spürte, der ihn daran hinderte, wurde ihm bewusst, dass er in seinem Schlafsack steckte. Sonst würde die Schwerelosigkeit dafür sorgen, dass er im Schlaf durch seine Kabine trieb.

Er machte ihn von innen auf und öffnete seine Schlafkapsel, die eigentlich nur dafür da war, die Crew zu schützen, falls es in einer Kabine während der Ruhezeit zu einem Druckabfall kam. Mittlerweile war das Anziehen in der Schwerelosigkeit zur Routine geworden, dennoch brauchte er einiges an Körperbeherrschung, um in die Magnetstiefel zu schlüpfen. Nachdem er sich frisch gemacht hatte, ging er noch etwas verschlafen zur Brücke, um den allmorgendlichen Weckruf von Houston entgegenzunehmen.

Als er die Brücke betrat, drangen ihm die gewohnten brummenden, piepsenden und ratternden Geräusche der Geräte entgegen. Er sah bereits, dass eine kleine rote LED an der Mittelkonsole zwischen den Pilotenstühlen blinkte und ihm verriet, dass sie eine Nachricht empfangen hatten.

Houston schickte jeden Morgen einen Statusbericht und etwaige Änderungen von Flugrouten, Einstellungen oder Softwareupdates. Als sich hinter ihm das Schott automatisch mit einem pneumatischen Zischen schloss und er wenige Schritte in Richtung seines Pilotenstuhles gegangen war, bemerkte er die schlafende Person, die links von ihm angeschnallt auf dem Stuhl saß. Es war Mandy, die dort nach wie vor leise schnarchte und nicht von dem

Weckruf erwacht war. Er entschied sich, sie noch schlafen zu lassen, zumindest noch ein paar Minuten. Sie sah gestern ziemlich müde und erledigt aus. Wer wusste, wie lange sie hier noch gearbeitet hatte.

Er setzte sich auf seinen Stuhl und holte sich die Übertagung auf den Schirm. Es war eine Videomitteilung, Cliff und McNiell tauchten auf dem Monitor auf. McNiells Gesichtsausdruck und Cliffs angespannte Körperhaltung ließen ihn nichts Gutes erahnen.

„Morgen, *Aquarius*", grüßte ihn Cliff. Seine sonst so freundliche Stimme klang ernst und untermalte seinen Eindruck, dass hier etwas nicht stimmte.

„Die Controller haben mit ihren Teams die gesamte Nacht durchgerechnet und -gespielt, wie wir die Versorgungsmission noch durchführen könnten. Doch anhand der von euch übermittelten Schadensberichte und unseren empfangenen Daten ist dies aussichtslos und die Mission wird abgebrochen."

John rieb sich das Kinn, als er den Worten lauschte. Überraschend kam diese Information für ihn nicht. Er hatte ebenfalls keine andere Alternative gesehen. Sofern sie nicht versuchen sollten, die Versorgungsgüter mit der Luftschleuse in Richtung des Planeten zu schießen, gab es keine Möglichkeit.

„Die NASA ist bereits dabei, eine Versorgungsrakete fertigzustellen, um die benötigten Güter und Nahrungsmittel zum Mars zu schicken. Die *Aquarius* wird nach ihrer Ankunft an der Gatewaystation instand gesetzt und nimmt danach die Route wieder auf."

„Könnt ihr jetzt mal zum interessanten Teil kommen", murmelte John ungeduldig.

„Ihr fragt euch bestimmt, was mit der *Hyperion* ist."

McNiell beugte sich vor, stützte sich auf dem Tisch ab und bevor Cliff weitersprechen konnte, begann der Flight-Director.

„John, die *Hyperion* ist weiterhin verschollen." Er sprach leise, aus welchem Grund auch immer. John konnte sich nicht vorstellen, dass diese Information nicht jeder erhalten musste, der im Kontrollraum anwesend war.

„Wir bekommen keine Verbindung mehr zu ihr und auch der Transponder sendet nicht. Wir wissen nicht, warum, aber seit dem Impuls ist das Signal ebenfalls verstummt. Das Management berät weiterhin und prüft die Optionen, doch für mich gibt es nur eine Möglichkeit, die Crew zu retten.

Alles deutet daraufhin, dass die Mission gescheitert ist und die Crew in ernsten Schwierigkeiten steckt. Also entscheidet nach eurem Gewissen, ob ihr nach Hause kommt oder nicht, doch ihr solltet das Richtige tun. Ich werde mich um alles andere kümmern." McNiell erhob sich, nickte in die Kamera und trat in den Hintergrund.

Nun übernahm Cliff erneut und fuhr mit seiner Erklärung zur *Hyperion*-Mission fort, als hätte McNiell ihn nie unterbrochen.

Jetzt hatte John seine Erklärung, warum sein Flight-Director so leise gesprochen hatte, vermutlich würden sie den Teil, in dem er sich an die Crew gerichtet hatte, herausschneiden.

John hörte Cliffs Erklärungen nicht wirklich zu, der ohnehin nur ein sehr kurzes Statement zur *Hyperion* abgegeben hatte und zügig zu den neuen Konfigurationen übergegangen war.

John blickte gedankenverloren auf den Bildschirm und versuchte, zu verarbeiten, was ihm soeben gesagt worden war.

McNiell hatte es zwar nicht ausgesprochen, aber John wurde das Gefühl nicht los, als wollte ihm der Flight-Director sagen, dass seine Crew samt Schiff die einzige Möglichkeit war. Wenn er das richtig interpretiert hatte, sollte er inoffiziell eine Rettungsmission durchführen, was zur Folge hatte, dass er die *Aquarius* kapern und gegen sämtliche Richtlinien verstoßen musste. Wenn McNiell es nicht schaffte, ihr Handeln anschließend zu rechtfertigen, war die Karriere von jedem Einzelnen an Bord Geschichte. Keiner von ihnen würde jemals wieder ein Raumschiff betreten, geschweige denn die Erde verlassen, so viel stand fest. Er seufzte und beendete die Nachricht, nachdem er die Daten gespeichert hatte, und rief sich diese auf den Schirm. Plötzlich stachen ihm mehrere seltsame Datensätze ins Auge.

„Hey, was machst du da?"

John zuckte zusammen und wirbelte herum, als er Mandys Stimme hinter sich hörte.

Sie stand etwas seitlich versetzt zu seinem Stuhl und lächelte ihn an.

„Shit", fluchte John.

Mandy lachte auf. „Wen hast du erwartet, einen Geist?"

„Sei nicht albern, ich war in Gedanken."

„Okay, gibt es etwas Neues?"

„Wir haben neue Updates von Houston erhalten und noch etwas mehr." Er drehte sich zu ihr, bevor er sich die merkwürdigen Datensätze anschaute. „Warten wir, bis die anderen da sind, vielleicht kannst du sie holen? Ich muss mit euch allen sprechen."

„So geheimnisvoll? Ist etwas passiert?“, fragte sie nach.

„Umso schneller du die anderen holst, umso schneller erfährst du, was los ist“, sagte er und drehte sich zu dem Monitor.

„Hab verstanden, dann werde ich mal die anderen suchen und mir was Frisches anziehen.“

John beachtete sie nicht weiter. Als er das typische zischende Geräusch des Brückenschotts vernahm, drehte er sich um und vergewisserte sich, dass er allein war. Egal, was Houston der Übertragung huckepack mitgeschickt hatte, er wollte sich die Daten zunächst einmal ohne Zuschauer ansehen. Eilig rief er sich die entsprechenden Daten auf den Schirm. Er stutzte, als er Sensordaten der *Hyperion* sah, die offenbar an Houston geschickt worden waren. Unter den Daten fand er ebenfalls eine Route, die die *Aquarius* in circa acht Monaten zur letzten bekannten Position der *Hyperion* brachte.

Also hatte ich recht, McNiell will, dass wir zur Hyperion fliegen. Aber warum diese Geheimniskrämerei, geht es hier um die Öffentlichkeit? Dürfen die Medien von dem Verlust der Mission nichts wissen? Gibt es vielleicht noch einen anderen Grund? Vielleicht will das Management auch nicht publikmachen, dass sie ein weiteres Schiff dorthin schicken, das am Ende verloren geht. Ich verstehe es nicht, wenn wir dorthin fliegen würden, hätten wir eine Fifty-fifty-Chance, die Crew zu retten. Zu gern würde ich Glenns Gesicht sehen, wenn ich ihm den Arsch retten muss.

Er studierte die Kursdaten, die sie am Jupiter ein SwingBy-Manöver fliegen ließen und anschließend auf direktem Weg zur *Hyperion* bringen sollte.

„Morgen, Captain“, hörte er Aarons Stimme hinter sich.

Er schloss die Dateien und drehte sich zu ihm um. Hinter ihm betraten auch Azuka, Anders und Mandy die Brücke. Mandy hatte ihren schwarzen Overall gegen einen blauen getauscht und sie sah deutlich wacher aus als noch vor zwanzig Minuten.

„Hallo, Crew", grüßte er sie und erhob sich. „Ich hoffe, ihr alle habt gut geschlafen und seid ausgeruht."

„Soweit alles gut, ist etwas passiert?", fragte Anders direkt. „Mandy hat gesagt, du wolltest etwas Wichtiges mit uns besprechen?"

„Hat die *Hyperion* sich gemeldet?" Azuka unterbrach sich selbst und hob die Hand. „Scheiße, sie hat sich nicht gemeldet, richtig? Also müssen wir die Crew retten."

John hob abwehrend die Hände. „Jetzt wartet bitte und lasst mich erst einmal erzählen, was Houston gesagt hat."

John war bewusst, dass er hier keine Militäreinheit vor sich hatte; anders als Mandy und er waren die drei anderen Zivilisten und dies war ebenfalls keine Militärmission, daran hatte er sich bereits gewöhnt. Doch langsam wurde ihm das ständige Dazwischenreden und schnoddrige Verhalten von Azuka zu bunt. Er biss sich auf die Lippe und schluckte seine Ansage, die ihm auf der Zunge lag, herunter. „Houston hat den Abbruch unserer Versorgungsmission bestätigt, da Mission Control ebenfalls keine Möglichkeit sieht, wie wir euch und die Geräte sicher auf die Oberfläche bringen können."

„Das war doch bereits klar."

Johns Augen zuckten zu Azuka, die ihn ebenfalls anblickte. Er seufzte, um ihr zu signalisieren, dass das Maß voll war.

„Bitte entschuldige, John, dass ich dich unterbreche", begann Anders.

John wandte sich von Azuka ab und fasste den Wissenschaftler in den Fokus. Anders musste bemerkt haben, dass John genervt war. „Schon okay, ich stelle die Frage nach hinten, bitte fahr fort."

John nickte ihm dankbar zu. „Es sieht wie folgt aus, Houston ist gerade dabei, eine Versorgungsmission zu realisieren, die Geräte und Nahrungsmittel zum Mars bringen soll. Soweit ich das verstanden habe, wird dies durch einen unbemannten Lander auf die Oberfläche gebracht, da dieses Mal keine Menschen an Bord sein werden. Wir werden zur Erde zurückfliegen und die *Aquarius* samt dem Shuttle instand setzen lassen. Anschließend wird die Mission erneut durchgeführt, jedenfalls ist das der aktuelle Stand. Es kann auch gut möglich sein, dass dieses Ziel erst einmal ausgesetzt wird, bis man sicher ist, dass es nicht noch einmal zu einem Impuls und einer Störung der Mission kommen wird."

Azuka holte Luft. „Das ist alles? Wir fliegen zur Erde zurück?", ihre Stimme überschlug sich vor lauter Wut und Verzweiflung.

John hörte es, jedoch war es ihm egal. „Halt die Klappe", bellte er sie an und ging einen Schritt auf sie zu. Azuka schien überrascht zu sein, sie hatte den Mund bereits geöffnet, so abrupt hatte er sie unterbrochen. „Was ist los mit dir, warum führst du dich hier so auf, als wärst du ein pubertierender Teenager? Man, du bist Doktorin und Astronautin, wir sind hier nicht auf einem Ferienausflug." Bevor er die versteckte Botschaft von Mission Control mit ihnen besprechen wollte, musste er erst einmal für klare Verhältnisse sorgen. „Verdammt noch mal, Azuka, was ist los mit dir? Du stehst seit gestern völlig neben dir, als wäre auf der *Hyperion* dein Kind oder dein Mann. Also, warum bist du so versessen darauf, zur *Hyperion* zu fliegen?" Er starrte sie herausfordernd an, sie hatte längst ihren Mund geschlossen und wich seinem Blick aus.

Langsam schüttelte sie den Kopf und schien sich genau zu überlegen, was sie antworten wollte, dann erst sah sie ihn direkt an. „Na schön, eigentlich wollte ich es euch nicht erzählen beziehungsweise dir."

John zog die Augenbraue hoch. „Mandy weiß es. Es hat nichts mit dir persönlich zu tun, John." Sie seufzte. „Du hast recht, es tut mir leid, ich bin vielleicht etwas zu forsch gewesen. Es gibt allerdings wirklich jemanden auf der *Hyperion*, der mir sehr am Herzen liegt."

„Was meinst du damit?", wollte John umgehend wissen.

„Es ist Glenn, er und ich sind seit über einem Jahr ein Paar."

„Du und Glenn?", platzte es aus Anders heraus.

Azuka schaute ihn an und zuckte mit den Schultern. „Ja, ist das so ungewöhnlich? Wir haben uns bei der NASA kennengelernt."

Mit einem Mal verflog der Zorn über Azukas Benehmen aus Johns Gedanken. „Okay, ehm, nein, das ist nicht ungewöhnlich", stotterte er etwas unbeholfen.

„Dann ist das also geklärt, wir sollten jetzt zum Wesentlichen zurückkehren und Azukas Privatleben außen vorlassen. Ich denke, da wir jetzt alle aufgeklärt wurden, können wir sie verstehen."

John nickte Mandy zu und war insgeheim dankbar für ihre nüchterne Herangehensweise, denn er selbst hatte keine Ahnung, was er dazu sagen sollte. Er räusperte sich. „Schön, bevor Azuka mich unterbrochen hatte, wollte ich euch noch etwas anderes mitteilen, und zwar will Houston, dass wir eine Mission durchführen."

„Eine Mission?“, fragte Aaron sichtlich verwirrt. „Ich dachte, wir sollen zur Erde zurückfliegen.“

„Offiziell ja, inoffiziell nein, hört selbst.“ John ging zu der Konsole neben sich und aktivierte die Übertragung.

Als sie zu Ende war, wandte er sich an seine Crew. „Wie ihr seht, haben wir eine offizielle Mission, doch haben sich verschiedene indirekte Hinweise in der Nachricht versteckt, dass wir die Rettungsmission zur *Hyperion* durchführen sollen.“

„Wie kommst du darauf?“, wollte Mandy wissen.

„Weil ich zwischen den Zeilen lesen kann und vor allem, weil an den Updates, die sie uns geschickt haben, auch die schnellste Route zur *Hyperion* und die gesamten letzten Sensordaten angehängt waren.“

„Einen Moment“, sagte Anders und trat an das Terminal heran. „Wieso schicken sie uns nicht offiziell dahin, ich meine, so wie ich das sehe, sind wir die einzige Chance und Alternative.“

John nickte zustimmend. „Das stimmt, aber so ist Politik. Ich denke, sie wollen noch nicht preisgeben, dass sie ein weiteres Schiff der Gefahr aussetzen, verloren zu gehen. Wenn wir uns dazu entscheiden, dorthin zu fliegen, werden wir uns dem offiziellen Befehl widersetzen müssen. Das heißt, wir werden die *Aquarius* kapern und die Mission durchführen. Ich denke, wenn die NASA das mitbekommt, wird sie insbesondere mir das in die Schuhe schieben. Ihr wisst, wie das Management zu mir steht seit dem Vorfall beim Reaktortest. Mir ist das egal, wenn ich dafür Leben retten kann.

Aber ich mache es nur, wenn ihr mitzieht, denn auch eure Karrieren könnten leiden. Ich werde dennoch die volle Verantwortung übernehmen, aber ich entscheide nicht über eure Leben. Denn es kann sein, dass wir ebenfalls dort stranden und vielleicht draufgehen."

Stille trat ein, die sich wie ein beklemmender Mantel über der Brücke ausbreitete.

Azuka war diejenige, die diese durchbrach. „Mich braucht ihr nicht fragen, ich bin dabei."

„Das habe ich mir gedacht", erwiderte John.

„Ich weiß nicht", sagte Aaron unsicher.

„Ich bin mir auch nicht sicher, klar, will ich das Leben der Crew retten, aber es gibt so viele Variablen, die dieses Unterfangen scheitern lassen können", ergänzte Anders.

„Das Risiko ist groß, gar keine Frage, aber wenn wir nichts tun, unterschreiben wir das Todesurteil der Männer und Frauen an Bord der *Hyperion*."

„John", begann Mandy und blickte ihn an. „Geht es dir darum, die Crew zu retten oder das Geheimnis des Uranus zu lüften?"

„In erster Linie das Retten der Crew, auch wenn ich Glenn für ein Arschloch halte." Er sah nun direkt Azuka an. „Nichts für ungut. Unser aller Fokus sollte zuerst darauf liegen, alles andere werden wir dann sehen."

Mandy nickte, auch wenn er spürte, dass sie diese Antwort nicht hundertprozentig zufriedenstellte. „Dann sollten wir die Crew retten."

„Gut", sagte John und blickte die Brüder erwartungsvoll an. „Was ist mit euch?"

„Na ja, ihr kennt doch den Leitspruch der US-Streitkräfte, wir lassen keinen zurück. Auch wenn das Risiko unüberschaubar ist und wir nicht wissen, was auf uns zukommt, sollten wir es wagen, diese Rettungsmission durchzuführen."

Aaron seufzte. „Na schön, okay, mein Bruder hat nicht unrecht, ihr alle habt nicht unrecht. Wenn ihr alle dafür seid, sage ich, dann sollten wir uns auf den Weg machen, ein paar Leben zu retten.“ Er lächelte etwas gequält.

John sah die Angst in den Augen des Wissenschaftlers, er verspürte ebenfalls das dumpfe Gefühl der Ahnungslosigkeit, ob er geradewegs ins offene Messer lief. „Dann ist es beschlossen. Ich gebe die Pläne der NASA an die Mars-Basis weiter und werde mich erkundigen, wie es mit der Funkverbindung zur Erde steht. Mittlerweile dürften die Systeme wieder laufen, falls diese nicht in Gänze beschädigt wurden. Falls dies der Fall ist, werden wir, bis alles geklärt ist, den Funkaustausch übernehmen. Anschließend werden wir so schnell es geht aufbrechen.“ John sah die Erleichterung in Azukas Gesicht, in dem sich nun ein breites Lächeln abzeichnete.

Die Stille des Alls

(8 Monate und eine Woche später, an Bord der Aquarius)

„Was sagen die Sensoren?" John blickte zu Mandy.

„Immer noch nichts", erwiderte sie.

„Vielleicht müssen wir den Suchradius erweitern", entgegnete Anders.

Ohne sich zu Anders zu drehen, der gemeinsam mit seinem Bruder und Azuka konzentriert an anderen Konsolen der Brücke arbeitete, fuhr er mit seiner Arbeit fort.

„Wir brauchen Geduld", antwortete er lediglich. „Wir haben ein riesiges Gebiet abzusuchen, das ist nicht in zwei Tagen erledigt. Konzentriert euch weiter und checkt die Daten."

Seit dem Impuls, der sich nun vor etwas mehr als acht Monaten durch das Sonnensystem ausgebreitet hatte, war nichts weiter passiert. Der Flug zur letzten bekannten Position der *Hyperion* verlief ruhig und Houston hatte bereits kurz nach ihrem Aufbruch Kontakt aufgenommen. John hatte sich darauf vorbereitet und in seiner Videobotschaft der NASA die Gründe für seine Entscheidung mitgeteilt. Er hatte die volle Verantwortung für die Befehlsverweigerung übernommen, wie er es der Crew im Vorfeld angekündigt hatte.

Die Antwort aus Houston hatte auf sich warten lassen, erst vierundzwanzig Stunden später hatten sie die Rettungsmission offiziell gemacht und auch das Management war nun der Meinung, dass dies die einzige Chance sei. John war allerdings zu dem Schluss gekommen, dass ihnen keine andere Wahl geblieben war, ohne selbst in einem schlechten Licht dazustehen, weil sie in aller Öffentlichkeit hätten zugeben müssen, dass sie der *Hyperion*-Crew nicht zur Hilfe kommen würden.

Er hatte mit Erfolg hoch gepokert, nur musste er jetzt dieses verdammte Raumschiff auch noch finden.

Konzentriert behielt er den Monitor vor sich im Blick und hoffte auf eine Regung, ein Signal, irgendetwas, das auf die *Hyperion* deuten ließ.

Unvermittelt drang aus dem Lautsprecher ein Rauschen, das sich mit quietschenden und rhythmisch klopfenden Tönen vermischte.

„Was ist das?“, rief Azuka angespannt.

„Das sind Interferenzen, die durch das Magnetfeld des Uranus erzeugt werden“, brüllte Anders dagegen an.

John drehte die Lautstärke herunter. „Ist das sicher, kann es nicht irgendetwas anderes sein oder vielleicht sogar ein Signal von der *Hyperion*?“

„Nein, die Sensoren zeigen eindeutig, dass es vom Planeten kommt“, erwiderte Anders lakonisch.

„Ich hab sie!“, rief Mandy aufgeregt.

John warf ihr einen überraschten Blick zu. „Die *Hyperion*?“

Mandy nickte. „Ja, ich habe sie auf den Sensoren. Sie ist ungefähr fünfunddreißigtausend Kilometer von uns entfernt.“

„Fast eine halbe Astronomische Einheit von der letzten bekannten Position entfernt?“, fragte Aaron ungläubig.

„Das kann nur bedeuten, dass das Sicherungssystem ebenfalls nicht hundertprozentig funktioniert hat“, stellte Azuka nüchtern fest.

„Das spielt keine Rolle“, gab John zurück. Er hatte sich den Navigationscomputer auf den Schirm geholt. „Bewegt sie sich?“

„Hmm, laut den Daten hier nicht“, erwiderte Mandy.

„Verstanden. Der Computer hat das Ziel fixiert. Bring uns zu ihr, aber schön sachte, ich will nicht durch sie hindurchfliegen.“

„Schon klar“, zwinkerte Mandy ihm zu.

„Anders, versuch sie zu kontaktieren, auf allen Frequenzen und lass das Signal im Hintergrund laufen. Darum müssen wir uns später kümmern.“

„Aye, aye, Captain.“

„Aktiviere Schub für fünfzehn Minuten und sechsunddreißig Sekunden“, informierte Mandy.

„Bestätige Schubphase und Endgeschwindigkeit zu erreichen in fünfzehn Minuten und sechsunddreißig Sekunden“, erwiderte John.

Mandy aktivierte einen weißen Schalter auf der Mittelkonsole, der sofort aufleuchtete.

John wurde in seinen Sitz gedrückt, als der Schub das Schiff erfasste.

Nach wenigen Sekunden hatte John sich an die gravitative Kraft gewöhnt. „Ich aktiviere das Leitsignal, vielleicht kann die *Hyperion* es empfangen.“ Er legte einen Schalter über sich um. „Anders, wie sieht es aus, empfangen wir etwas?“

„Negativ, abgesehen vom Uranus-Signal kommt nichts rein.“

„Merkwürdig, sehr merkwürdig“, murmelte John.

„Deaktiviere den Schub“, sagte Mandy und drückte erneut auf den weißen Schalter. „Erreichen unser Ziel in achtundfünfzig Minuten, Autopilot ist aktiviert.“

„Verstanden, in der Zwischenzeit sollten wir unsere Vorbereitungen beenden, um mögliche Verletzte oder Verwundete zu versorgen. Ich weiß, wir haben das besprochen, dass niemand von uns Arzt ist, aber wir alle haben eine Grundausbildung als Ersthelfer und Azuka hat zudem weitere Fortbildungen gemacht", sagte er und drehte sich samt seinem Stuhl zu den anderen um.

Azuka blickte von ihrer Konsole auf. „Ich kann hier allerdings keine Operation oder dergleichen durchführen."

John lächelte müde. „Schon klar, so realistisch müssen wir sein. Wenn es zu ernsthaften Verletzungen innerhalb der Crew gekommen ist, werden wir ihnen nicht mehr helfen können. Da wir nicht wissen, was uns erwartet, möchte ich es jetzt vorab sagen: Es könnte durchaus dazu kommen, dass wir Leichen bergen müssen. Und je nachdem, wie lange der Tod schon her ist, kann es sein, dass es kein schöner Anblick sein wird."

„Damit ist zu rechnen", sagte Aaron ruhig. „Was machen wir mit den möglichen Toten? Ich meine, wir können die Leichen doch nicht mehrere Monate durchs All transportieren."

John schüttelte den Kopf. „Natürlich nicht, wir werden sie bergen und anschließend erhalten sie eine angemessene Vakuumbestattung, dafür werden wir die Luftschleuse verwenden."

„Wer wird die Bergungsmission durchführen?", fragte Anders.

John drehte sich zu Mandy. „Du, Mandy, wirst hier am Steuer bleiben und kontrollierst die Position. Zur Not wirst du die Position manuell über die Schubdüsen halten müssen."

Sie nickte John zu, ehe er sich an die drei Wissenschaftler wendete. „Anders, du bleibst an der Kommunikationseinheit, falls sich Houston meldet, das heißt, Azuka und Aaron werden mich begleiten."

Die drei nickten ebenfalls.

„Wir sollten nicht vergessen, dass wir uns hier in einer gefährlichen Zone befinden und es jederzeit zu einer Störung kommen kann. Wir wissen nicht, was diesen Impuls verursacht hat oder aus welchem Grund die *Hyperion* offenbar fluguntauglich ist. Egal, wie oder warum, ich möchte, dass ihr euch vollkommen auf das Hier und Jetzt konzentriert. Schließlich könnte jeder falsche Griff oder jede falsche Entscheidung über Leben und Tod entscheiden."

„Keine Sorge", antwortete Azuka lächelnd. „Wir werden vorsichtig sein."

John nickte zufrieden. „Gut. Ich habe keine Lust, allein nach Hause zu fliegen. Aaron, vielleicht kann Azuka dir helfen, Frachtraum zwei als Gästequartier fertig zu machen."

„Klar", sagte Azuka und löste ihren Gurt.

„Ersatzschlafsäcke müssten wir ja noch haben."

John signalisierte Aaron, Azuka zu begleiten. Dann verließen die beiden die Brücke.

John drehte sich zu seiner Konsole um. „Haben wir die Baupläne der *Hyperion* in unserer Datenbank?"

„Natürlich nicht, wieso auch?", erwiderte Mandy und blickte ihn verständnislos an.

„Aber du sagtest, die *Aquarius* und die *Hyperion* sind weitestgehend baugleich?"

„Nicht baugleich, aber sehr ähnlich. Die *Hyperion* hat keine Lagerräume, sondern ein Labor und ist etwas kleiner."

„Okay, dennoch sind Brücke, Aufenthaltsraum, Mannschaftsräume und so weiter an denselben Stellen?“

Mandy nickte. „Ja, wie gesagt, sie hat nur keine Lagerräume, aber sie hat auch einen Hangar für ein kleineres Shuttle, das für eine Erkundungsmission gedacht ist. Dort haben drei Astronauten Platz.“

In Johns Kopf arbeitete es, um einen geeigneten Plan zu entwickeln. Zwar hatte er sich bereits Hunderte Szenarien und Vorgehensweisen überlegt, doch jedes Mal kam er zu demselben Ergebnis: Es hing vom Zustand des Schiffs ab. „Okay, in unserem Hangar ist nur noch das Shuttle?“

„Ja“, antwortete Anders. „Wir haben alles an Material in Lagerraum drei zurückgebracht.“

„Okay.“ John fuhr sich durch die Haare. Das, was er vorhatte, war nicht ungefährlich, aber er hatte keine andere Wahl, er musste es tun. Zunächst mussten sie jedoch die *Hyperion* erreichen.

Die Zeit verging schnell, Azuka und Aaron kamen bereits nach zwanzig Minuten zurück und nahmen ihre Plätze ein. Mandy hatte inzwischen den Bremsvorgang eingeleitet. John behielt die Anzeigen und insbesondere den Abstandsmesser genau im Auge. „Sieht alles gut aus.“

„Dort, der weiße Punkt voraus, das muss sie sein.“

John blickte auf und sah, was Mandy meinte. Der weiße Punkt hob sich deutlich von den umliegenden weit entfernten Sternen ab und gewann schnell an Größe.

Johns Aufmerksamkeit galt gleichermaßen den Daten, die laufend aktualisiert wurden, und der näher kommenden *Hyperion*. Nach und nach kristallisierten sich die Konturen heraus, und er konnte nun deutlich das Raumschiff erkennen, dessen hell schimmernde Außenhülle sich von der Schwärze des Alls abhob. Wie ein schlafender Wal im

Meer schien die *Hyperion* friedlich im All zu treiben. „Wie sieht der Funk aus?“

„Alles still“, informierte Anders.

„Verstanden, versuch es weiter, vielleicht bekommen wir Kontakt, wenn wir näher dran sind.“ John wandte sich Mandy zu. „Bring uns auf die Backbordseite, sodass die Luftschleusen auf gleicher Höhe sind.“

„Geht klar. Erreichen das Ziel in fünf Minuten, reduziere weiter die Geschwindigkeit.“

John erhob sich und stand auf, als er bereits das Heck der Hyperion deutlich sehen konnte. „Azuka und Aaron, ihr folgt mir zur Schleuse.“ Dann verließ er die Brücke in dem Bewusstsein, dass die beiden Wissenschaftler hinter ihm waren.

Das starre metallische Klicken der Magnetstiefel, die auf den Stahlplatten der Bodenbekleidung hafteten, wurde lediglich von leisen, zischenden Lauten unterbrochen, wenn sich die magnetischen Sohlen der Stiefel wieder lösten. John führte sie zum Raum, in dem die Raumanzüge aufbewahrt wurden. Als sie sich diese überstreiften, bemerkte er die Angespanntheit der beiden. Besonders Azuka schien zwar fokussiert zu sein, doch konnte sie ihre Nervosität nicht vor John verbergen.

Er selbst hatte gedacht, dass er vielleicht ähnlich empfinden würde, wenn er so kurz davor war, an Bord der *Hyperion* zu gehen. Schließlich hatte die Havarie der *Hyperion* sein Leben grundlegend geändert und ihn allen Erwartungen zum Trotz in die äußeren Bereiche des Sonnensystems geführt. Er war sich sicher, dass die NASA die Fortschritte der Rettungsmission von den Medien verfolgen ließ. Wenn er Erfolg hatte, würde er als Held zur Erde zurückkehren. Trotz aller Widrigkeiten ging es ihm weniger um den Ruhm als um die Anerkennung seiner Verdienste. Dass er dann nicht mehr ausschließlich mit seinem Fehler beim Fusionsreaktor in Verbindung gebracht werden würde. Er verriegelte Azukas Helm und für einen Moment konnte er sein schemenhaftes Spiegelbild im Visier ihres Helmes erkennen, die Narbe an seinem markanten Kinn war deutlich zu sehen. Anschließend verschloss sie seinen Helm.

John wandte sich Aaron zu, der bereits ungeduldig dabei war, den schmalen Bolzen der Verriegelung selbst zu fixieren. Ein letzter Handgriff und sie aktivierten ihr Servicemodul, das für angenehme kühle Luft im Anzug sorgte.

„Alles klar, könnt ihr mich hören?"

„Klar und deutlich", hörte er Aarons Stimme.

John reckte den Daumen hoch.

„Ich auch, bin startklar", signalisierte er mit der gleichen Geste.

„Dann los." Sofort spürte er seinen Herzschlag und das Adrenalin, das sich in seinem Körper wie ein Feuer rasend schnell ausbreitete. Die Ungewissheit, was nun auf sie warten würde, ob sich die Katastrophe wiederholen könnte, beunruhigte ihn weitaus mehr als die Möglichkeit, dass sie gleich auf eine tote Crew stoßen könnten. „Brücke, hier John."

„Wir hören dich, alles klar bei euch?"

„Alles klar soweit, wie ist unsere aktuelle Position?"

„Ich habe uns gerade mit den Steuerdüsen auf Position gebracht. Die Schleusen müssten jetzt genau gegenüber sein."

„Wie groß ist der Abstand?“, fragte er, als er direkt nach dem Erreichen des inneren Schotts der Schleuse diese öffnete und seine Begleitung vor ihm eintreten ließ.

„Dreihundertsiebenundsechzig Meter“, erwiderte Mandy.

„Das ist weit“, murmelte er, als er das innere Schott verriegelte.

„Näher komme ich nicht heran wegen den Auslegern der Solarpaneels.“

„Ich weiß, war kein Vorwurf.“ Er aktivierte über das Touchpad den Druckausgleich, der sich sofort hörbar in Gang setzte und von einer Computerstimme begleitet wurde, die über den Vorgang informierte. „Stellen jetzt den Druckausgleich her. Anders, übermittle der NASA unsere aktuelle Position und alle Daten, die wir gesammelt haben, solange wir können.“

„Schon erledigt.“

John trat an das äußere Schleusentor heran und blickte durch das kleine Bullauge. Er konnte die *Hyperion* sehen, zumindest einen Teil von ihr. Ihre Hülle reflektierte das Sonnenlicht und sah auf den ersten Blick unbeschädigt aus, auch die Antennenaufbauten wiesen keine optischen Beschädigungen auf. Er fixierte die Luftschleuse der *Hyperion*, die ganz leicht versetzt, vielleicht ein oder zwei Meter, zu ihrer war. „Gut, das Schiff weist keine äußerlichen Beschädigungen auf, zumindest sehe ich keine. Zeigen die Sensoren irgendetwas an, irgendetwas, das auf Gefahr schließen lässt?“

„Nein, alles ist ruhig, vom Raumschiff selbst empfangen wir nichts, als wäre die gesamte Elektronik defekt, auch vom Uranus kommt nichts weiter als das Signal.“

John legte die Hände an den Verriegelungshebel der Schleusentür. „Mandy, stell eine Verbindung zwischen unseren Anzügen und dem Backup-Kommunikationssystem der *Hyperion* her."

„Einen Moment." Es dauerte lediglich wenige Sekunden, dann meldete sie sich. „Keine Chance, ich kann euch nicht connecten."

„Wahrscheinlich ist der Bordcomputer ausgefallen und sie können ihn nicht starten."

John fasste Aaron ins Blickfeld, der zu ihm an die Tür getreten war, um einen Blick auf das Raumschiff zu erhaschen. „Dann müsste aber trotzdem das Backup-System funktionieren, das genau für diesen Zweck vom Hauptsystem entkoppelt ist."

„Dann scheinen die Probleme an Bord weitaus ernster zu sein, als wir vermutet haben."

John wandte den Oberkörper, damit er Azuka anblicken konnte. „Hoffen wir, dass wenigstens die Lebenserhaltung funktioniert. Bevor wir nicht wissen, was los ist, sollten wir keine Vermutungen anstellen." Er blickte abwechselnd beide an. „Konzentrieren wir uns auf das Wesentliche, ich werde jetzt das Schott öffnen. Azuka, du gehst als Erste raus und wartest, bis Aaron draußen ist. Dann wirst du die Schleuse fest in den Blick nehmen und diese lässt du nicht mehr aus den Augen. Dann drückst du dich sachte ab und versuchst da drüben neben der Tür die Haltestange zu erwischen."

Azuka schob sich zwischen Aaron und John.

„Siehst du sie?", fragte er nach.

„Jap, sehe ich. Können wir?"

„Gut, Aaron, du machst es genauso." John schob die beiden zur Seite und zog an dem Hebel, bis er mit einem leichten Ruck das Schott lautlos nach innen öffnen könnte.

Azuka und Aaron kletterten vorsichtig und etwas unbeholfen auf die äußere Trittfläche vor der Schleuse.

„Sollten wir uns nicht mit den Leinen sichern?“

Aaron deutete neben John auf die weiße, dicke Leine, die auf einer Trommel aufgerollt war.

„Normalerweise ja, aber sie ist nicht annähernd lang genug. Wir müssen es also ohne machen, auf solch ein Szenario und eine Rettungsaktion sind wir nicht vorbereitet.“

„So eine Scheiße, dass wir kein Shuttle mehr haben“, fluchte Azuka.

„Okay, konzentriert euch und macht genau das, was ich euch gesagt habe. Lasst euch Zeit, wenn ihr so weit seid, dann los.“

Er hörte Azukas lauten Atem über Funk.

„Brücke, wir werden jetzt übersetzen, ich melde mich, wenn wir da sind, bis dahin bitte Funkstille.“

„Verstanden“, erwiderte Mandy.

John legte Azuka seine behandschuhte Hand auf den Arm. Sie drehte sich zu ihm. „Spring, wenn du bereit bist. Behalte nur die Tür und die Stange im Auge, blick nicht woanders hin.“

Azuka nickte nervös. John hatte gesehen, dass sie bereits in den schwarzen Abgrund zu ihren Füßen gestarrt hatte. John zwang sich ebenfalls, nicht nach unten zu schauen, denn auch sein Gehirn konnte visuell nicht erfassen und verarbeiten, dass es hier keine Schwerkraft gab und sie damit nicht hinabstürzen konnten.

Azuka drückte sich in dem Moment ab, als John den Griff gelöst hatte. Schnurgerade glitt sie auf das Schleusentor zu und es gelang ihr ohne Probleme, den Handlauf neben der Tür zu greifen.

„Sehr gut, Azuka. Jetzt du, Aaron."

Der Wissenschaftler zögerte etwas länger als Azuka und stieß sich nach Mut machenden Worten von ihr schließlich ab und schaffte es ebenfalls, mit ihrer Hilfe die Haltestange zu packen. John trat hinaus und sprang ab, in dem Vorteil, bereits deutlich mehr EVAs absolviert zu haben als die beiden. Als er den Hebel der Schleuse zu fassen bekam, packte er fest zu.

Erleichterung durchflutete ihn und er wandte sich zu den beiden um, die sich ein Stück rechts von ihm positioniert hatten. „Geschafft, dann wollen wir mal." Routiniert öffnete er die Schleuse und trat hinein. Als Azuka und Aaron ihm gefolgt waren, verschloss er das Schott.

„*Aquarius*, wir sind drüben. Ich werde jetzt den Druckausgleich in der Schleuse herstellen und dann werden wir mit der Durchsuchung der *Hyperion* beginnen. Falls die Sensoren nur minimale Abweichungen empfangen, will ich sofort informiert werden."

„Roger", erwiderte Mandy.

John tippte auf das Touchpad, das jedoch schwarz blieb. „War ein Versuch wert", sagte er. „Ich werde den Druckausgleich manuell durchführen." Er entfernte eine Metallverkleidung neben dem Touchpad an der Wand. Darunter kam ein Hebel zum Vorschein. Er zog an ihm und sofort setzte sich die Nadel des Manometers über dem Griff in Bewegung. Als der erforderliche Druck erreicht war, nickte er Azuka zu. Sie betätigte den Hebel und zog an dem Schott.

„Gut, schaltet eure Anzuglampen ein und dann los", erwiderte John und verließ die Schleuse. Zuerst fixierte er die Magnetstiefel auf dem Boden. „Ich werde zur Brücke gehen, Azuka, du gehst zum Maschinendeck und wirst dort überprüfen, was mit dem Bordcomputer los ist. Offenbar funktioniert das Lebenserhaltungssystem, aber die Notstrombeleuchtung ist an. Das heißt, irgendetwas ist mit dem Reaktor. Mandy wird dir über Funk alles erklären, was du wissen musst."

Sie nickte ihm zu.

„Aaron, du gehst zum Mannschaftsdeck und durchsuchst es, irgendwo muss die Besatzung sein. So groß ist das Schiff nicht, doch seid vorsichtig. Ehe wir nicht wissen, was los ist, gehen wir kein Risiko ein." John drehte sich und deutete den Gang hinunter. „Alles klar, dann los."

Sie trennten sich und John folgte dem Gang in Richtung Brücke. Für ihn war klar, dass aus irgendeinem Grund die Crew den Bordcomputer nicht wieder hochfahren hatte können und somit auch nicht den Antrieb starten. Als er sich dem Schott der Brücke näherte, konnte er bereits aus der Entfernung im Licht seiner Scheinwerfer erkennen, dass es nicht geschlossen war.

Er beschleunigte seine Schritte seinem Instinkt folgend, dass ihn kein Monster, Zombie oder sonst etwas angreifen würde. Soweit er wusste, gab es auch keine Feuerwaffen an Bord, die ein verwirrtes Crewmitglied auf ihn abfeuern konnte.

Als er die notbeleuchtete Brücke betrat, konnte er nichts Ungewöhnliches bis auf ein paar schwebende Teile der Deckenverkleidungen erkennen, die sich aus irgendeinem Grund gelöst haben mussten. Erst als er zwischen den mittleren Konsolen hindurchging, bemerkte er, dass jemand auf einem der Pilotensitze saß.

„Hier ist Colonel John Coel von der *Aquarius*." Er sprach laut, damit man ihn durch den Helm verstehen konnte.

„John?“ Langsam drehte sich der Pilotensitz in seine Richtung. Das Gesicht des Mannes zierte ein mächtiger Vollbart und machte ihn beinah unkenntlich, doch John erkannte ihn. Die Haare waren fettig und zerzaust, seinem Blick aus müden Augen haftete ein Hauch von Wahnsinn an.

„Glenn, verdammt, du lebst.“

„Ich freue mich auch, dich zu sehen. Tut mir leid, dich zu enttäuschen“, entgegnete Glenn trocken.

John fummelte hektisch an seinem Helmverschluss, erst beim vierten Versuch schaffte er es, den Hebel zu entriegeln und den Helm abzunehmen. Er ließ ihn achtlos neben sich schweben. „Was ist hier los, wo sind die anderen?“

Glenn schwieg einen Moment, drehte sich zur Frontscheibe, lehnte sich im Stuhl zurück und starrte ins All. „Tot“, sagte er mit einer Trockenheit in der Stimme, dass sich Johns Nackenhaare aufstellten.

„Tot? Wie? Glenn, jetzt rede endlich mit mir. Ich bin hier, um dich zu retten und nach Hause zu bringen. Seit Monaten haben wir kein Lebenszeichen von der *Hyperion* erhalten. Was ist passiert?“ Verzweifelt kämpfte er gegen das krampfende Gefühl in seinem Magen an, bedeutete Glenns Aussage doch, dass seine ehemaligen Kollegen Misha Jenkins und Derek Butler wirklich tot waren.

„Ich weiß es nicht.“

„Du weißt es nicht? Der Impuls, der vor acht Monaten vom Uranus kam, den müsst ihr doch bemerkt haben!“

„Dieser verdammte Planet“, fluchte Glenn plötzlich und klatschte mit der flachen Hand auf seinen Oberschenkel. John bemerkte, dass das Hosenbein des blauen Overalls mit dunklen Flecken besprenkelt war.

Glenn starrte weiterhin aus dem Fenster. „John", sagte er mit kühler Stimme, „hast du jemals die Stille des Alls gehört?"

John betrachtete Glenns Profil. Er wusste nicht, wie er die Situation einschätzen sollte. War Glenn verrückt geworden? Je nachdem, wie lange er hier allein gewesen war, konnte er physische und psychische Probleme entwickelt haben. „Nein, Glenn", antwortete er reserviert.

„Ich habe sie gehört, ich habe ihr zugehört", sagte Glenn und wandte den Kopf, sodass sich ihre Blicke trafen. „Es ist wie das Rauschen, das Blätterrascheln im Wald. Als würden Hunderte Stimmen zu dir flüstern, doch egal, wie sehr du dich konzentrierst, du kannst sie nicht verstehen. Hör genau hin; wenn du ganz leise bist, kannst du es hören."

Unsicher musterte John seinen ewigen Rivalen. Es war neu für ihn, ihn so zu sehen, kein Vergleich zu dem Mann, den er kannte. Er wirkte, als wäre er weit weg, nicht bei sich, irgendwie neben sich. Vielleicht lag es an der Einsamkeit.

Das kann ja heiter werden, jetzt bekomm ich mit dem Arschloch auch noch Mitleid. „Ich bin nicht allein hier, Azuka und Aaron sind auch an Bord. Sie versuchen, die Stromversorgung wiederherzustellen. Houston und auch wir haben in den vergangenen Monaten unaufhörlich versucht, mit euch Kontakt aufzunehmen."

Glenn lachte laut auf, als wäre er wahrhaftig von Sinnen, und ging sich fahrig durch die Haare. Dann löste er seinen Gurt, stand auf und trat nah zu John heran. „Das kannst du vergessen, meinst du, ich habe hier in den letzten Monaten nicht versucht, diesen Schrotthaufen wieder zum Laufen zu bringen? Aber er lässt mich nicht." Glenn schrie ihn regelrecht an.

Im Augenwinkel hatte John bemerkt, dass Azuka und Aaron inzwischen zu ihnen auf die Brücke gekommen waren. Er streckte den Arm aus und wies sie an, Abstand zu halten. Auch wenn Azuka Glenn sicher gern sofort um den Hals gefallen wäre, riet ihm sein Instinkt, dass das warten musste. Ehe er nicht wirklich einschätzen konnte, ob Glenn eine Gefahr war, wollte er, dass sie auf Abstand blieb. „Wer lässt dich nicht?", fragte John unsicher nach.

„Was denkst du denn? Er, der Schatten in den Wolken, weswegen wir hier sind. Es lebt, John, und es will nicht, dass wir sein Geheimnis lüften", rief Glenn wie von Sinnen und deutete durch die Scheibe auf einen bläulichen Punkt, der sich deutlich von den anderen kleineren weißlichen Punkten abhob.

Jetzt bemerkte John erst, wie müde der Mann war, vielleicht hatte er seit Tagen nicht mehr geschlafen, und sein Finger wirkte dürr, beinah knochig. Als hätte er seit längerer Zeit nichts mehr gegessen, und ein strenger Geruch ging von ihm aus.

„Du meinst den Uranus?" Für John war klar, dass es der Planet sein musste, alles andere ergab keinen Sinn.

„Natürlich meine ich den Uranus, oder denkst du, dass ich irre bin?"

John hob abwehrend die Hände. „Glenn, beruhige dich, ich meine gar nichts. Wir sind hier, um dich zu retten und herauszufinden, was passiert ist. Wir wollen dich nach Hause bringen."

Glenn drehte den Kopf zu Azuka und Aaron. „Nach Hause? Das ist mein Zuhause, mein Sarg. Die *Hyperion* ist tot, hier ist nichts mehr."

Dann starrte er John hasserfüllt an. „Das ist es doch, was du wolltest. Nicht wahr, John, du wolltest mich leiden sehen, du wolltest dich an meinem Schmerz laben. Sehen, wie ich untergehe, vielleicht hast du mir den Tod gewünscht. Hier, John, siehst du, das ist es, das, was du wolltest." Glenn schnaufte verachtend.

John wich einen Schritt zurück, Glenns Worte trafen ihn wie ein Pfeil direkt ins Herz. Er konnte nicht leugnen, dass er sich schon Dutzende Male innerlich sein Scheitern vorgestellt hatte. Als Rache für das, was er ihm angetan hatte. So tief saßen der Schmerz und die Enttäuschung über alles. Aber jetzt, in diesem Moment war das alles nicht mehr wichtig. Da war keinerlei Hass oder dergleichen. Lediglich Mitleid und Reue über seine eigenen Gedanken und der Groll, den er gegen den gebrochenen Mann hegte.

John schluckte schwer, wandte sich Azuka und Aaron zu und räusperte sich. „Habt ihr was gefunden?"

„Glenn hat recht", begann Azuka, „beinah alles hier ist defekt. Lediglich Heizung, Lebenserhaltung und Wasseraufbereitung funktionieren, aber alles andere nicht. Kommunikation, Antrieb, Sensoren, alles tot. Der Reaktor läuft auf minimalem Level und lässt sich auch nicht steuern."

John nickte. „Und du, Aaron?"

„Gar nichts, es gibt Vorräte im Lagerraum, aber sonst habe ich nichts gefunden. Keine Spur der restlichen Besatzung."

Johns Augen huschten zu Glenn. „Wo sind sie?"

Glenn wandte sich von ihm ab und deutete in Richtung Cockpitscheibe. „Sie sind auf ihrer Reise zu den Sternen."

„Du hast sie bestattet?"

„Ja, John."

„Wie sind sie gestorben?"

Glenn starrte ins Leere und schwieg.

Es brannte John unter den Fingernägeln, herauszufinden, was hier geschehen war, doch sein Bauchgefühl verriet ihm, dass er aus Glenn keine weiteren Informationen herausbekam. Wochenlang in Einsamkeit, ohne zu wissen, ob Rettung kam, konnte schwere Wunden hinterlassen. „Okay, wir werden zur *Aquarius* zurückkehren. Fürs Erste reicht es, Houston soll entscheiden, was wir als Nächstes tun sollen. Geht ihr schon einmal vor, wir folgen gleich."

Aaron und Azuka nickten.

„Hast du einen Raumanzug?"

„Warum bist du wirklich gekommen?"

„Ich habe doch gesagt, wir sind hier, um euch zu retten."

Glenn blickte ihn an, mit einem Mal wirkte er wie ausgewechselt, aufgeweckt und konzentriert. „Du weißt, was ich meine. Bist du gekommen, um das Rätsel des Uranus zu lösen?"

John schwieg einen Moment, dann wich er Glenns Blick aus und griff nach seinem Helm. „Was willst du von mir hören?"

Glenn schwieg einen Herzschlag lang. „Dachte ich es mir", erwiderte er und setzte sich in Bewegung.

„Wo willst du hin?"

„Was denkst du? Meinen Raumanzug anziehen."

John folgte ihm und setzte seinen Helm auf. „*Aquarius*, hört ihr mich?"

„Laut und deutlich", drang Mandys Stimme aus den Lautsprechern.

„Die *Hyperion* wird aufgegeben, wir haben Glenn gefunden und werden zurückkommen."

„Was ist mit der restlichen Crew?"

„Glenn hat sie im Vakuum bestattet. Alles Weitere werden wir später besprechen."

„Roger, *Aquarius* Ende“, bestätigte Mandy.

Glenn zog sich seinen Anzug an und John stellte zufrieden fest, dass die Werte des Anzugs okay waren.

„Azuka? Aaron? Wie sieht es aus?“

„Luftschleuse ist klar“, informierte Aaron.

„Okay.“

John fixierte Glenn und tippte auf dessen Display, das in den Stoff des Anzugs eingearbeitet war. Er aktivierte die Kommunikation. „Kannst du mich hören?“

„Ja.“ Glenns Stimme klang klar und ohne jegliche Emotion.

„Roger, gibt es etwas, was du von hier noch dringend mitnehmen willst?“

Glenn schüttelte den Kopf. „Ich habe alles, was ich brauche.“

„Willst du nichts von deinen persönlichen Sachen mitnehmen?“

„Ich sagte, ich habe alles.“

„Okay, okay, wie du meinst“, erwiderte John und wandte sich von ihm ab. Er verließ den kleinen Raum neben der Luftschleuse und ging auf Azuka zu, die vor dem offenen Schott der Luftschleuse auf sie wartete.

„Gut, dann alle rein in die Schleuse.“

Es war deutlich enger zu viert als vorher. John gelang es gerade so, das innere Schott zu schließen. Bevor er nach dem Hebel für den Druckausgleich griff, überlegte er einen Moment, ob er noch irgendetwas vergessen hatte, was sie mitnehmen sollten. Doch ihm fiel nichts ein, also ließ er den Druck ab und sie verließen die Kammer nach draußen.

Aaron war der Erste, der zur *Aquarius* übersetzte. Glenn und Azuka folgten ihm. John schloss das Schott und setzte als Letzter über.

Anders und Mandy nahmen sie in Empfang, für einen Moment kam das Gefühl von Euphorie auf, dass sie zumindest einem Crewmitglied das Leben retten konnten.

Aaron und Azuka kümmerten sich um Glenn und zeigten ihm ein Quartier, in dem er sich etwas frisch machen konnte. Ob sich Glenn Azuka gegenüber geöffnet und mit ihr gesprochen hatte, als sie allein waren, wusste John nicht. Glenn hatte sich den Abend über jedenfalls nicht mehr blicken lassen und war nach Azukas Aussage auch früh schlafen gegangen. Für heute war es genug Aufregung gewesen.

John wollte noch einen Lagebericht an Houston senden und bat um Erlaubnis, die Blackbox der *Hyperion* auszubauen und diese auszuwerten, ehe er sich zu den anderen gesellte, die sich inzwischen im Gemeinschaftsraum eingefunden hatten.

Für den Abend wollte er Glenn ein wenig Ruhe gönnen, damit er sich akklimatisieren konnte, vielleicht war sein erster Eindruck auch falsch gewesen und er hatte die Einsamkeit besser vertragen, als er gedacht hatte.

Die Kälte der Erinnerung

(Am nächsten Tag, an Bord der Aquarius, 15 AE von der Erde entfernt, Position der Hyperion, hinter der Umlaufbahn des Saturns)

Auf dem Monitor sah er den Rücken des Mannes. Das Bild war irgendwie verzerrt, als würde er es durch einen Wasserfall hindurchsehen. Dann schien es etwas klarer zu werden und er konnte verfolgen, wie der Mann sich vor einen metallischen Kasten hockte und anfing, die Verkleidung zu entfernen. John drückte den Knopf der Sprechanlage, doch es kam ihm vor, als würde nicht er selbst die Taste drücken, sondern sein Arm ferngesteuert werden. Er hörte seine Stimme, sie klang dumpf und entfernt. „Nick, was machst du da?"

John betrachtete die Bilder der anderen Bildschirme. „Penteros, Navas? Wo seid ihr?"

„Immer noch am Injektor", hörte er die verblassende Stimme von Penteros. John fand die Ingenieurin und ihren Kollegen Navas auf dem oberen linken Bildschirm.

„Okay, ich sehe euch."

Unvermittelt schrillte ein Alarmton los. Das Bild verschwamm und er spürte, wie Panik in ihm aufstieg, ein Gefühl von Hilflosigkeit durchdrang ihn. Seine Umgebung verschwand und Dunkelheit umgab ihn. Dann tauchten aus dem Nichts die Gesichter seiner Vorgesetzten auf. Ihre Stimmen vermischten sich zu einem Brei aus unverständlichen Wörtern. Auch wenn er sie nicht eindeutig verstehen konnte, wusste John, was sie sagten. Er hatte ihre Gesichtsausdrücke und jedes einzelne Wort von ihnen in sich aufgesogen, als sie ihn nach dem Testlauf des Reaktors in der ersten Anhörung der Kommission befragt hatten.

Dann schrillte erneut der Alarmton durch die Dunkelheit und plötzlich hatte er das Gefühl, zu fallen. Einfach ins Nichts stürzend, ohne den Grund sehen zu können. Er schrie, so laut er konnte, doch Stille umgab ihn.

Dann hörte er ein leises Knistern, das in ein Rauschen überging. Ein gleichbleibendes Rauschen, das sowohl beruhigend als auch beängstigend wirkte.

„John", rief ihn eine Stimme. Er kannte sie, aber er konnte sie noch nicht eindeutig zuordnen. Die Stimme umgab ihn, durchdrang ihn, durchsetzte jede Faser seines Körpers. Es war ein merkwürdiges Gefühl. „Kannst du die Stille hören?"

Plötzlich spürte er einen Ruck, eine Kraft, die ihn nach vorne zog.

Anders blickte ihn an. „Hey, alles okay?"

John brauchte einen Moment, um sich zu sammeln und zu orientieren. „Was ist los?"

„Wir warten auf dich, das Weckzeichen kam bereits zweimal und als du nach zwanzig Minuten immer noch nicht aufzufinden warst, wollte ich nach dir sehen."

John wurde bewusst, dass er in seiner Schlafkapsel lag. Er öffnete den Schlafsack und kletterte hinaus.

„Alles klar bei dir? Sah ziemlich unruhig aus."

John rieb sich durchs Gesicht, ehe er zu seinem Schrank auf der anderen Seite schwebte. „Alles okay, schlecht geträumt. Ich zieh mich an und komme dann. Wartet nicht mit dem Frühstück auf mich."

„Ok, ich fürchte, die anderen sind sowieso gleich schon fertig."

John schnappte sich einen Overall aus dem Schrank und begann, ein Hosenbein nach dem anderen überzustreifen. „Nicht schlimm, dann treffen wir uns in fünfzehn Minuten auf der Brücke."

„Okay, ich werde es weitergeben." Dann trat Anders in den Flur und schloss das Schott hinter sich.

John zog sich zu Ende an und legte seine Magnetstiefel an. Er putzte sich die Zähne mit einer Zahnschiene, auf die er eine Paste auftrug und diese samt der Schiene über beide Zahnreihen stülpte. Während die Paste seine Zähne reinigte, griff er sich den elektrischen Rasierer, der seine Bartstoppeln abschnitt und gleichzeitig in einen kleinen Behälter saugte, bevor sie sich überall verteilten. Er gähnte, als er den Verbindungskorridor zur Brücke entlangging. Er vernahm Stimmen, als er sich dem offenen Schott näherte.

„Guten Morgen zusammen", grüßte er in die Runde und schenkte jedem Anwesenden einen flüchtigen Blick. „Gibts was Neues?" Er ging an ihnen vorbei und setzte sich auf seinen Pilotenstuhl. Mandy war ihm gefolgt und hatte sich ebenfalls gesetzt.

„Direkt zur Sache."

John drehte sich zu Azuka um, die etwas von ihm entfernt neben Aaron und Anders stand.

„Ich muss den Ernst der Lage nicht noch einmal verdeutlichen, oder? Wir alle wissen, was hier auf dem Spiel steht."

„Haben wir unsere Mission nicht erfüllt?", fragte Aaron und suchte die Aufmerksamkeit seines Bruders. Anders verwehrte sie ihm und schwieg.

„Ja, wir haben die *Hyperion* erreicht und wenigstens ein Mitglied der Crew gerettet", sprang Azuka Aaron zur Seite.

„Unsere Mission ist noch nicht zu Ende. Wir sind hier draußen und sind nun Forscher in unbekanntem Terrain. Bis Houston oder ich sagen, dass die Mission beendet ist, und wir auf der Erde angekommen sind, verlange ich, dass sich alle konzentrieren. Also, geht bitte an die Konsolen und wartet auf Instruktionen." Er bemühte sich, nicht in seinen militärischen Befehlston zu verfallen, doch verlieh er bewusst seinen Worten eine gewisse Schärfe und Dringlichkeit.

„Du bist der Boss", erwiderte Azuka und setzte sich. „Vergiss nur nicht, dass dies hier eine zivile Mission ist und wir keinen Feind verfolgen."

John überhörte bewusst ihre spitze Bemerkung, als ihm auffiel, dass die Gruppe unvollständig war. „Wo ist Glenn?"

Aaron und Anders besetzten ebenfalls zwei leere Terminals.

„Was schaust du mich so an?", fragte Azuka achselzuckend. „Ich weiß nicht, wo er ist. Seitdem er mich gestern vor die Tür gesetzt hat, habe ich ihn nicht gesehen."

John drehte sich zu Mandy. Er wollte Glenn noch ein wenig Schonfrist einräumen, vielleicht brauchte er etwas Zeit, um das Erlebte zu verarbeiten, schließlich hatte er den Tod von drei Crewmitgliedern erlebt. Die Exobiologin, Misoko Kayo, hatte John nie kennengelernt und er würde es auch nie. Doch Glenn hatte sie samt Misha und Derek beerdigen müssen. Er schluckte schwer, als er an seine Freunde dachte, die nun irgendwo im All herumschwebten und auf ihre letzte große Reise gegangen waren. Er räusperte sich. „Also noch mal, gibt es etwas Neues auf den Sensoren oder so?"

„Der Status der *Hyperion* und des Uranus sind unverändert. Aber wir haben Nachricht von Houston erhalten."

„Hast du sie schon abgehört?"

Mandy schüttelte den Kopf. „Nein, ich wollte es dir überlassen."

„Okay." John wandte sich seiner Konsole zu und ließ die Nachricht abspielen.

„*Aquarius*, hier Houston. Wir freuen uns, dass Sie Lieutenant Miles retten konnten. Jedoch sitzt bei allen hier der Schock über den Verlust von Misha Jenkins, Derek Butler und Misoko Kayo tief. Mögen sie in Frieden ruhen auf ihrem Weg durchs All. Sie waren nicht nur herausragende Astronauten und Wissenschaftler, sondern auch großartige Persönlichkeiten."

John vermutete, dass diese Nachricht auch an die Medienabteilung übersendet worden war und dieser Teil für die Öffentlichkeit bestimmt war, dennoch tat es gut, diese Worte zu hören.

„Wir hoffen, dass Glenn, wohlauf ist und wir bald von ihm hören werden. Wir bestätigen, dass die *Hyperion* aufgegeben wird. Flight erteilt die Erlaubnis, den Reaktor abzuschalten und die Blackbox sowie alles andere zu bergen, was Sie brauchen. Houston bestätigt den Eingang der Anfrage von Colonel John Coel und erteilt hiermit die Erlaubnis, die Mission fortzuführen. Die entsprechenden Daten wurden dieser Nachricht angehängt und Flight erwartet in zwölf Stunden den nächsten Statusbericht. Viel Glück, Houston Ende."

John öffnete den Anhang der Nachricht und fütterte den Computer mit den neuen Daten.

„Was soll das heißen, Freigabe zur Fortführung der Mission?“

John drehte sich nicht um, das brauchte er auch nicht, denn Aarons Stimmlage verriet ihm alles, was er wissen musste.

„Das würde mich auch interessieren“, fügte Azuka hinzu.

John spürte Mandys durchdringenden Blick. „Wirklich, John?“, fragte sie.

„Unter vier Augen, können wir reden?“

Mandy nickte in Richtung der anderen. „Du denkst, das, was du mir zu sagen hast, geht sie nichts an?“

„Ich dachte wirklich, du wolltest nur hierher, um die Crew der *Hyperion* zu retten“, sagte Azuka mit einer Spur Verachtung in der Stimme.

„Ihr seid Narren.“

John drehte sich um, als er Glenns Stimme vernahm. Er stand am Schott der Brücke und starrte sie an. „Ihr habt wirklich gedacht, dass er nur hierhergekommen ist, um uns zu retten? Ihr seid ja noch naiver als ich damals. Es geht ihm nur um sich selbst, der große John Coel, der auf Abenteuer und Entdeckungsreise geht, um die Geheimnisse des Kosmos zu entschlüsseln.“

Er zeigte auf jeden Einzelnen von ihnen, nur John ließ er aus. „Ihr seid seine Marionetten, seine Bauern auf seinem Schachbrett. Er benutzt euch, seht ihr das nicht? Sein Ziel ist und war es von Anfang an, zu diesem verdammten Planeten zu fliegen. Ich habe förmlich gespürt, wie sein Hass auf mich wuchs, als die NASA verkündet hatte, dass wir hierher fliegen.“ Er trat in die Mitte des Raumes und schmunzelte. „Und was habe ich davon?“ Dann blickte Glenn ihn direkt an. „Wärst du doch nur auf diese Mission gegangen, John", sagte er mit einer Kühle in der Stimme, die John beinah das Blut in den Adern gefrieren ließ.

John sammelte sich einen kurzen Moment und erhob sich. „Ich bin also hier der Böse? Ja? Ich habe dir gerade das Leben gerettet, du verdammtes Arschloch, und das, obwohl du meines einst nehmen wolltest." John spürte, dass ihm heiß wurde und schüttelte den Kopf. „Nein, Glenn, ich werde dir nicht den Gefallen tun, ich werde mich beherrschen." Dann drehte er sich zu den anderen. „Was habt ihr denn gedacht, was geschieht, wenn wir die *Hyperion* erreicht haben? Habt ihr vergessen, was passiert ist im letzten Jahr?"

Er wechselte zwischen ihnen hin und her und suchte den Augenkontakt zu jedem einzelnen. „Irgendetwas hat ein Signal vom Uranus versendet und nachweislich befindet sich irgendetwas unter der Wolkendecke des Planeten. Wir sind Wissenschaftler und ja, es ist eine zivile Mission. Aber anscheinend ist euch wirklich nicht der Ernst der Lage bewusst. Wir wissen nicht, ob dieser Impuls als eine Abwehrreaktion gedeutet werden muss, dass die *Hyperion* sich nicht weiter dem Planeten nähern sollte. Was zur Folge hätte, dass die *Hyperion* angegriffen wurde und das gezielt. Wir müssen herausfinden, ob die Erde und alles, was sich auf ihr befindet, in Gefahr ist. Also verbitte ich mir jede weitere Diskussion und verlange von jedem Einzelnen, dass er oder sie ihr Bestes gibt, bis wir herausgefunden haben, was hier vor sich geht. Also an die Arbeit, wir haben viel vor", bellte er, drehte sich um und blickte direkt in Glenns Gesicht. „Und du gehst mir aus der Sonne, wenn du nicht helfen willst. Schließ dich in deiner Kabine ein oder was auch immer, nur steh uns nicht im Weg. Wenn du helfen willst, bitte, aber nerv mich nicht", knurrte er und schob ihn zur Seite. „Mandy und Anders, in zwanzig Minuten will ich euch in euren Anzügen an der Luftschleuse sehen." Bevor er die Brücke verließ, drehte er sich noch einmal um. „Aaron und Azuka, ihr werdet auf der Brücke bleiben und auf meine Anweisungen warten. Falls Glenn sich dazu entscheidet, seinen Beitrag zu dieser Mission zu leisten, gehe ich davon aus, dass er sich um die Steuerung der *Aquarius* kümmert und ebenfalls tut, was ich ihm sage." Dann verließ er die Brücke, er musste da raus. Innerlich kochte er, ihm war es scheißegal, ob er irgendjemandem auf die Füße getreten war. Dies hier war eine Mission, die vielleicht etwas aufdecken konnte, was alles verändern würde.

„John, warte." Hinter sich hörte er die metallischen Schritte, die ihm folgten. Er brauchte sich nicht umzudrehen, um zu wissen, dass es Mandy war.

„John, bitte."

Er blieb stehen und drehte sich schweigend zu ihr um.

„Ich glaube, du hast mich eben falsch verstanden und das will ich klarstellen."

„Habe ich das? Für mich war deine Frage ziemlich eindeutig."

Sie seufzte. „Ja, aber so war es nicht gemeint. Mir ist klar, was hier passiert, und ebenfalls ist mir sehr bewusst, dass wir dem Ganzen auf den Grund gehen sollten."

Er zog die Augenbraue hoch. „Ist das so? Für mich hat sich eben deine offene Kritik allerdings anders angehört. Wo wir gerade noch so nett plaudern, will ich dir eines sagen: Ich mag dich und ich weiß, dass du die beste Pilotin bist, die ich kenne. Ich vertraue dir jederzeit mein Leben an. Du hast ein fundiertes Fachwissen über Technik und bist so ziemlich die Kompetenz-Astronautin hier. Doch wenn du mir vor der Mannschaft noch einmal so eine Frage stellst, dann haben wir beide ein ernstes Problem. Wenn du mir etwas zu sagen hast, dann sag es mir unter vier Augen. Ich bin der Kommandant und muss auch unliebsame Entscheidungen treffen, die ich nicht mit euch diskutieren muss." Er bemühte sich, ruhig und sachlich zu bleiben, dennoch gelang es ihm nur teilweise.

„Ich verstehe, dass du sauer bist."

„Lass mich ausreden", unterbrach er sie unwirsch. „Das hier ist kein Ferienausflug der Pfadfinder. Auch wenn es nicht so aussah, waren wir für Houston immer der Backup-Plan. Oder was glaubst du, dass die NASA einfach so ein Raumschiff samt ihrer Crew aufgibt, wenn es die Hoffnung auf Rettung gibt? Ich habe die Entscheidung nur schneller getroffen und werde dafür auch die Konsequenzen tragen."

Mandy senkte den Kopf.

John spürte, dass es ihr leidtat, und vielleicht hatte sie unüberlegt gehandelt. Daher senkte er seine Stimme und beruhigte sich ein wenig. „Ich denke, du hast verstanden, was ich dir sagen wollte. Dass ihr nun hier und damit länger von zu Hause weg seid als geplant, tut mir leid, aber wir waren uns einig, dass wir hierher kommen mussten. Ich denke, auch den anderen ist bewusst, dass durchaus eine Gefahr vom Uranus ausgeht. Azuka kann ich verstehen, sie ist etwas neben der Spur wegen Glenn, aber du bist meine Stellvertreterin. Ich erwarte von dir, dass du mich unterstützt."

„Was ist mit Glenn?"

John blickte sie irritiert an. „Was soll mit ihm sein?"

„Was machen wir mit ihm, er wirkte eben ziemlich aggressiv."

„Lass das meine Sorge sein, er wird sich sammeln und seine Pflicht erfüllen. Er ist Astronaut und ein erfahrener zudem."

Sie lächelte. Er mochte dieses Lächeln, bei Gott, wenn er nicht hier auf diesem Raumschiff und zudem ihr Vorgesetzter wäre, hätte er sie gedatet. Sie hatte alles, was er an einer Frau schätzte, sie war klug, hübsch, sportlich und nicht auf den Mund gefallen. Sie hatte Temperament, was er sehr mochte, und sie war loyal. Er wandte sich ab, bevor er noch tiefer ins Schwärmen abdriftete und sie am Ende noch etwas bemerkte. „Ich denke, wir haben das geklärt und können jetzt unserer Arbeit wieder nachgehen?"

„Klar, ich habe mir auch schon Gedanken dazu gemacht. Sollten wir nicht versuchen, das Shuttle an Bord zu holen?"

„Das ist das, was ich von dir hören will", sagte er schmunzelnd. Er warf ihr einen Blick über die Schulter zu, als er die letzten Meter zum Ausrüstungsraum überwand. „Genau das habe ich auch vor." Er trat einen Schritt zur Seite und ließ sie zuerst in den Raum eintreten und sah, dass Anders ebenfalls den Korridor entlangkam.

„Ich dachte schon, ihr seid ohne mich los", entgegnete er John auf halbem Weg.

„Wie sieht es auf der Brücke aus?"

„Wenn du wissen willst, was Glenn macht: Er und Azuka unterhalten sich etwas hitzig und Aaron versucht derweil, die Sensoren im Auge zu behalten."

John nickte. „Verstanden, dann mal rein in die Raumanzüge, die müssten nun alle wieder aufgeladen sein", sagte er und winkte Anders an sich vorbei, ehe er ihm in den Raum folgte. „Vielleicht hat Azuka ein paar Worte für Glenn, die ihn wieder zur Vernunft bringen."

„Ich wüsste nicht, was ich machen würde, wenn ich acht Monate oder so ganz allein, ohne jeglichen Kontakt auf einem Raumschiff gefangen wäre."

„Vermutlich verrückt werden", erwiderte John und griff sich seinen Anzug.

„Wissen wir denn jetzt, was mit der Crew passiert ist, außer dass sie tot sind?"

„Das, Anders, werden wir jetzt versuchen, herauszufinden." John warf dem Wissenschaftler einen ernsten Blick zu. Anders musste verstanden haben, dass er den Tod der Crew vermutlich ebenso seltsam fand wie der Rest seiner Crew. Insgeheim hoffte er natürlich, dass Jenkins, Butler und Kayo ohne Glenns Zutun verstorben waren. Aber egal, aus welchem Grund, es war zu untersuchen, ob es Hinweise gab und ob die Crew der *Aquarius* ebenfalls in Gefahr war.

Die drei verließen den Raum in ihren Anzügen und begaben sich in die Schleuse.

John aktivierte den Druckausgleich. „Ihr habt über Funk mitbekommen, was euch jetzt erwartet?"

Mandy wandte sich vom Bullauge ab und drehte sich zu ihm. „Wir springen."

„Willst du zuerst?"

„Warum nicht", erwiderte Mandy und öffnete das äußere Schott, als die kleine Lampe an der Wand von Rot auf Grün gesprungen war.

Anders trat einen Schritt zurück und trat nach Mandy nach draußen. „Wie sieht denn der Plan aus?"

„Abwarten, erstmal setzen wir jetzt über."

„Ich sehe euch dann drüben", sagte Mandy und sprang ab.

John schloss hinter sich die Luke und konnte noch verfolgen, wie sie auf der anderen Seite ankam.

„Jetzt du“, wies er Anderes an. Der Wissenschaftler brauchte deutlich länger, um sich zu überwinden, auch er gelangte sicher nach drüben.

John folgte ihnen und nacheinander betraten sie die Schleuse. Er stellte den Druckausgleich her und sie gingen in den Verbindungskorridor.

Anders blickte sich um. „Irgendwie unheimlich hier, als würde man an Bord eines lang verschollenen Geisterschiffes gehen.“

„Nur mit dem Unterschied, dass hier definitiv keine Geister auf uns warten werden“, erwiderte Mandy.

„Woher willst du das so genau wissen?“, fragte John grinsend.

„Schon klar“, gab Mandy trocken zurück. „Also wie sieht der Plan aus?“

„Du gehst mit Anders zur Brücke und holst die Blackbox. Wenn ihr sie habt, kommt ihr zum Frachtraum. Dort treffen wir uns.“

Anders blickte den Korridor hinunter. „Okay, ich nehme an, dass es da lang zur Brücke geht?“

„Ja“, antwortete John. „Einen Moment noch“, hielt er sie auf. „*Aquarius*, bitte kommen.“

„Hier *Aquarius*, alles okay bei euch?“, drang Aarons Stimme aus den Lautsprechern.

„Ja, ich wollte nur sicher sein, dass die Verbindung gut ist.“

„Wir hören euch klar und deutlich“, gab Azuka zurück.

„Gut. Wer von euch sitzt an der Hauptkonsole?“

„Ich, John.“

John zögerte einen Herzschlag lang, als er Glenns Stimme hörte. „Schön, dass du unsere Mission unterstützen willst.“

„Quatsch nicht. Ich mache das für die Mission und nicht für dich. Falls du es vergessen hast, diese Mission war eigentlich meine."

„Nimm es, wie du willst, kann ich auf deine volle Kooperation bauen?"

Die Antwort ließ auf sich warten. Nach einer gefühlten Ewigkeit antwortete Glenn: „Ja, solange es der Sache dient."

„Mehr verlange ich nicht. Mandy und Anders werden die Blackbox sichern, während ich Vorräte zusammensuche. Ich möchte, dass ihr so lange auf Standby bleibt und die Sensoren im Auge behaltet."

„Verstanden", erwiderte Glenn.

John nickte Mandy und Anders zu, die sich daraufhin von ihm entfernten.

Anders hatte recht, die düsteren Gänge, die lediglich von dem Licht einiger rötlichen Lampen erhellt wurden, wirkten wie aus einem alten Science-Fiction-Horror-Streifen, in dem aus irgendeinem Luftschacht oder hinter irgendeiner Ecke ein blutrünstiges Monster hervorsprang. Dass dies an Bord der *Hyperion* mit Gewissheit nicht passieren würde, stand außer Frage. Bevor er zum Lagerraum ging, wollte er sich die Mannschaftsräume anschauen, in der Hoffnung, irgendetwas zu finden, was ihm einen Hinweis darauf gab, warum die drei Astronauten der Crew den Tod gefunden hatten.

Die erste Kabine, die er durchsuchte, musste die von Misha Jenkins gewesen sein. In dem Spind des Zimmers fand er eine kleine magnetische Box, in der sie Bilder aufbewahrt hatte. Es waren alte Aufnahmen aus der Zeit, in der die Polaroid-Kamera ein letztes Mal einen Hype ausgelöst hatte, vor gut fünfundzwanzig Jahren. Er ging die Bilder durch, doch außer Urlaubserinnerungen und einigen

Familienfotos war nichts dabei, was ihm Aufschluss gab. Er legte die Bilder zurück, nahm sich eine leere Stofftasche, die sich in dem Spind befand, und verstaute die Box in ihr. Vielleicht wollte irgendjemand auf der Erde die Erinnerungen haben. Etwas anderes Auffälliges fand er nicht in der Kabine.

Die zweite Kabine gehörte offensichtlich der Exobiologin Misoko Kayo, jedenfalls laut dem Overall mit ihrem aufgestickten Namen im Spind. Sie schien bis auf einen Tabletcomputer, den er ebenfalls in der Tasche verstaute, nicht viele persönliche Gegenstände zu besitzen. Auch in dieser Kabine fand er nichts Ungewöhnliches, außer dass beide Quartiere äußerst aufgeräumt wirkten. Entweder waren sie sehr ordentlich oder Glenn hatte die Kabinen gesäubert. Alles schien in den Halterungen verstaut zu sein. Selbst der Schlafsack in den Kapseln war mit geschlossenem Reißverschluss ordentlich.

Irgendetwas ist hier passiert. Was verschweigst du mir, Glenn? Er verließ die Kabine und betrat die nächste, die Butler gehören musste. Er fand neben einem Datenstick, einem Overall und einem Pad nur einen Trinkbeutel in dem Spind. John war sich sicher, dass der Inhalt des Beutels bestimmt kein Traubensaft war. Er verstaute den Stick und den Beutel in der Tasche in dem Moment, als sich Mandy über Funk meldete.

„John, wir brauchen noch etwas, wir müssen die Mittelkonsole auseinanderbauen, um an die Box zu gelangen."

„Verstanden, habt ihr sonst irgendetwas Auffälliges gefunden?"

„Einige der Kabel sind verschmort", hörte er Anders angestrengte Stimme. „Man, was für ein Kabelsalat hier, beinah jedes zweite Kabel ist angesengt oder komplett hin. Also wenn es hier nicht eine heftige Überladung der Systeme gegeben hat, bade ich nackt im Methansee auf dem Titan."

„Das will ich sehen", hörte er Mandy amüsiert sagen. Ihre Aussage versetzte ihm einen Stich in der Magengegend. Ihm war bewusst, wie kindisch das war, doch er konnte nichts dagegen tun.

„Verstanden, kann diese Überladung von dem Impuls gekommen sein?"

„Das kann ich nicht sagen", antwortete Mandy. „Ich habe mir die Serverschränke und die anderen Konsolen angeschaut, es scheint, dass es Dutzende Systeme zeitgleich getroffen haben muss. Ein Systemfehler würde das nicht verursachen."

„Wie kommst du darauf? Wieso ist es unwahrscheinlich, dass die Systeme nacheinander ausgefallen sind?"

„Ganz einfach, weil es immer Backup-Systeme gibt."

„Das weiß ich", unterbrach er sie. „Aber wenn der Hauptrechner einen Fehler hat, dann hätte es einen Masteralarm zur Folge."

„Das stimmt, dennoch würden Systeme wie die Kommunikation und der Peilsender funktionieren. Es muss etwas gewesen sein, das zeitgleich Dutzende Systeme lahmgelegt hat. Die Lebenserhaltung ist eines der wenigen, die noch laufen, aber auch nur, weil diese wie der Reaktor gesondert geschützt werden."

„Verstanden, meldet euch, wenn ihr mehr wisst, sonst treffen wir uns wie besprochen im Lagerraum."

„Roger und Ende", bestätigte Mandy.

Eine Überlastung des Energienetzes würde viel erklären und liefert vielleicht die letzten Puzzleteile, um den Tod der drei aufklären zu können.

Er verließ die Kabine und betrat die letzte, die ihn völlig überraschte. Das Quartier sah im Grunde aus wie die anderen, bis auf die Tatsache, dass es vollständig leer geräumt war. Lediglich ein Foto, das an die Innenseite der Tür geklebt worden war, verriet, dass es bewohnt war.

Er löste das Foto und betrachtete es eingehend. Auf dem Bild waren zwei junge Männer zu sehen, die in Druckanzügen vor einem Kampfjet posierten. Jeweils unter einem Arm hatten sie ihre Helme geklemmt und trugen Nostalgie-Sonnenbrillen. Die Haltung der beiden wirkte unterkühlt, mehr wie Kollegen, nicht wie Freunde. Woher er das wusste? Er war einer der beiden.

Das Bild war vor dem letzten Testflug aufgenommen worden, den er selbst durchgeführt hatte. Der andere Pilot war Glenn, der neben ihm stand. Kurz bevor das Bild aufgenommen wurde, hatten sie sich wegen irgendetwas gestritten, er wusste nicht mehr, worum genau.

„Wieso hast du dieses Bild mit auf diese Mission genommen? Ich hätte mit allem gerechnet, aber nicht damit", murmelte er. Er verstaute das Foto in einer Tasche, die in seinem Anzug eingearbeitet war.

Egal, wie sehr er über den Grund auch nachdachte, er kam zu keinem schlüssigen Ergebnis, als er zum Lagerraum aufbrach. So seltsam der Fund auch war, so nachdenklich ließ er ihn zurück. Hatte er sich vielleicht in Glenn getäuscht, war es seine Art, Reue für das zu zeigen, was Glenn ihm angetan hatte? Oder war es ein Symbol für Glenns Triumph über ihn?

Jetzt war nicht die Zeit, dem auf den Grund zu gehen. Er ging zum Lagerraum, der sich direkt hinter dem Hangar befand. In dem größeren Raum stapelten sich in Regalen Kisten und anderes technisches Gerät, das allesamt fixiert war.

Er war auf der Suche nach allem Nützlichen wie Verpflegung und anderen Dingen, die sie vielleicht noch auf der Mission brauchten, besonders Forschungsgerät, was für Experimente benutzt werden konnte, die sie auf der *Aquarius* nicht hatten.

„Wir haben die Blackbox, wir kommen jetzt zum Lagerraum", informierte Mandy.

„Roger, geht zuerst zum Reaktorraum und fahrt ihn herunter. Ihr müsst wirklich sicher sein, dass alle Sicherungsstäbe eingeführt sind."

„Geht klar."

„Keine Ahnung, was die NASA mit der *Hyperion* noch vorhat."

„Sind auf dem Weg. Falls Houston vorhat, das Schiff zu reaktivieren, werden sie hier draußen keine Chance dazu haben. Praktisch alle Leitungen müssen getauscht werden."

„Schon klar, Anders, darum brauchen wir uns keine Gedanken machen. Beeilt euch, ich will nicht länger als nötig hierbleiben."

„Geht uns auch so", gab Mandy zurück.

„*Aquarius*, bitte kommen."

„Wir hören dich, John."

Es war weiterhin merkwürdig, Glenns Stimme über Funk zur hören. „Gibt es etwas Neues?"

„Nein, sonst hätten wir es dir mitgeteilt. Der Uranus ist ruhig, als wäre er eingeschlafen. Auch Houston hat sich noch nicht gemeldet, alles ist so friedlich wie an einem Sonntagmorgen."

John schmunzelte, dann kam ihm ein Gedanke. *Vielleicht ist dies die Ruhe vor dem Sturm, irgendetwas ist hier faul, und zwar gewaltig.*

„Schon klar, seid weiterhin wachsam."

„Wir halten Augen und Ohren offen", hörte er Azuka.

Er fand in den Regalen allerhand Behälter mit Astronauten-Nahrung, die er Kiste für Kiste auf einen elektrischen Transportwagen hievte. Dann fand er eine mit tragbaren Geigerzählern, verschiedene Ausrüstungsgegenstände, die laut dem kleinen digitalen Schild für biochemische Experimente nutzbar waren.

Wie lange er die Regale nach nützlichen Dingen durchforstet hatte, wusste er nicht. Mandy und Anders stießen zu ihm, nachdem sie erfolgreich den Reaktor runtergefahren hatten.

„Ich denke, wir haben alles, der Wagen sieht ziemlich voll aus", schlussfolgerte John, als er den Transportwagen betrachtete, der in dem breiten Gang zwischen den Regalen geparkt stand.

„Ich nehme an, du willst zum Shuttle. Ich werde das Tor öffnen, okay?"

Er nickte Mandy zu. „Hoffen wir, dass es funktioniert, die Energie aus den Speichern sollte ausreichen."

„Tja, das Tor wie auch alle anderen werden aufgehen", erwiderte sie auf dem Weg zum Tor, das sie zum Hangar brachte. „Alle Schotts funktionieren mit Druckluft."

John schüttelte den Kopf. „Das ist mir klar, so war's auch nicht gemeint. Mach einfach das Tor auf."

Anders grinste ihn an und zuckte mit den Schultern, was kaum sichtbar unter dem Anzug war.

John legte die Tasche mit den persönlichen Gegenständen oben auf die Kisten und griff sich das Bedienpad. Es war nicht größer als ein modernes Smartphone und er aktivierte den Elektromotor des Wagens. Er musste funktionieren, zumindest hoffte er, dass dieser während des Impulses deaktiviert war. Ein leises Summen verriet ihm, dass er lief, und er setzte ihn in Bewegung.

Das laute, dumpfe Zischen des sich hinter ihm öffnenden Tores drang durch den Lagerraum.

„Siehst du, kein Problem."

Er lächelte Mandy zu, als er mit dem Wagen an ihr vorbeikam. „Schon okay. Öffnest du die Laderampe des Shuttles?"

„Klar", erwiderte sie, schloss hinter den beiden das Tor und überholte sie auf dem Weg zum Shuttle.

Er drehte sich zu Anders. „Kannst du dort links neben der Luftschleuse bei dem Bedienfeld den Druckausgleich manuell herstellen?"

„Du meinst da, wo der gelb-rot gestreifte Aufkleber ist?"

„Jop. Unter der Abdeckung findest du beide Hebel."

„Wird erledigt."

John lenkte den Wagen die Laderampe hinauf und parkte den Wagen in einer kleinen Haltebucht.

„Geh du schon ins Cockpit und starte die Systeme. Es dürfte hoffentlich nichts defekt sein."

„Hoffen wir es", erwiderte sie und verschwand im Durchgang zum vorderen Teil.

Johns Anzeigen seines Headup-Displays verrieten ihm, dass sich die Atmosphäre um ihn herum veränderte. Der Druckausgleich musste erfolgreich verlaufen sein, dann spürte er ein dumpfes Vibrieren.

„Druckausgleich abgeschlossen und Hangartor öffnet sich."

„Okay, dann komm rein", wies er Anders an, während er die Fracht mit einem speziellen Netz und Halterungen fixierte. Anders betrat die Laderampe und schloss diese hinter sich. Zusammen gingen sie ins Cockpit, wo John sich auf den zweiten Pilotensitz setzte.

„*Aquarius*, hier Shuttle X01. Wir haben alles an Bord."

„Verstanden", erwiderte Glenn.

„Wie willst du im Hangar landen, da werden wir keinen Platz haben."

Er zwinkerte Mandy verschwörerisch zu. „Nicht so ungeduldig, warte einfach ab."

„Glenn, ich möchte, dass du jetzt das Hangartor der *Aquarius* öffnest, ohne den Druck dort abzulassen."

„Äh, bitte wiederholen. Du willst, dass ich das Tor ohne Druckausgleich öffne? Dann wird alles, was dort drin ist, ins All gepustet."

„Das ist der Plan, sofern du nicht Lust hast, das defekte Shuttle eigenhändig zu beseitigen, tu, was ich dir sage."

„Ist das klug? Könnten wir uns dadurch nicht das Schiff beschädigen?", intervenierte Aaron.

„Ja, wir wissen doch nicht, ob das Tor wieder geschlossen werden kann", fügte Azuka hinzu.

„Sie haben nicht ganz unrecht, das kann eine ziemlich heikle Sache sein."

John schnaufte. „Hat irgendjemand von euch eine konstruktive, bessere Idee, wie wir das Shuttle aus dem Hangar bekommen?" Er wartete einen Moment, auch Mandy schwieg. Anders räusperte sich, doch seine Lippen blieben verschlossen. „Dachte ich es mir, also können wir jetzt endlich aufhören, zu diskutieren?"

„Roger, ich öffne das Tor“, bestätigte Glenn.

John wandte den Blick von den Konsolen ab und schaute durch das offene Hangartor ins All. Dann wartete er, bis er kleinere helle Objekte wahrnahm, die dem Shuttle vorausflogen.

„*Aquarius*, wir sehen das Shuttle, es ist frei. Wie ist euer Status?“

„Sieht alles gut aus, es hat zwar heftig vibriert und ich musste die Position korrigieren, aber der Masteralarm ist ausgeblieben.“

„Verstanden“, erwiderte er an Glenn gerichtet.

„Manchmal muss man auch einfach mal Glück haben, wenn einem sonst nur Scheiße passiert.“

Mandy nickte ihm verständnisvoll zu.

„Bring uns raus“, wies er sie an.

Mandy steuerte das Shuttle aus dem Hangar, dann erst konnte John den ganzen defekten Lander erkennen, der ins All hinaustrieb. Die hintere Tragfläche war abgerissen und die Schrottteile begleiteten das zerstörte Raumschiff.

„*Aquarius*, ich fürchte, es gab doch einen Zusammenstoß“, berichtete John, als er den offenen Hangar sah. „Der Lander muss mit einer Tragfläche gegen die Außenhülle gekommen sein und diese dabei abgerissen haben. Das Tor werden wir nicht mehr schließen können, das ist nun ganz hinüber.“

„Verstanden, kannst du noch mehr sehen?“

„Die Hülle auf der Unterseite der *Aquarius* sieht unbeschädigt aus. Wir kommen jetzt rein.“

„Verstanden“, bestätigte Glenn.

Mandy steuerte die Öffnung an und landete das Shuttle, dann deaktivierte sie den Antrieb. „Das wäre geschafft“, sagte sie zufrieden.

(Hangar, an Bord der Aquarius, 15 AE von der Erde entfernt, Position der Hyperion, hinter der Umlaufbahn des Saturns)

„Dann zurück auf die Brücke, wir entladen das Shuttle später über die Luftschleuse."

Mandy nickte ihm zu und löste ihren Gurt. „Ich werde die Halterungen zusätzlich aktivieren, auch wenn die Magnethalterung aktiv ist, will ich lieber auf Nummer sicher gehen."

„Gute Idee." John löste ebenfalls den Gurt und erhob sich. „Schnapp dir die Blackbox und dann an die Arbeit", sagte er an Anders gerichtet.

„Geht klar", erwiderte der Wissenschaftler.

John öffnete die Laderampe und verließ das Shuttle, gefolgt von Anders und Mandy. Sie aktivierte die mechanischen Halterungen, die aus einer Öffnung wie Greifarme auftauchten und die drei Kufen fixierten.

„Erledigt", sagte sie und trat zu den beiden in die Schleuse.

Nach dem Druckausgleich verließen sie diese, entledigten sich ihrer Anzüge und gingen zur Brücke.

„Alles klar?", fragte Aaron, als sie die Brücke betraten.

„Ich denke schon", antwortete Mandy und setzte sich auf den Pilotenstuhl.

John musste einen Augenblick warten, doch er entschied das Blickduell mit Glenn für sich, sodass dieser sich von seinem Platz erhob. John setzte sich und checkte die Anzeigen. „Ich werde die Route zum Uranus in den Navigationscomputer eingeben." Er tippte die Daten ein, die er aus der letzten Nachricht von Houston erhalten hatte.

„Setzt euch alle und schnallt euch an", wies er an, dann wandte er sich zu Mandy. „Dann los."

„Verstanden, Route ist eingegeben, Ziel fixiert, Flugzeit bis zum Uranus-Orbit beträgt neununddreißig Tage. Ich werde jetzt die Schubphase einleiten."

„Schubdauer exakt siebzehn Minuten und sechs Sekunden, um auf volle Geschwindigkeit zu kommen", informierte John.

„Bestätige Schubphase dauert siebzehn Minuten und sechs Sekunden, dann los."

John spürte, wie er in seinen Sitz gepresst wurde. „Werte sehen stabil aus, Geschwindigkeit steigt konstant."

„Verstanden."

(37 Tage später, Uranus, 17,2 AE von der Erde entfernt)

Gähnend ging er den Korridor in Richtung Brücke entlang. Zu dieser Zeit herrschte Stille auf dem Schiff, abgesehen vom leisen Brummen und Summen der Technik, das auf dem gesamten Schiff zu hören war. John erinnerte das Geräusch an das Rauschen von Reifen auf Asphalt, welches er in seiner Kindheit geliebt und ihn in eine Art Trance versetzt hatte.

Bald müssten sie den Orbit des Uranus erreicht haben und dann begann die heiße Phase der Mission. Das Schott der Brücke öffnete sich, als er darauf zuging, und verschloss sich automatisch hinter ihm.

„Anders, was machst du denn hier? Ich hatte doch Schlaf angeordnet. Es bringt mir nichts, wenn ihr alle hier wie Zombies herumlauft", mahnte er den Wissenschaftler, der neben einer seitlichen Konsole mit Dutzend heraushängenden Kabeln hockte, während er auf ihn zuging. Die Kabel verbanden die Konsole mit dem kleinen schwarzen Kasten, den sie von der *Hyperion* geborgen hatten.

„Es bringt uns aber auch nichts, wenn wir keine Informationen haben und im Dunkeln tappen. Laut dem Autopiloten erreichen wir in sechsundzwanzig Stunden den Orbit des Uranus, bis dahin will ich wissen, was die Blackbox vor uns geheim halten will."

„Schweigt sie immer noch?"

Anders brummte, steckte eine Zange in eine Tasche seines Overalls und drückte sich vom Boden ab, sodass er dank seiner Magnetstiefel aufrecht stehen konnte. Die obere Abdeckung der Box schwebte ein wenig von ihm entfernt ihm Raum. John ging auf sie zu und griff sie sich.

Er klemmte sie mit Hilfe eines Gummibandes an der Wand fest. „Wie weit bist du denn?“

„Das werden wir gleich sehen. Es hat Mandy und mich Wochen gekostet, die Platinen wiederherzustellen, die bei der Spannungsspitze ordentlich etwas abbekommen haben.“

„Habe ich mitbekommen, wir sind ja auch nicht darauf vorbereitet, dass wir Platinen anfertigen müssen. Also, wie sieht es aus?“, fragte John erneut.

„Ich habe ein Analyseprogramm mit Hilfe des Bordcomputers erstellt beziehungsweise ein vorhandenes modifiziert. Das hat ebenfalls Stunden gedauert, aber ich denke, jetzt sollten wir so weit sein. Ich initialisiere jetzt das Programm und dann hoffen wir, dass wir Zugriff auf die Daten erhalten.“

„Wie lange dauert das?“

Anders zuckte mit den Schultern. „Eine Stunde vielleicht.“

John setzte sich auf den Pilotenstuhl und rief sich die Kursdaten auf. In der Tat, sie würden ihr Ziel in fünfundzwanzig Stunden und zwölf Minuten erreichen. Der Autopilot hatte bereits die Geschwindigkeit gedrosselt.

Er spürte, dass es in seinem Magen zu kribbeln begann, als er auch nur daran dachte, was dort vielleicht auf sie warten könnte. Sollte es wirklich am Ende er sein, der den Erstkontakt zu einer fremden Spezies herstellte, oder war es etwas ganz anderes? Es bestand immerhin auch die Möglichkeit, dass die Bilder und die empfangenen Daten der Teleskope fehlerhaft waren. Er musste schmunzeln, als ihm der Gedanke kam, dass Milliarden von Dollar und Unmengen an Ressourcen aufgebracht wurden, um Menschen hierher zu bringen, um am Ende vielleicht nur

Wolken zu untersuchen, und diese waren am Uranus bei Weitem nicht wie beim Jupiter oder Saturn. Im Grunde genommen war die Atmosphäre des Planeten eher langweilig und strukturlos.

Dann verging ihm das Lächeln, als ihm die Erinnerungen an seine Freunde ins Gedächtnis kamen. Derek und Misha hatten auf der Mission ihr Leben verloren. Ein Stich traf sein Herz, als er an sie dachte, an die anfängliche gemeinsame Zeit der Astronautenausbildung, die Vorbereitung der Mission, die vielen Abende im Pub beim Billardspielen. Zorn stieg in ihm auf, dass ihr Tod noch immer ungeklärt war. Nicht zu vergessen die Astrobiologin Kayo, die er zwar nicht kennengelernt hatte, deren Tod dennoch ebenso bedauerlich war. „Wieso musstet ihr nur sterben, wieso?“, presste er leise durch die Zähne.

Er blickte durch die Frontscheibe und sah den bläulich-türkisen Planeten vor sich. Nicht größer als ein Basketball, den man sich mit ausgestrecktem Arm vors Gesicht hielt. Er konnte den zu ihm gekippten Südpol deutlich sehen. Die Tatsache, dass der Planet praktisch auf dem Äquator auf seiner Umlaufbahn entlangrollte, war bei Weitem das Rätselhafteste und Interessanteste an dem Planeten. Zumindest bis zum Auftauchen der Lichter, die sich wie ein Ring aus grünlichen Blitzen um eine beinah kreisrunde schwarze Fläche am Pol zogen. Selbst aus der Entfernung konnte er sehen, wie vereinzelte Blitze durch die Wolkendecke am Pol jagten, doch konnten die Schiffssensoren aus der Entfernung nichts identifizieren, was sich womöglich dort am Pol versteckte. Vielleicht hatte das seltsame Magnetfeld des Planeten die Sensoren und auch die Teleskope der Erde gestört. Dennoch blieb die Frage, wie eine solche dunkle, lichtlose Fläche entstehen kann. Er vermochte nicht einmal zu sagen, ob es ein Loch in der Wolkendecke war oder eine Sturmzelle, dessen Wolken schwarz waren, ähnlich des Dark Spot des Neptuns. Vor allem blieb zu klären, was es mit dem Signal auf sich hatte, laut Anders konnte es nicht natürlich sein, sondern war mechanisch.

Er strich sich durch die Haare, als er sich die Datensätze aufrief, die die Untersuchungen des Signals beinhalteten. Darin fand er auch Anders Anmerkungen, eine sprang ihm auf Anhieb ins Auge und er las sie mehrmals aufmerksam. *Signalcode ist binär, dezimale Entschlüsselung teilweise gelungen, Maschinensprache, Code vielleicht beschädigt, es fehlen Stellen.*

Er drehte sich zu Anders herum, der konzentriert auf dem Touchfeld des Monitors Eingaben tätigte. „Du bist vielleicht einer der Wenigen, die über das Signal am besten Bescheid wissen."

„Ja und?"

„Du hast herausgefunden, dass das Signal offenbar beschädigt ist."

Anders schenkte ihm einen flüchtigen Blick. „Ja, so sah es aus, wir haben versucht, das Signal zu entschlüsseln und einen binären Code generiert. Diesen haben wir versucht in einen Dezimalcode umzuschreiben. Hexadezimal hätte vielleicht nicht funktioniert."

„Okay, okay, bitte für Normalsterbliche, die nichts von Codes verstehen, erklären."

Anders schnaufte und nickte. „Wir haben versucht, die Zahlen umzuwandeln, um sie mit verschiedenen Programmen und Algorithmen zu füttern. Teilweise hat das funktioniert, aber eben nur teilweise, und das hat dazu geführt, dass wir nicht weitergekommen sind. Da Houston uns diesbezüglich auch kein Update geschickt hat, nehme ich an, dass es meinen Kollegen nicht gelungen ist, die fehlenden Stellen aufzufüllen."

„Und das heißt?"

„Dass uns das Signal nichts bringt, da wir es nicht entschlüsseln können."

„Aber ihr seid euch definitiv sicher, dass es künstlich ist?"

Anders warf ihm einen strengen Blick über die Schulter zu. „Natürlich, sonst wären wir jetzt nicht hier. Es ist eindeutig ein künstliches Signal, vielleicht ist der Sender beschädigt und daher wurde die Übertragung gestört", sagte er, sich abwendend. „Ich bin mir ganz sicher, dass dort irgendetwas ist, das Signal hat einen mathematischen Code. Was auch logisch ist, da Mathematik überall gleich ist, denn eins plus eins ist auch in der Andromeda-Galaxie eins plus eins."

„Schon klar. Ein bisschen was davon verstehe ich auch als Physiker", erwiderte er etwas genervt.

„Sorry, wenn ich einmal im Erklärungsfluss bin …", lächelte Anders ihn unsicher an.

John machte eine wegwerfende Handbewegung. „Egal, was sagen die Daten der Blackbox?"

„Unsere Vermutung war richtig, ich kann deutlich auslesen, dass es einen massiven Anstieg im Stromnetz gab, was zu einem kritischen Ausfall sämtlicher Systeme geführt hat, und dass der Reaktor in den Sicherheitsmodus gegangen ist."

John schnallte sich ab und ging zu ihm hinüber. „Hast du auch Hinweise darauf, was mit der Crew geschehen ist?"

Anders blickte ihn an und schwieg. Dann wandte er sich zum Bildschirm und deutete auf mehrere Dateien. „Dies sind Aufzeichnungen der Überwachungskameras der

Korridore, Brücke, Gemeinschaftsraum, Maschinenraum, Lager und Hangardeck."

„Worauf wartest du denn dann noch?"

Anderes zögerte. „Ich weiß nicht, es besteht die Gefahr, dass wir auf den Aufzeichnungen auch etwas sehen, was wir nicht wollen."

„Wir wissen, dass die drei tot sind, nur nicht warum."

„Ich meine, es kann durchaus möglich sein, dass wir vielleicht einen absichtlich herbeigeführten Tod sehen. Wir haben keine Leiche gefunden und gesehen", erwiderte er kopfschüttelnd.

John nickte. „Ich habe daran ebenfalls schon gedacht. Auch wenn ich mir nicht vorstellen kann, dass wir einen Mord sehen werden, sollten wir uns darauf einstellen. Die Weckzeit ist in vierundvierzig Minuten. Wir sollten es uns anschauen, bevor die anderen wach sind."

Anders nickte. „Das sind nur Dateien, in denen die Bewegungssensoren etwas registriert haben. Ich habe die letzten Aufzeichnungen kurz vor dem Impuls herausgesucht", erklärte er und startete die erste Aufzeichnung.

Auf dem Monitor öffnete sich ein Fenster, das einen Ausschnitt eines Flures zeigte. John sah Misha, die zusammen mit Derek den Hauptkorridor entlangging. Die Aufzeichnung dauerte nur fünf Sekunden und zeigte lediglich, wie sie am unteren Bildrand auftauchten und am oberen wieder verschwanden.

„Das muss ungefähr zehn Minuten vor dem Impuls gewesen sein. Ich überspringe mal die nächsten drei."

Die nächste Aufzeichnung zeigte die Brücke, auf der Glenn zusammen mit Misoko an einer Konsole arbeitete.

Johns Puls hatte sich schlagartig erhöht, jeden Moment würde er sehen, wie seine Freunde sterben werden. Es war bizarr, aber er musste es wissen; er musste wissen, wie sie gestorben waren.

Plötzlich erhellte sich der Bildausschnitt, ein seltsames, bläuliches Licht drang aus Richtung der Cockpitscheiben durch die Brücke. Glenns und Misokos lange Schatten wanderten über die Konsolen und den Boden, dann verschwanden sie und das Licht verlosch. John hielt die Luft an, er wagte nicht einmal zu zwinkern oder zu schlucken. Das Bild der Aufzeichnung wurde körnig und fing an zu flackern, bis plötzlich Funken aus der Decke stoben. John konnte sehen, wie die beiden davon überrascht wurden. Misoko schaffte es, Glenns Gurt zu lösen und ihn von der Konsole wegzuziehen, keine Sekunde zu spät. Kurz bevor die Aufzeichnung in Bildrauschen überging, konnte John sehen, wie die Anzeigen und LED-Lämpchen anfingen zu blinken, bis letztendlich der Masteralarm ansprang.

„Verdammt, das muss der Impuls gewesen sein. Hast du das Licht gesehen, als wäre es pure Energie gewesen, die die *Hyperion* getroffen hat."

„Das ist unmöglich", murmelte John. „Los, die nächste Datei."

Anders tippte die Datei an und sofort öffnete sich das Fenster. Die Aufzeichnung dauerte gerade einmal drei Sekunden, was für John ausreichend war, um Glenn und Misoko am Bildrand zu erkennen, die gerade aus dem Schott der Brücke in den Gang stürmten.

„Hoffen wir, dass die letzte uns zeigt, was mit den anderen passiert ist", sagte Anders und tippte die Datei an.

Die Aufnahme zeigte Misha und Derek, wie sie im Hangar Wartungsarbeiten durchführten. John fasste den

Timecode ins Auge, das Video ging beinah fünf Minuten. „Spul etwas vor“, wies er Anders an.

„Ich lass es mal ab der Mitte laufen.“

John konnte im Schnelldurchgang verfolgen, wie die beiden das Shuttle über die Rampe betraten und wieder verließen. Als sie gerade einige Kisten von einem Lastenwagen abluden, stoppte Anders und ließ die Aufzeichnung in normaler Geschwindigkeit laufen.

„Da, hast du das Flackern der Deckenlampen gesehen?“, machte John ihn aufmerksam. „Das muss der Zeitpunkt gewesen sein, als der Impuls die *Hyperion* getroffen hat.“

Anders nickte zustimmend.

Unvermittelt zuckten die Lichter des gelben Warnlichts über den Boden des Hangars.

„Scheiße, das Hangartor geht gleich auf und die haben keinen Raumanzug an“, stellte Anders fest.

John schwieg und verfolgte atemlos das Geschehen auf dem Monitor.

Derek und Misha hatten sofort verstanden, was gleich passieren würde. Misha bückte sich und deaktivierte ihre Magnetstiefel, drückte sich ab und rauschte in Richtung der Luftschleuse. Derek tat es ihr gleich. John konnte nicht erkennen, ob die Schleusentür zum Hangar hin sich geschlossen hatte.

Als die beiden aus dem Sichtfeld verschwunden waren, bewegten sich die ersten Kisten, die innerhalb eines Bruchteils einer Sekunde zum unteren Bildrand schossen und verschwanden. Für mehrere Sekunden sah es so aus, als würde nichts passieren, doch John wusste, dass in dieser Zeit die gesamte Anthroposphäre samt allem, was lose war, ins All gesogen wurde. Die magnetischen Kisten samt dem Wagen schafften es nicht, dem Sog zu widerstehen. Was in der Luftschleuse geschah, wusste er nicht, inständig hoffte er, dass das Schott sich geschlossen hatte und die beiden in Sicherheit waren. Doch sein Bauchgefühl ließ ihn etwas anderes vermuten.

„Fuck", ließ Anders von sich hören.

John musste schlucken, als er die kleinen rötlichen Tröpfchen erkannte, die sich langsam aus der Schleuse in den Hangar bewegten. Dann tauchte eine Hand auf, ein Arm und ein Kopf. Die brünetten langen Haare trieben im Vakuum umher, als wären sie unter Wasser. John schluckte erneut, als er den leblosen Körper fixierte und realisierte, was dies bedeutete. Sie hatten es nicht geschafft, die Schleuse zu schließen, und die beiden waren im Vakuum gestorben.

„Scheiße", fügte Anders hinzu und ließ sich in die Lehne seines Stuhls sinken. „Das Vakuum hat sie zur Strecke gebracht", hauchte er fast ohne Stimme. „So einen Tod wünsche ich niemandem. Das Blut fängt an zu kochen und die Gefäße ..."

„Anders!", mahnte John mit scharfer Stimme, worauf der Wissenschaftler sofort verstummte. John wusste, was mit einem menschlichen Körper passierte, wenn er dem Vakuum ausgesetzt wurde.

John rieb sich das Gesicht. „Jetzt haben wir Gewissheit, was mit ihnen passiert ist."

„Das stimmt, aber was mit Misoko passiert ist, wissen wir noch nicht, offenbar ist sie nicht direkt in Folge des Impulses gestorben. Denn Glenn und sie waren ja auf der Brücke. Das Hangartor muss sich durch eine Fehlfunktion geöffnet haben, die vielleicht auch dazu geführt hat, dass sich die Schleuse nicht mehr schließen ließ."

„Gibt es noch mehr Aufzeichnungen?"

Bevor Anders antworten konnte, ertönte die ihm bekannte Tonfolge.

John eilte zum Pilotenstuhl. „Der Wakeup-Call", rief er und deaktivierte den Ruf. „Es gibt Nachricht von Houston", informierte er.

„Bevor die anderen jetzt kommen, zu deiner Frage, es gibt noch ein paar Aufzeichnungen, die später aufgenommen wurden. Vielleicht als Glenn versucht hat, die Systeme zu reaktivieren. Allerdings lassen sie sich nicht abspielen."

Er fixierte Anders, er spürte, dass ihm die Zeit davonlief, jeden Moment konnten die anderen hier auftauchen, und er wollte noch nichts über die Aufzeichnungen preisgeben, bis er nicht alle gesehen hatte.

„Das heißt?"

Anders zuckte mit den Schultern.

„Versuch das hinzubekommen, und bevor wir diese nicht gesehen haben, bleibt das erst mal unter uns. Was mit Misoko passiert ist, wissen wir noch nicht. Und bis dahin würde ich es vorziehen, Glenn damit nicht zu konfrontieren. Ich bin kein Psychologe und kann seinen Gemütszustand nicht wirklich einschätzen. Falls er etwas mit Misokos Tod zu tun hat, könnte es eine Überreaktion von ihm nach sich ziehen."

„Schon okay, ich werde mich heute Abend dransetzen. Ich werde mich jetzt aufs Ohr hauen."

„Tu das, ich vertraue dir."

Anders blickte ihn an und nickte.

„Guten Morgen", grüßte Mandy, die mit einer silbrigen Tüte in der Hand durchs Schott trat.

„Morgen", grüßte Anders sie, der ihr entgegenging.

„Du kannst ruhig bleiben, ich tu dir nichts", sagte sie neckend.

Anders lachte. „Ich weiß, ich bin müde, diese Scheiß-Blackbox macht mich noch fertig. Hat mich die ganze Nacht wieder wachgehalten."

„Ärgert die dich immer noch?"

„Leider ja", antwortete er und gähnte.

„Na dann, schlaf dich aus."

„Werde ich", erwiderte Anders und verließ die Brücke.

John drehte sich zu seiner Konsole, als Mandy sich neben ihn setzte.

„Na, was liegt an? Ihr wart schon fleißig?"

„Wir haben unseren allmorgendlichen Statusbericht von Houston erhalten."

„Gibt's was Neues?"

„So weit war ich noch nicht." John öffnete die Nachricht.

„Hat Anders es denn geschafft, die Blackbox endlich zum Laufen zu bringen?"

„Soweit ich weiß, hat er es fast, jedenfalls hat er eine Verbindung herstellen können und lässt jetzt ein Entschlüsselungsprogramm durchlaufen."

„Cool, dann wissen wir ja bald, was auf der *Hyperion* passiert ist. Was hat Houston für uns?"

„Moment", erwiderte John und las das Dossier durch.

„Guten Morgen zusammen", hörte er Azukas Stimme hinter sich.

„Wart ihr gar nicht schlafen?", fragte Aaron, der mit ihr auf die Brücke gekommen war.

John drehte sich nicht zu ihnen um.

„Ich bin auch gerade erst gekommen. John und Anders haben wohl schon gearbeitet. Jedenfalls ist Anders jetzt schlafen gegangen", erwiderte Mandy.

„Wow, irgendwie hat der Ausblick etwas an sich", sagte Azuka. Ihre Stimme war jetzt ganz nah.

John blickte auf und drehte sich leicht. Azuka stand hinter ihm und schaute durch die Frontscheibe.

Aaron stand neben ihr und schwieg, während er den Uranus betrachtete.

„Wir sind bald da. Wo ist Glenn?"

„Er wollte erst sein Fitnesstraining machen und dann was essen."

John nickte Azuka zu. „Okay, Houston will, dass wir einige Modifikationen an unseren Teleskopen und Sensoren vornehmen. Wir haben viel zu tun, ich würde gern damit durch sein, bevor wir im Orbit ankommen. Mandy, du kümmerst dich um Kurs und Geschwindigkeit, und ihr helft mir, die Systeme auf den aktuellen Stand zu bringen."

„Dann mal an die Arbeit", sagte Aaron und klatschte in die Hände.

(Vierundzwanzig Stunden später, Planet Uranus, an Bord der Aquarius, Brücke)

Mandy lehnte sich etwas nach vorne und tippte auf den Bildschirm. „Sensoren sind weiterhin unauffällig."

„Ich sehe es, was äußerst merkwürdig ist." John drehte seinen Kopf. „Wie sieht es bei euch aus?"

„Die Infrarotabtastung zeigt keine Veränderung", gab Azuka zurück. „Der Südpol ist weiterhin wärmer als die Umgebung."

„Ich kann jetzt eindeutig bestätigen, dass der schwarze Fleck am Südpol definitiv eine Sturmzelle ist."

John drehte den Stuhl so, dass er Aaron ins Blickfeld bekam. „Sonst noch was?"

Aaron schüttelte mit dem Kopf. „Leider nein, die elektromagnetischen Stürme um den Spot herum erzeugen starke Interferenzen."

„Als würde irgendetwas verhindern wollen, dass wir unter die Wolkendecke blicken", fügte Glenn nachdenklich hinzu.

John musterte ihn für einen Moment. Der ehemalige Kommandant der *Hyperion* hatte in den letzten Wochen Stimmungsschwankungen gezeigt. Normalerweise wäre er unter diesen Umständen sofort ausgemustert worden, doch diese Mission war keine normale. Sie waren Pioniere, Entdecker, wie einst Christoph Columbus, Magellan, Juri Gagarin oder die Astronauten der *Gemini*- und *Apollo*-Missionen. Glenn hatte sich durchaus nützlich gemacht, er hatte gearbeitet, sein Fitnessprogramm gemacht und die Systeme gewartet.

John drehte sich zu seiner Konsole zurück. Wie ein dumpfer Schmerz legte sich der Gedanke über sein Bewusstsein, dass er vielleicht einen Mörder an Bord hatte.

Unvermittelt drangen kreischende, unangenehme Laute aus den Lautsprechern, die von einem kratzenden Klopfen begleitet wurden. John drehte die Lautstärke herunter.

„Was zur Hölle", rief Azuka.

„Das muss das Signal sein", rief Anders.

„Wir haben unsere Geschwindigkeit erreicht und ich schwenke jetzt in den Orbit ein."

John aktivierte die Aufzeichnung. „Verstanden. Ich will, dass du den Planeten einmal umkreist und die Geschwindigkeit weiter reduzierst. Danach gehst du direkt über dem dunklen Wolkensturm in Position."

„Roger", bestätigte Mandy und gab den Kurs ein.

John starrte aus dem Fenster. Der schwarze Fleck am Südpol füllte das gesamte Sichtfeld aus. Die Lichter und Blitze konnte er nicht erkennen, so gewaltig war der Sturm. Wie ein Strudel aus Watte wanden sich die Wolkenbänder in sich zum Mittelpunkt des Sturmes. Es gab kein Sturmauge wie bei einem Hurrikan, jedenfalls konnte er keines erkennen.

Azukas Stimme half ihm, sich von dem Schauspiel loszureißen. „Das ist das Signal, das wir bereits auf der Erde empfangen haben?"

„Nein, ich weiß nicht, wieso, aber das ist komplett anders. Was ich sagen kann, ist, dass es definitiv vom Planeten kommt."

„Kannst du es schon analysieren?"

„Ich bin dran, das dauert einen Moment."

„Passieren jetzt den Äquator", informierte Mandy.

John staunte nicht schlecht, als er die dunklen staubigen Ringe sah, die vom Sonnenlicht erhellt wurden. So filigran und hauchdünn, ganz anders als die des Saturn, die eher so wirkten, als würden ihn Schneebälle umkreisen. Die Ringe des Uranus bestanden größtenteils aus Gesteinsbrocken und Staub, die weitaus weniger Sonnenlicht reflektierten als die Wassereisbrocken der Saturnringe.

„Ich werde zwischen dem innersten Ring und dem Planeten hindurchfliegen."

„Geschwindigkeit sieht gut aus, Kurs stabil, pass nur auf die Gravitation auf, sonst beschleunigen wir."

„Du bist der Kommandant und ich die Pilotin, keine Sorge, das ist nicht mein erstes Rodeo."

John schmunzelte, als er eine weißliche Wolke auf der sonst bläulichen Oberfläche des Planeten erkannte, die kurz vor der Tag-Nacht-Grenze schwebte. Es wirkte beinah wie ein bekanntes Bild. Eine weiße Wolke, die einsam ihre Bahn über den pazifischen Ozean der Erde zieht. Dann verschwand sie und die Oberfläche wurde dunkler, bis er die Wolkendecke nicht mehr sehen konnte.

„Ich verstehe das nicht, müssten wir nicht irgendetwas an Daten erhalten?"

„Was meinst du, es kommen doch laufend Daten rein", korrigierte John Glenn.

„John, ich meine relevante Daten über den Sturm. Ich kann dir nicht einmal sagen, mit welcher Geschwindigkeit sich die Wolken dort bewegen", gab Glenn etwas angefressen zurück. „Sobald wir den Äquator passiert hatten, bekam ich einen Haufen Daten herein, über Temperatur, Zusammensetzung der Atmosphäre, Windgeschwindigkeit und so weiter."

„Das muss an dem Sturm liegen, wie ich sagte", unterbrach Aaron. „Ich habe noch nie solche Energiewerte gesehen."

„Aaron hat recht, nur kann ich mir nicht erklären, woher diese Energie kommt."

„Passieren jetzt den Nordpol und haben gleich die Sonne vor uns“, unterbrach Mandy.

„Roger“, bestätigte John. „Ich habe keine physikalische Erklärung dafür“, fuhr er fort.

„Vielleicht ist das genau der Punkt. Vielleicht gibt es keine Erklärung, zumindest für unser Verständnis.“

John verzog unwillkürlich das Gesicht, als er Glenns Worte hörte.

Azuka kam ihm zuvor, ehe er etwas darauf erwidern konnte. „Also willst du sagen, dass irgendetwas diesen Sturm und das magnetische Feld erzeugt?“

„Wenn du alle logischen Möglichkeiten ausschließen kannst, was bleibt denn dann noch?“, fragte Glenn provokant. „Richtig, eine Möglichkeit, die wir für unwahrscheinlich halten, aber die deswegen nicht minder möglich sein kann.“

„Da ist was Wahres dran.“

John warf Aaron einen Blick über die Schulter zu. „Vielleicht, wir wissen dank Anders, dass das Signal von irgendetwas Mechanischem erzeugt wird.“

„Darüber haben wir uns schon einmal unterhalten“, unterbrach Azuka. „Dennoch wüsste ich nicht, warum ein Alien-Raumschiff sich in der Atmosphäre des Uranus verstecken sollte. Vor allem stellen sich mir dann weitere Fragen: Was wollen sie da? Warum sind sie gekommen? Wie lange sind sie schon da? Worauf warten sie?“

„Vielleicht haben sie ja schon längst Kontakt aufgenommen. Das erste Signal kann ja durchaus ein Versuch gewesen sein, mit der Erde in Kontakt zu treten.“

„Dann erklär mir mal bitte, Mandy, wieso man sich dafür so weit draußen verstecken sollte. Würdest du denn nicht direkt oder zumindest in die Nähe des Planeten fliegen, mit dem du kommunizieren willst?“

John musste zugeben, dass Azuka nicht Unrecht hatte. Das alles ergab keinen Sinn. Was auch immer da in den Wolken war, musste aus einem ganz speziellen Grund dort sein. Er schloss für sich selbst aus, dass es ein Raumschiff war, das von irgendeiner fremden Spezies dorthin gesteuert wurde. Es widersprach jedweder Logik und ergab einfach keinen Sinn.

„Vielleicht tanken sie ja in der Atmosphäre ihr Raumschiff auf, dabei ist etwas schiefgegangen, was den Impuls entstehen ließ, und jetzt rufen sie nach Hilfe.“

„Meinst du das ernst, Glenn, oder ist das wieder einer deiner Witze?“, fragte Azuka spöttisch.

Die Sonne blendete John, und er musste sich für einen Moment die Hand vors Gesicht halten. Als er merkte, dass zwischen seinen Fingern das Licht verschwand, senkte er die Hand und beobachtete die Sensordaten, die sich laufend aktualisierten.

„Erreichen gleich unsere Zielkoordinaten, reduziere weiter die Geschwindigkeit.“

„Sieht alles gut aus“, informierte er Mandy. „Anders, was macht die Analyse des Signals?“

„Fast abgeschlossen, aber ich kann dir jetzt schon sagen, dass dieses Signal völlig anders ist als das erste. Du erinnerst dich, ich hatte dir erzählt, dass es unvollständig war, als wäre es beim Senden zu einer Störung gekommen.“

„Und jetzt?“, fragte John und wandte sich Anders zu, der schräg hinter ihm an einer Konsole arbeitete.

„Scheint es ungefiltert zu sein, als wäre irgendetwas passiert, was die Störung wieder aufgehoben hat.“

„Erreichen unsere Position in zehn Sekunden", warf Mandy dazwischen.

„Okay, jetzt wird es ernst." John blickte abwechselnd von seinem Monitor zu dem gewaltigen Sturm und zurück. Er konnte jetzt die Lichter und die Blitze deutlich erkennen, die sich kilometerweit, teilweise wie Risse durch die Wolkendecke zogen. Es hatte etwas Unheimliches an sich, als würden sie direkt vor dem Schlund eines riesigen Ungetüms schweben, das sie jeden Moment verschlingen wollte.

Mandy legte mehrere Schalter um. „Haben unsere Position erreicht, Antrieb ist aus."

„Verstanden, schicken wir ein kurzes Update an Houston."

„Schicke Statusbericht an Houston", bestätigte Mandy.

„Ich möchte, dass alle Teleskope, Sensoren, Antennen, einfach alles, was uns zur Verfügung steht, auf diesen Sturm ausgerichtet sind. Irgendetwas ist hier und wir werden herausfinden, was es ist", wies er an.

„John, sieh dir das an."

Er drehte seinen Stuhl, schnallte sich ab und ging zu Anders hinüber. „Hast du was?"

„Siehst du das hier?", fragte Anders und zeigte auf mehrere Signalspitzen.

„Was hat das zu bedeuten?"

„Das sind die hellen, klopfenden Geräusche, die du hörst. Die Spitzenintensität liegt bei hundert Jansky, das ist ein wirklich starkes Signal."

„Das liegt wahrscheinlich daran, dass wir unmittelbar über der Quelle sind."

Anders blickte zu ihm auf und schüttelte mit dem Kopf. „Nein, du verstehst nicht, da ist noch viel mehr. Es gibt ein

Muster in der Oberwelle, ein zweites Signal. John, das ist eine Übertragung mit 8,29 GHz im unteren Seitenband. Das ist einfach gigantisch, da werden gerade dutzende Daten übertragen. Moment", sagte er und öffnete eine Reihe Frequenzdiagramme auf dem Monitor. „Es gibt mehrere Frames, in den oberen Frequenzen sind Marker gesetzt, die durch mathematische Codes verschlüsselt sind."

„Schön und was heißt das konkret? Kannst du diese entschlüsseln?"

Anders stieß Luft zwischen den Zähnen aus. „Bestimmt. Ist dir klar, was das heißt?"

„Ja, irgendetwas dort in dem Sturm versendet einen Haufen Daten, aber wir wissen nicht, welche und zu welchem Zweck."

„John, das ist der Beweis, dass es außerirdisches Leben gibt. Selbst wenn das nur eine Maschine ist, irgendeine Spezies muss diese konstruiert haben."

Für einen Schlag setzte sein Herz aus, er schluckte, sein Bauch kribbelte, als ihm die Bedeutung von Anders Worten bewusst wurde. Er, John Coel, hatte mit seiner Crew den ersten handfesten Beweis gefunden, dass außerirdisches Leben existierte.

So schnell dieses Gefühl der totalen Euphorie auch gekommen war, so schnell verschwand es und wich der puren Angst. Angst vor dem Unbekannten. So, wie die Umstände waren, kam John sofort ein Gedanke in den Sinn. War es vielleicht eine Sonde, die durchs All flog und bewohnte Welten aufspüren sollte? Die daraufhin eine Flotte herbeirief, um die Welt anzugreifen und auszubeuten? Oder hatte es friedliche Absichten?

Er klopfte Anders auf die Schulter. „Gut gemacht, doch warten wir es erst einmal ab. Wir müssen wissen, was das für Daten sind, die da übertragen werden."

Anders' freudiger Gesichtsausdruck verschwand. Er musste bemerkt haben, dass John sich darüber alles andere als freute. „Bin dran."

John richtete sich auf und blieb in der Mitte des Raumes stehen. Im linken Fenster konnte er den Sturm und seine Ausläufer bis hin zu den blitzenden Lichtern sehen. Die Planetenoberfläche zog sich bis ins rechte Fenster, wo er die Atmosphärenhülle deutlich erkennen konnte, wo sie in die Schwärze des Alls überging.

Ist die Erde in Gefahr? Wird es eine Invasion einer intelligenten Spezies geben, die vielleicht weitaus fortgeschrittener ist als die Menschen? Was verbirgt sich nur in diesem verdammten Sturm?

Das Objekt

(22 Stunden später, an Bord der Aquarius, Uranus-Orbit)

John verließ gestärkt den Aufenthaltsraum und wollte sehen, wie die Fortschritte der Untersuchungen und Analysen vorangingen, als er beinah Mandy in die Arme lief, die gerade ihr Quartier verließ.

„Hey, John, na, alles klar?"

„Hi, Mandy", grüßte er zurück und rieb sich den Nacken. „Frag mich nicht, wie, aber ich habe es geschafft, mir ein wenig den Nacken zu verrenken." Erst auf den zweiten Blick erkannte er, dass sie in Sportbekleidung vor ihm stand. „Wolltest du gerade deine Fitnessübungen machen?"

„Ja, momentan gibt es nicht viel zu tun, und bevor ich schlafen gehe, wollte ich mich noch ein bisschen auf dem Ergometer auspowern."

John schlug sich auf den Bauch. „Sehr gut, wird bei mir auch wieder Zeit, habe meine Übungen in den letzten Tagen zu sehr schleifen lassen. Warst du grad vorher noch auf der Brücke?"

„Jep, Azuka und Aaron sind da und untersuchen weiterhin mit Glenn den Sturm."

„Ich wollte gerade nachsehen, wie es läuft", sagte er mit einem Lächeln.

Mandy stapfte an ihm vorbei. „Scheinen nicht viel weiter gekommen zu sein. Ich mach mich auf den Weg."

Bevor Mandy dem Korridor weiter folgen konnte, hielt John sie auf. „Mandy, warte."

Sie blieb stehen und drehte sich zu ihm.

John ging die drei Schritte auf sie zu und senkte die Stimme. „Wie geht es dir?"

Sie schien über die Frage irritiert zu sein. „Was meinst du?“

„Wie es dir geht, wir haben uns in der letzten Zeit nicht viel unterhalten.“

„Machst du dir immer noch Gedanken wegen der Kantinen-Aktion? Das ist gegessen, wirklich, das habe ich dir doch gesagt. John, du bist unser Kommandant und ich finde, du machst einen sehr guten Job, außerdem bist du auch menschlich ganz akzeptabel“, ergänzte sie mit einem verschmitzten Lächeln.

John zog die Augenbrauen hoch. „Menschlich bin ich ganz akzeptabel, na dann sag ich danke schön“, gab er grinsend zurück.

Sie wiegte mit dem Kopf. „Okay, du bist ein netter Kerl und sehr sympathisch“, korrigierte sie sich selbst. „Kann ich dann jetzt?“

„Danke, du bist auch sehr sympathisch, aber darum ging es mir nicht. Ich wollte wissen, was du von Glenn hältst.“

Sie überlegte einen Moment. „Ich weiß nicht, ich bin mir unsicher. Ich meine, du kennst ihn besser, auf mich wirkt er seltsam, irgendwie viel zu gefasst für jemand, der acht Monate allein auf einem Raumschiff war und zudem noch mitansehen musste, wie seine Crew starb. Hat Anders eigentlich die Blackbox geknackt? Ich habe bereits gehört, dass die Dateien irgendwie beschädigt sein sollen.“

Sein Magen krampfte, er hatte gehofft der Frage aus dem Weg gehen zu können, jetzt musste er sie anlügen. „Leider noch nicht, Anders ist noch dran, er konnte zwar einige Dateien sichten, aber keine, die Aufschluss über den Tod der Crew geben.“ Er seufzte. „Ich bin froh, dass du auch Bedenken wegen Glenn hast, mir geht es auch so. Ich bin mir nicht sicher, was ich tun soll, ich weiß, dass traumatisierte Menschen oftmals unberechenbar sein können."

„Der Gedanke ist mir auch schon gekommen, aber was schlägst du vor, was wir machen sollen?"

Er zuckte mit den Schultern. „Ich hatte gehofft, dass du eine gute Idee hast, ich weiß es nicht. Wir können ja auch nicht mal eben links ranfahren und einen Psychologen an Bord holen. Meine Hoffnung ist, dass Azuka ihm zumindest etwas Stabilität gibt."

„Tja, Azuka hofft das auch, allerdings verschließt Glenn sich ihr gegenüber. Jedes Mal, wenn Sie mit ihm über die Zeit an Bord der *Hyperion* nach dem Impuls sprechen will, wird er aggressiv und ausfallend."

„Und das erfahre ich erst jetzt?", blickte er sie entsetzt an.

Mandy hob die Hand. „Lass es mich dir erklären, bevor du mir den Kopf abreißt."

„Ich höre!" John konnte einfach nicht glauben, was er da gerade gehört hatte. Wenn Glenn selbst gegenüber Azuka aggressiv wurde, nur weil sie ihm emotional helfen wollte, konnte er eine tickende Zeitbombe sein.

„Es ist nicht so, dass er handgreiflich geworden ist. Azuka wollte zudem nicht, dass ich etwas sage."

„Und doch hast du es."

„Ja, das habe ich", erwiderte sie und fixierte seinen Blick. „Weil ich dir vertraue und ich mir auch meiner Pflichten bewusst bin. Ich weiß es seit zwei Wochen und habe so lange gewartet, um ihr noch etwas Zeit zu geben. Aber jetzt sind wir hier und müssen uns konzentrieren, diese Mission ist einfach zu wichtig. Deswegen habe ich es dir gesagt." Sie trat einen Schritt näher an ihn heran. „John, ich vertraue dir nicht nur als Kommandant, sondern setze mein Vertrauen auch auf deine Menschlichkeit, dass du es, solange es geht, für dich behältst. Das ist eine Bitte und ich hoffe, du gibst Azuka noch etwas Zeit. Sie meint, dass Glenn nachts im Schlaf redet und manchmal schweißnass aufwacht. Gut geht es ihm nicht, aber Azuka ist, denke ich, die Einzige, die ihm helfen kann."

John musterte Mandy einen Moment lang. Sie war ein guter Mensch und so wie er sie kennengelernt hatte, hatte sie eine gute Menschenkenntnis. „Ich vertraue auf dein Urteil und behalte das erst einmal für mich. Danke, dass du es mir gesagt hast. Jetzt geh, der Sport ruft."

Sie lächelte und nickte, ehe sie sich umdrehte und den Korridor hinunterging.

Er blickte ihr gedankenverloren hinterher. Seine Augen ruhten auf ihrem Po, der sich im Takt der schweren Schritte hin und her wiegte. Es war ein Instinkt oder sein männlicher Trieb, vielleicht auch nur die Tatsache, dass er seit Monaten keine Frau mehr nackt gesehen hatte. Als ihm bewusst wurde, dass er ihr beinah eine halbe Minute auf den Hintern gestarrt hatte, zwang er sich selbst, sich abzuwenden und auf die Brücke zu gehen.

„Habt ihr schon etwas?", fragte er, als er durch das Schott trat.

„Ich habe diesen Sturm jetzt in den letzten Stunden mit allen nur erdenklichen Instrumenten untersucht, doch tiefer als die oberste Schicht komme ich nicht. Radar ist unauffällig, RPWS ebenfalls, zwar gibt es undefinierbare Daten, die im Zentrum erzeugt werden ...", erklärte Aaron frustriert.

„Was soll das heißen?"

„Aus irgendeinem Grund scheint es, als würde etwas in dem Sturm dafür sorgen, dass die Strahlen und Wellen sich zerstreuen. Daher lassen die empfangenen Radio- und

Plasmawellen keine eindeutigen Ergebnisse zu. Als wäre das Ding im Stealth-Modus, lediglich auf den Aufnahmen des CIRS und dem UVIS lassen sich schemenhafte Umrisse erkennen."

John ging zu Aaron hinüber, der neben Azuka an einem Computerterminal saß. „Kannst du erkennen, was es ist?"

„Nicht wirklich, sieh selbst."

John betrachtete die beiden Bilder. Auf dem linken konnte er die verschiedenen Farben erkennen, die das Infrarotspektrum hergaben. Das CIRS oder auch Composite Infrared Spectrometer sollte primär Oberflächen- und Atmosphärentemperaturen sowie ihre Zusammensetzung erforschen, dabei arbeitete es im Infrarotbereich. Der Ausschnitt konzentrierte sich dieses Mal im Gegensatz zu der Aufnahme, die er auf der Erde bereits gesehen hatte, nur auf die Region am Südpol. Die Aufnahme zeigte eine gelbliche bis rötliche Fläche, an deren Rand sich rötliche Blitze durch die umgebenen kühleren bläulichen Regionen zogen.

„Gut, das Infrarot zeigt uns nichts, was wir nicht schon wissen. Das ist das Objekt, was du meintest?" John zeigte auf die rechte Aufnahme, die dieselbe Region zeigte, nur im UV-Spektrum aufgenommen. Der Ultraviolet Imaging Spectrograph sollte eigentlich problemlos die Atmosphäre durchdringen und sogar den Kern identifizieren können. Die drei Wissenschaftler hatten den Computer mit den Daten angepasst und die UV-Aufnahme damit modifiziert. Der größte Teil der Wolkendecke war dunkel bis auf das Zentrum des Sturmes, dort konnte John Linien erkennen, die eine Fläche umschlossen, beinah wie bei einem Quadrat. Sie waren schwach, aber deutlich genug, um sie zu erkennen.

„Was sagt das Magnetometer und das CAPS?"

„Na ja, das Magnetfeld ist am Uranus ja eh schon speziell", erwiderte Azuka. „Aber es scheint, dass das Ding da vielleicht sogar dafür verantwortlich ist, dass der Planet zwei magnetische Pole pro Äquatorseite hat."

Aaron zeigte auf zwei Diagramme auf einem Bildschirm der Konsole. „Zeigt uns ebenfalls seltsame Daten. Die Teilchen um diese quadratische Fläche verhalten sich mehr als ungewöhnlich. Es scheint, als würde sich alles um dieses mögliche Objekt bewegen und rotieren."

„Ja, was auch immer da ist, es muss riesig sein. Ich habe eine Kantenlänge von tausend mal tausend Kilometern gemessen", hörte er Glenn hinter sich sagen.

„Heilige Scheiße, tausend mal tausend Kilometer? Was zum Teufel ist so groß?" John richtete sich auf und warf einen Blick zum Sturm, den er durch die Scheibe sehen konnte. Ihm wurde flau im Magen, als ihm bewusst wurde, dass in der Atmosphäre irgendetwas lauerte, das gigantische Ausmaße besaß. War es vielleicht wirklich ein Raumschiff, eine Art Mutterschiff? Aber worauf wartete es, auf den richtigen Zeitpunkt?

„Das ist nur das, was wir auf diesem Bild hier sehen", erklärte Glenn, der von der gegenüberliegenden Konsole neben ihn trat.

John blickte ihn an.

„Es besteht die Möglichkeit, dass dieses Objekt weitaus größer ist, als wir bis jetzt wissen. Es könnte hundert Kilometer in die Atmosphäre reichen."

John schluckte. Glenn hatte recht, was auch immer es war, es konnte gigantisch sein, vielleicht hatten sie gerade einmal die Spitze des Eisberges gesehen. „Wir haben doch von der *Hyperion* die Forschungssonden mitgebracht und die *Aquarius* verfügt ebenfalls über eine Abschussmöglichkeit."

Aaron nickte.

„Das ist eine sehr gute Idee", sagte Glenn.

„Dann werden wir jetzt eine Sonde da reinschicken mitten ins Zentrum. Vielleicht erhalten wir so mehr Daten."

„Ich werde mit Glenn in den Lagerraum gehen und wir bereiten alles vor."

Bevor John Azuka antworten konnte, rauschte es in seinem kleinen Headset-Funkgerät. „John, hier Anders."

John tippte sich gegen das kleine Funkgerät an seinem Ohr. „Hier John, was gibt's?"

„Ich bin im Serviceraum und habe etwas gefunden, was du dir ansehen solltest."

„Kann das nicht warten?"

„John, wirklich, du musst dir das hier ansehen!"

Anders' Stimme klang ernst, zu ernst, als dass John es ignorieren konnte. Vielleicht hatte er endlich die letzten Videos auf der Blackbox rekonstruieren können oder vielleicht das Signal entschlüsselt. Egal, was, er hatte einen guten Grund gehabt, Anders für die Analyse seine Zelte im Technikraum aufschlagen zu lassen. Dort war er ungestört und die Terminals der Brücke waren für andere Aufgaben frei.

„Verstanden, ich komme."

Azuka blickte ihn an. „Gibt es Ärger?"

„Wahrscheinlich leckt schon wieder die Kühlmittelleitung im Aufenthaltsraum. Ich habe die auch schon zweimal reparieren müssen."

John blickte Glenn an – besser konnte es gar nicht laufen – und zuckte mit den Schultern. „Irgendwie so etwas. Ich werde mal nachsehen, und ihr kümmert euch um die Sonde. Bereitet alles vor."

„Um diese zielgenau loszuschicken, müssen wir das Schiff neu ausrichten."

Glenn hatte recht, die *Aquarius* war nicht nur ein Frachtschiff, sondern war ebenso ein Forschungsschiff, das kleine Sensordrohnen wie Torpedos losschicken konnte. Allerdings wurden sie ähnlich wie bei einem U-Boot frontal abgeschossen.

„Ich werde Mandy holen, sie macht gerade ihr Fitnessprogramm."

Glenn legte John die Hand auf die Schulter wie bei einem alten Freund. Eine merkwürdige Geste, John spürte, dass es ihm unangenehm war. Das letzte Mal, als die beiden Körperkontakt hatten, war, als er sich in der Kantine auf Glenn gestürzt hatte. „Ich kann das auch, vergiss nicht, dass ich Kommandant der *Hyperion* war und ausgebildeter Pilot bin. Ich werde das Schiff schon um neunzig Grad drehen können. Ich werde auch aufpassen, dass ich den Lack nicht verkratze." Glenn lächelte, irgendwie hatte diese Situation etwas Bizarres und äußerst Merkwürdiges an sich. Was war plötzlich in Glenn gefahren, er wirkte wie ausgewechselt, als wäre er ein ganz anderer Mensch.

John lächelte gequält. „Okay, ruft mich, wenn ihr so weit seid."

„Wird erledigt, Chef", gab Azuka zurück.

John wandte sich ab und verließ die Brücke, froh, sich der Situation entziehen zu können.

Eilig stapfte er den Gang entlang, der Technikraum lag vor dem Maschinenraum am Ende des Schiffes.

„Was hast du für mich?"

Anders wandte den Kopf zu ihm, als er den kleineren Raum, der mit lauter technischen Geräten vollgestopft war, betrat. Serverschränke waren an den Wänden aufgebaut und dienten dem Schiffscomputer als elektronisches Gehirn. Von hier aus wurden alle Hauptrechenarbeiten erledigt und Aufgaben verteilt. Anders hatte sich an dem Serviceterminal in der Mitte des Raums verkabelt.

„Ich weiß nicht, was ich davon halten soll. Ich befürchte nur, dass wir ein ernstes Problem haben."

Johns Puls beschleunigte sich, sein Bauchgefühl hatte ihn wahrscheinlich auch dieses Mal nicht getäuscht. „Ist es wegen Glenn?"

Anders nickte und wandte sich den Monitoren hinter sich zu.

John trat näher an ihn heran und sah die Videoaufzeichnung. Auf dem Standbild war bereits Misoko zu sehen. Die Aufnahme wurde von schräg oben aufgenommen und zeigte den Reaktorraum. Misoko schien an einem Terminal an der rechten Seite zu arbeiten. Glenn war ebenfalls zu sehen, vielmehr sein Rücken. Er war gerade so am unteren Bildrand zu erkennen. Das dämmerige Notbeleuchtungslicht ließ viel Raum für Spekulationen, denn wirklich viel konnte er nicht erkennen, nicht mal, ob Glenn irgendetwas in der Hand hielt. „Zeig es mir", forderte er Anders auf und machte sich auf alles gefasst, auch auf die Möglichkeit, dass er gleich Zeuge eines Mordes sein würde, auch wenn die eigentliche Tat bereits Monate zurücklag.

„Nur zur Einordnung, die Aufnahme ist nicht die einzige, die ich gefunden habe. Allerdings die einzige, wo etwas für uns Interessantes aufgezeichnet wurde. Alle Aufnahmen, die ich rekonstruieren konnte, wurden innerhalb von zwölf

Stunden ungefähr zwei Monate nach dem Impuls aufgenommen."

„Wie ist das möglich? Haben sie es geschafft, einen Teil der Elektronik oder Computer wieder zum Laufen zu bringen?"

„Es scheint so, wenn es ihnen gelungen ist, dann hat es leider offensichtlich nur für zwölf Stunden gehalten, zumindest die Kameras liefen in dem Zeitraum. Jetzt frag mich nicht, warum ausgerechnet in diesem Zeitraum das aufgenommen wurde, was du gleich sehen wirst. Vielleicht hängt irgendwie alles zusammen. Ich konnte auch Daten auswerten, die direkt nach dem Impuls aufgenommen wurden, aber dazu gleich mehr."

John fuhr sich durchs Haar. So angespannt war er schon lange nicht mehr gewesen. Wenn er einen Mörder an Bord hatte, würde es einfach alles verändern, das konnte die ganze Mission gefährden – sie alle konnten in Gefahr sein.

Anders ließ die Aufnahme laufen.

Er verfolgte mit, wie Glenn sich Misoko von hinten näherte und sie packte. Sie wurde regelrecht von ihm überrascht und versuchte, sich aus seinem klammernden Griff zu befreien. Glenn wollte sie von der Konsole wegreißen, was offensichtlich nicht so leicht war, da sie die Magnetstiefel am Boden hielten. Erst, als er offenbar seine ganze Kraft aufwendete, gelang es ihm, dass sich die Stiefel lösten, und er schleuderte sie regelrecht auf die andere Seite. Misoko war kleiner als Glenn, aber offenbar sehr trainiert und fit. Flink schaffte sie es, sich an der gegenüberliegenden Wand aufzurichten und von dort abzudrücken. Sie rauschte förmlich auf den schreienden Glenn zu. John konnte deutlich das wütende Gesicht von ihm sehen, seine Lippen bewegten sich unentwegt.

„Haben wir keinen Ton?"

Anders schüttelte den Kopf. „Die Tonspur enthält nur knackende, rauschende Töne."

John rieb sich das Kinn, als er mitverfolgen musste, wie Misoko und Glenn miteinander kämpften. Misoko war dabei nicht zimperlich, mehrmals versuchte sie, ihm ins Gesicht zu schlagen, nachdem sie auf dem Boden Halt gefunden hatte. Glenn wich ihr aus, zwei Faustschläge von Misoko fanden ihr Ziel und trafen Glenn an Kinn und Nase. John konnte kleine dunkle Tropfen erkennen, die sich von ihm im Raum um sie herum verteilten. Glenn schien einen Moment benommen oder überrascht zu sein. Er wich etwas von ihr zurück und griff nach etwas, das an der Wand hinter ihm befestigt war. Erst als er damit ausholte und Misoko am Kopf traf, erkannte er, dass es ein Handbuch war. Die silbrig metallische Abdeckung war deutlich im rötlichen Licht zu erkennen. Glenn schien vor Wut zu kochen und regelrecht außer Kontrolle zu sein. Misoko versuchte, sich ihm zu entziehen, doch sie hatte keine Chance mehr. Glenn schien entschlossen zu sein und schlug mehrmals auf Misoko ein, bis sich ihr Körper nicht mehr willentlich bewegte.

John schluckte schwer, ihm blieb der Atem weg, sein Puls raste, Adrenalin schoss durch seinen gesamten Körper. Er hatte schon viel gesehen. Filme, in denen gemordet wurde, aber einen echten Mord zu sehen, war etwas anderes. Sein Mund fühlte sich trocken an und mit einem Mal verspürte er das Bedürfnis, sich zu übergeben. „Verdammte Scheiße", krächzte er.

„Ich habe dich gewarnt, aber du musstest das sehen."

John nickte unwillkürlich, er verspürte einen Anflug von Schwindel und hielt sich an der Metallplatte des Terminals fest. „Fuck, ich glaube, ich muss kotzen."

„Alles okay?" Anders stand auf.

John versuchte, sich zusammenzureißen, der erste Schock klang ab und sein Magen beruhigte sich ein wenig. „Geht schon, danke", keuchte er.

„Was machen wir jetzt?"

John richtete sich auf und sah gerade noch die letzten Sekunden der Aufnahmen, in denen Glenn Misokos in der Schwerelosigkeit treibenden Körper, der lediglich von ihren Stiefeln am Boden gehalten wurde, anstarrte und sie schließlich aus den Schuhen befreite. Er schaffte sie aus dem Raum, ehe die Aufnahme endete. „Gibt es danach noch weitere Aufnahmen? Können wir sehen, was er mit der Leiche getan hat?"

„Es gibt eine kurze Sequenz, wo man sehen kann, dass er sie den Verbindungskorridor vom Reaktor entlangschiebt. Das war auch alles, danach müssen die Systeme erneut ausgefallen sein."

„Okay, wir sollten jetzt die Nerven bewahren und vor allem keine schlafenden Hunde wecken. Wenn das eine Kurzschlussreaktion war, kann dies jederzeit wieder passieren, deswegen müssen wir vorsichtig sein."

„Was schlägst du also vor, dass wir das hier erst mal vergessen?"

„Auf keinen Fall vergessen wir das. Du hast gesehen, dass er für Misokos Tod verantwortlich ist."

„Ja, nein, so meinte ..."

John unterbrach ihn. „Wir werden das klären, nur werde ich mir noch überlegen, wie. Vor allem wann, ich kann Glenn nicht einschätzen, er scheint wirklich ernste Probleme zu haben."

„Es besteht natürlich die Möglichkeit, auch wenn ich es nicht glaube, dass er unschuldig ist und vielleicht nur aus Notwehr gehandelt hat."

„Aus Notwehr?", fragte John entgeistert.

„Wir wissen nicht, was vorher war oder was Misoko in dem Reaktorraum wollte. Fakt ist, dass wenig später die Systeme wieder versagt haben."

John konnte nicht leugnen, dass da etwas dran war, was die ganze Situation zusätzlich verzwickter machte. „Gut, vielleicht, vielleicht auch nicht. Solange wir es nicht wissen, werden wir keine Spekulationen anstellen."

„John, hier Glenn. *Aquarius* ist in Position und die Sonde ist bereit."

John verzog das Gesicht, als er seine Stimme hörte, als hätte er auf eine Zitrone gebissen. Jetzt wusste er, dass dieser Mann, der gerade am Steuer des Schiffs saß, für den Tod eines Menschen verantwortlich war. Er griff sich ans Ohr. „Verstanden, wir kommen, wartet auf uns."

„Roger", bestätigte Glenn.

„John, warte."

Er spürte Anders' Hand, die seinen Arm festhielt und sofort wieder losließ. „Die Daten der Sensoren auf der Blackbox zeigen eindeutig, dass der Impuls aus diesem Sturm gekommen ist."

„Das war uns doch schon bekannt."

„Ja, aber dies ist noch einmal die Bestätigung, aber da ist noch mehr."

John drehte sich zu ihm um. „Jetzt spuck es aus! Hast du das neue Signal schon entschlüsseln können?"

„Nein, noch habe ich das Signal nicht entschlüsseln können. Aber das beweist, dass der Impuls kein natürliches Phänomen war, auch keine physikalische Folge irgendeiner

Kettenreaktion, sondern durch irgendetwas Künstliches verursacht wurde."

„Worauf willst du hinaus?"

„Verstehst du es nicht? Es kann durchaus sein, dass es ein Angriff war, sogar höchstwahrscheinlich."

John kam sofort die Aufnahme des vermeintlich gigantischen Objektes in den Sinn. „Wir haben in dem Sturm etwas identifiziert, eine quadratische Struktur, die eine Kantenlänge von tausend mal tausend Kilometer aufweist."

„Verdammte Scheiße." Anders stand auf. „Ein Raumschiff?"

John zuckte mit den Schultern. „Das wollen wir jetzt herausfinden. Wir werden eine Sonde in den Sturm schicken, um zu schauen, ob wir so mehr Details erhalten."

„Puh, ist das wirklich eine gute Idee? Ich meine, wenn wir von einem Raumschiff ausgehen, das sehr wahrscheinlich gezielt die *Hyperion* ausgeschaltet hat, nur weil sie sich dem Planeten genähert hat. Verdammt, was ist, wenn die Sonde als Bedrohung identifiziert wird und sie uns ebenfalls angreifen?"

„Anders, ich weiß, ich habe mir seit Tagen den Kopf darüber zerbrochen, was hier los ist, aber wenn wir das jetzt nicht machen, werden wir es nie herausfinden. Wenn es wirklich ein Raumschiff ist, müssen wir dringend wissen, ob es für uns und die Erde eine Bedrohung ist. Wir haben keine Wahl, wir müssen das Risiko eingehen."

„Scheiße, John", fluchte Anders. „Vermutlich ist es so, aber das macht mir verdammt noch mal Angst."

John legte ihm die Hand auf die Schulter. „Das geht mir auch so, aber stell dir mal vor, wir fliegen einfach nach Hause und in einem Jahr wird die Erde angegriffen. Dann werden wir uns in den Hintern beißen, dass wir hier gekniffen haben und die Katastrophe vielleicht noch abwenden hätten können."

Anders senkte bedrückt den Kopf.

„Außerdem sind wir bereits hier, ohne dass etwas passiert ist. Es kann viele verschiedene Möglichkeiten geben, warum dieser Impuls freigesetzt wurde. Vielleicht ist es auch eine Fehlfunktion und die Außerirdischen brauchen vielleicht sogar unsere Hilfe. Vielleicht ist es auch etwas völlig anderes."

Anders suchte den Augenkontakt. „Ja, vielleicht."

„Ich gehe jetzt Mandy holen, sie muss dabei sein, und du wirst zur Brücke gehen und mit den anderen auf uns warten."

„Geht klar."

„Und, Anders, alles, was wir hier gesehen und besprochen haben, bleibt erst einmal unter uns."

Anders nickte.

Glenn erhob sich von dem Pilotensitz, als er bemerkte, dass Mandy hinter ihm bereits wartete. John setzte sich auf seinen Platz und checkte die aktuellen Daten. Auch wenn es ihm nicht leichtfiel, Glenn nicht sofort zur Rede zu stellen oder augenblicklich einzusperren, hatte er jetzt keine andere Wahl.

„Wir haben eine Nachricht von Houston erhalten, ich war so frei und habe sie bereits abgehört. Wir sind autorisiert den Sturm näher zu untersuchen und sollen alle Daten zur Erde schicken."

John drehte sich zu Glenn, der am Ende der Mittelkonsole stand. „Du hast was?"

„Ich habe die Nachricht von Houston abgehört, ich dachte, da ist nichts dabei, schließlich wäre ich jetzt normalerweise hier mit meinem Schiff.“

John schnallte sich ab und ging die zwei Schritte auf ihn zu. „Okay, Glenn, es ist Zeit, etwas zu klären, und das werde ich dir jetzt nur einmal sagen. Das hier ist mein Schiff, meine Mission, und nicht die *Hyperion*. Auch wenn die Umstände nicht so sind, wie ich es mir gewünscht habe, nicht für mich und nicht für dich und deine Crew. Aber es ist nun mal jetzt so und ich habe hier das Sagen. Wenn ich nicht auf der Brücke bin, hat Mandy das Sagen und ist autorisiert die Nachrichten von Houston abzuhören. Sollte es dazu kommen, dass sie und ich gleichzeitig nicht hier sind, dann kommt immer noch einer der anderen drei der Crew vor dir in diese Position. Hast du das verstanden?“

Glenn blickte ihm starr in die Augen, etwas Lauerndes lag in seinem Blick, als würde er es darauf anlegen. Dann bildete sich ein schiefes Lächeln in seinem Mundwinkel. „Geht klar, ich kann ja hier Staub wischen oder in die Küche gehen.“

„Verdammt noch mal, Glenn, rede nicht so eine gequirlte Scheiße, wie alt bist du? Wir sind hier auf einer Forschungsmission und es gibt nun mal eine Rangfolge, das weißt du. Also benimm dich nicht wie ein Kleinkind, setz dich an die Konsole und behalte die Werte des MAG, des CAPS und RSS im Blick. Mach dich nützlich, verdammt, du bist Astronaut.“

Glenns Grinsen verschwand und er nickte dienstbeflissen. Wortlos setzte er sich an die freie Konsole.

Als John sich setzte, trafen sich Mandys und sein Blick für einen Moment, in dem sie die Augenbrauen fragend hochzog.

„Sonde ist bereit, *Aquarius* ist in Position", informierte Mandy.

„Haben die anderen irgendwelche Auffälligkeiten auf den Sensoren?", fragte John.

„Nein, das Signal kommt weiterhin klar und deutlich aus dem Sturm", sagte Anders.

„Bei mir auch alles unverändert."

„Hier auch", erklärten Aaron und Azuka.

„Glenn?"

„Alles unverändert."

„Dann sag es einfach." John brodelte innerlich, es fiel ihm von Minute zu Minute schwerer, sich zu beherrschen. Er hatte das Gefühl, dass Glenn es aus irgendeinem Grund nun darauf anlegte, dass die Situation zwischen ihnen eskalierte. Als hätte er eine gespaltene Persönlichkeit entwickelt, die eine ist unberechenbar und gewalttätig, die andere nett und mitfühlend.

„Die Sonde hat ihre Koordinaten erhalten. Ich habe genau die Mitte des Sturmes angepeilt." Mandy gab, während sie sprach, etwas über ihren Bildschirm ein. „Was machen wir, wenn dort wirklich ein Objekt drin ist und die Sonde auf der Oberfläche zerschellt? Könnte uns das nicht einen großen Haufen Ärger einbringen?"

John wandte sich zu Mandy. „Die Sensoren schaffen es nicht, uns von hier aus etwas Genaueres mitzuteilen, egal, was wir probiert haben, es war vergebens, also bleibt uns nichts anderes übrig. Wir sind hier, um herauszufinden, was hier los ist, also müssen wir auch alle Möglichkeiten ausschöpfen und das Risiko eingehen."

John fasste den zentralen Punkt des Sturmes ins Auge, der nun genau vor dem Cockpitfenster der Brücke zu sehen war. Wie ein Malstrom, der alles in sich verschlang und in die Tiefe riss, drehten sich die dunklen, undurchsichtigen Wolken, durch die hin und wieder ein greller Blitz zuckte. Die grünliche Aura aus Blitzen, die den Sturm ringförmig umschloss, konnte er wegen der Nähe zum Planeten nicht sehen.

„Bis jetzt ist auch nichts passiert und wir sind direkt über dem Sturm", sagte Azuka. „Vielleicht ist auch an dem Ganzen nichts dran und dieser Planet verbirgt gar kein Raumschiff oder so etwas."

„Hast du die Aufnahmen vergessen?", fragte Aaron nach.

„Nein, das habe ich nicht", erwiderte Azuka. „Ich wollte doch nur ..."

„Können wir nun endlich tun, wofür wir hier sind? Falls ich diese Frage ohne die Erlaubnis von Colonel Coel überhaupt stellen darf."

„Es wird Zeit", sagte John und überging Glenns feindselige Spitze. „Ich denke, wir sind weit genug von der Atmosphäre entfernt, falls irgendetwas passieren sollte."

„Zehntausend Kilometer sollten reichen, denke ich", fügte Mandy hinzu.

„Okay, dann mal los. Raus mit der Sonde, alles steht auf Go."

„Verstanden, aktiviere Abschusssequenz der Forschungssonde S1-A", erklärte Anders.

John konnte auf seinem Monitor den Countdown verfolgen.

„Sonde ist raus", kommentierte Anders, nachdem die Startsequenz abgelaufen war.

„Hoffen wir, dass wir damit keinen schlafenden Riesen wecken", seufzte Azuka.

Eine Hoffnung, die John ebenfalls teilte. Er vergaß alles um sich herum, als er die Bilder der unteren Außenkamera verfolgte, die den Abschuss der Sonde dokumentierte. Als sie bereits relativ klein geworden war, änderte sich das Bild.

„Umschalten auf Sondeninterne Kamera erfolgreich."

„Verstanden", bestätigte John.

Mit angehaltenem Atem verfolgte er den Anflug ihrer letzten Hoffnung auf das Zentrum des Sturmes, das nur darauf wartete, die kleine Sonde zu verschlucken. „Gibt es schon neue Daten?"

„Entfernung bis zur Atmosphäre noch sechstausend Kilometer und weiter fallend. Geschwindigkeit nimmt zu."

John nickte Mandy zu.

„Ich erhalte Daten über Zusammensetzung und Dichte der Atmosphäre sowie Daten über das Magnetfeld, allerdings keine, die wir bereits registriert haben."

„Bleib dran, Glenn."

„Das Signal wird weiterhin gesendet und von uns aufgezeichnet. Bis jetzt gibt es keinerlei Veränderung."

„Behalte es weiter im Auge, Anders, vielleicht ändert sich etwas an der Frequenz, sobald wir in der Atmosphäre sind."

„Die erreichen wir in zwei Minuten. Wenn unsere Messungen korrekt sind, wird die Sonde bereits zwanzig Sekunden später auf die Hülle des Objektes treffen."

„Verstanden, mach dich bereit, das Schiff schnellstmöglich aus der Gefahrenzone zu steuern."

„Antrieb ist bereits hochgefahren und einsatzbereit, sobald irgendetwas Bedrohliches geschieht, fliege ich uns hier weg."

John konnte auf dem Bildschirm nicht mehr wirklich differenzieren, ob es eine Wolke war oder etwas anderes, auf das sich die Sonde zubewegte. Insgesamt hätte die Erde anderthalbmal in der Sturmzelle Platz gefunden und in diesem Moment, als die Sonde die oberste Wolkendecke durchbrach, stockte John der Atem und er lauschte Aarons Worten.

„Okay, das war's, die Sonde ist in der Atmosphäre und die Flugbahn ist stabil. Verdammt, habt ihr das gesehen?"

John hatte es gesehen, ein grelles grünes Licht wie das Licht eines entfernten Sternes am Nachthimmel tauchte für eine Sekunde aus den Wolken auf. Dann noch eines und noch eines, bis es so viele waren, als würde ein Schwarm Glühwürmchen die Sonde erwarten. Das Bild fing an zu rauschen und etwas unscharf zu werden, als John bemerkte, dass die Wolken sich lichteten und eine gigantische Wand auftauchte, auf die die kleine Sensordrohne zuraste. Tausende grünliche Lichter und Flächen waren auf der sonst dunkleren Oberfläche verteilt.

„Es ist eine Maschine, ein Raumschiff, aber ich erhalte gar nichts, ich kann nicht einmal die Oberflächentemperatur bestimmen", fluchte Glenn.

„Einschlag in zwei, eins."

Mandys Worte begleiteten die letzten Bilder, bevor der Bildschirm schwarz wurde.

„Verdammt noch mal, habt ihr das gesehen?", fragte Azuka mit überschlagender Stimme. „Ich kann es nicht glauben, ihr habt es doch alle gesehen, in diesem Sturm hat sich tatsächlich ein Raumschiff versteckt."

„Wir haben gerade den Beweis auf Video aufgenommen, dass wir nicht allein sind."

John wandte sich Mandy zu. „Ich weiß nicht, ob ich das so cool finde. Denn nun stellt sich die Frage, was wollen sie hier?"

„Ah, John", rief Glenn nervös.

John drehte sich samt Stuhl zu ihm.

„Meine Sensorwerte spielen total verrückt. Das Magnetfeld scheint sich komplett zu verändern, ich registriere auch einen Energieanstieg."

„Das Signal, es ist verstummt", fügte Anders hinzu.

„Ich kann nicht erklären, was hier passiert, die Ionen, Elektronen und einfach alles in der Atmosphäre vor uns scheint plötzlich völlig verrückt zu spielen."

John fasste Azuka ins Auge, sie blickte verwirrt auf ihre Monitore.

„John", sagte Mandy mit einer Dringlichkeit in der Stimme, dass er sich sofort umdrehte.

Er sah, was Mandy bereits gesehen hatte. Der Sturm, die Wolken, sie hatten aufgehört, sich zu drehen. Vereinzelte, kleinere Wirbel waren übriggeblieben. Dann sah er etwas, was seinen Puls schlagartig steigen ließ. Ein schwaches, aber deutliches grünliches Licht tauchte unvermittelt in den dunkelgrauen Wolken auf.

„Mandy, los, bring uns hier weg!", befahl er.

Mandy reagierte sofort und brachte sie auf Abstand.

John behielt die Daten im Auge, die sich laufend anpassten. Vor allem den Entfernungsmesser, der den Abstand zum Planeten maß. Die Zahl wuchs zu seiner Erleichterung schnell an, bis sie bei einer Entfernung von rund vierzigtausend Kilometern angekommen waren.

„Okay, das muss reichen, bring uns in Position und halte sie."

„Verstanden, gebe Gegenschub, Geschwindigkeit verringert sich, und bringe uns in Position."

„Noch leben wir", stellte Azuka erleichtert fest. „Ich finde, das ist ein gutes Zeichen."

„Fragt sich nur, wie lange noch", erwiderte Glenn.

„Du kannst manchmal ein richtig missgelaunter Pessimist sein", fauchte sie.

John interessierte sich nicht wirklich für die beiden, er hatte längst den Planeten ins Auge gefasst, der gerade ins Blickfeld kam. Die dunklen Wolken am Südpol waren deutlich zu erkennen. Auch wenn dies die sonnenzugewandte Seite war, glich der Südpol einem schwarzen Tintenfleck im Wasser. Es hatte sich jedoch etwas geändert – das Leuchten war erloschen, keine Blitze oder Lichter konnte er mehr sehen. Stattdessen war ein würfelförmiges Objekt vor dem Pol des Planeten zu sehen. Der Kubus schwebte einige Kilometer vor der Atmosphäre.

„Was zum Henker!" Aarons Stimme überschlug sich förmlich.

„Das ist ein Kubus. Wenn da wirklich Aliens drin sind, könnte er Platz für Tausende oder sogar Zehntausende Lebewesen bieten", fügte Anders erschrocken hinzu.

„Sorry, aber in diesem Fall bin ich gern der Pessimist, das Ding könnte uns ernsthafte Probleme bereiten."

John räusperte sich. „In dem Fall stimme ich dir zu, Glenn, dennoch müssen wir es untersuchen. Und hoffen, dass wir die nächsten Minuten überleben werden."

EVA

(Brücke, an Bord der Aquarius, Uranus-Orbit)

Plötzlich blinkte ein kleines Feld auf seinem Display auf: *Incoming Message.*

„Position weiter halten", befahl er und tippte das Feld an.

„*Aquarius*, Flight überträgt euch nach Rücksprache mit dem Präsidenten die Erlaubnis zur Erstkontakt-Aufnahme", erklärte Cliff. „Wir schicken euch eine entsprechende Nachricht mit. Zudem werdet ihr autorisiert, Untersuchungen durchzuführen. Wenn es notwendig ist, um nähere Details zu erhalten, führt ihr ein EVA durch. Der Präsident hat ausdrücklich darauf hingewiesen, dass alles unternommen werden soll, um herauszufinden, ob dieses Objekt eine Gefahr für die Erde ist. Flight und auch der Präsident wollen dabei kein Risiko eingehen. Der Einsatz von Sonden wird erst einmal aufgeschoben, um die möglichen Außerirdischen nicht zu provozieren. Sobald ihr neue Daten habt, schickt sie uns umgehend. Die NASA hat mit ihren Partnern alle Messinstrumente auf den Uranus ausgerichtet. Viel Glück und seid vorsichtig, dies werden geschichtsträchtige Schritte werden, macht sie mit Bedacht. Houston Ende."

„Sende Nachricht auf allen Frequenzen", teilte er mit. Die Sekunden verstrichen, in denen alles still blieb. „Anders, erhalten wir schon eine Antwort?"

„Negativ, weiterhin alles ruhig, als würden sie uns ignorieren."

„Das mit der Sonde verschweigen wir Houston? Hätten die uns auch mal vor fünfundvierzig Minuten die Nachricht schicken können."

John ignorierte Aarons Aussage, schnallte sich ab und stand auf.

Glenn drehte sich zu ihm. „Vielleicht ist es ratsam, nicht immer so vorzupreschen!"

John würdigte ihn keines Blickes, er ging stattdessen zu Aaron und Azuka hinüber. „Wie sieht es bei euch aus?"

„Weiterhin scheint der Kubus inaktiv zu sein", erwiderte Azuka.

„Wie man es nimmt, die Sensoren spielen nach wie vor völlig verrückt."

John drehte sich zu Glenn. „Was meinst du damit?"

„Vielleicht hat der Kubus keine visuelle Veränderung in den letzten dreißig Minuten gezeigt, aber das Magnetfeld des Planeten steht völlig Kopf."

John sah die Daten des Magnetometers – Glenn hatte recht. Zwar war das Magnetfeld des Planeten schon immer merkwürdig und unerklärlich gewesen, doch nun hatte es sich verändert.

„Siehst du hier?" Glenn zeigte auf einen Datensatz unter einem Bild des Planeten in Falschfarben.

„Das ist völlig unmöglich."

John sah Azukas Profil in seinem Blickfeld auftauchen.

„Ich habe als Geophysikerin schon so einiges gesehen, aber das ist einfach unmöglich. Wenn diese Daten hier wirklich einwandfrei sind, dann hat sich der zweite magnetische Pol des Planeten verschoben, und zwar in den Orbit."

„Heißt das, dieser Kubus ist dafür verantwortlich, dass der Planet ein solch merkwürdiges Magnetfeld aufgewiesen hat?", fragte Anders.

„Viel wichtiger ist die Frage, wie kann dieser Kubus, der zwar für uns eine beachtliche Größe hat, aber in kosmischen Maßstäben sehr klein ist, ein solch starkes Magnetfeld aufbauen und sogar das eines ganzen Planeten beeinflussen?"

John betrachtete Azuka nachdenklich. Dies war eine berechtigte Frage und eine ebenso beängstigende gleich dazu. Denn dies ließ nur auf eines schließen und verursachte weitaus mehr Fragen als Antworten. „Für mich gibt es nur eine Möglichkeit, wie das theoretisch funktionieren kann. Das Objekt muss eine viel höhere Masse haben, als es auf den ersten Blick vielleicht wirkt. Vor allem muss es im Inneren irgendetwas geben, was eine extrem starke Gravitation erzeugt und ebenfalls Energie. Anders kann ich mir nicht erklären, wie es sonst zu diesem Phänomen kommen kann."

„Puh", ließ Azuka von sich hören. „Ich gebe dir recht, aber was soll bei der Größe eine so starke Gravitation aufweisen, um ein Magnetfeld eines Planeten zu einem Quadrupol werden zu lassen?"

Glenn blickte zu ihr auf. „Vielleicht ein kleines Schwarzes Loch, welches sich im Inneren des Kubus befindet?"

Azuka starrte ihn einen Moment lang an.

„Das würde zwar genug Masse und Energie aufbringen, wäre aber auch eine gigantische technische Herausforderung", erklärte Mandy. Sie hatte sich mit ihrem Stuhl zu ihnen gedreht. „Ich kenne die Theorien und möglichen Pläne verschiedener Megabauten, die eine Energiequelle bräuchten wie einen Stern oder eben ein

Schwarzes Loch. Ich habe in meiner Ingenieurslaufbahn bereits so einiges gesehen und auch gehört, doch um so etwas zu konstruieren und zu beherrschen, benötigt man Technologien, die unserer um Jahrzehnte, wenn nicht sogar Jahrhunderte voraus sind."

„Halten wir fest, egal, was dieses Ding ist oder wozu dieses Objekt hier ist", unterbrach Aaron, „wir sind noch hier, obwohl unsere Sonde eindeutig auf der Oberfläche dieses Raumschiffes aufgeschlagen ist. Wenn es feindliche Aliens wären, hätten die doch schon längst einen Angriff gestartet, oder sehe ich das falsch?"

„Da ist was dran", stimmte Anders seinem Bruder zu. „Allerdings ist seitdem aus irgendeinem Grund auch das Signal verstummt. Unsere Sensoren erfassen weiterhin nichts von der Oberfläche. Keine Temperatur, keine Materialzusammensetzung oder Dichte, einfach nichts."

„Also sollten wir nun tun, weshalb wir hier sind, und es untersuchen."

Glenn hatte recht und das wusste John. „Okay, Mandy, bring uns bis auf tausend Kilometer an den Kubus heran."

„Verstanden", bestätigte sie.

John setzte sich und schnallte sich an. „Anders, wenn wir da sind, wirst du in den Technikraum gehen und dieses verfluchte Signal endlich entschlüsseln." Der Wissenschaftler blickte ihn von seinem Platz aus an und nickte. „Azuka, du wirst mit Mandy und Glenn zum Shuttle gehen." John schaute abwechselnd zwischen Glenn und Azuka hin und her.

„Zum Shuttle, soll ich etwa mit da raus?"

John fixierte sie. „Ist das ein Problem für dich?"

Sie wirkte unsicher. „Nein, ich weiß nicht, warum ich?"

„Weil, soweit ich weiß, du bereits Erfahrungen sammeln konntest bei einem EVA."

Azuka schnaufte. „So würde ich das nicht nennen."

John hob die Hand und schnitt ihr das Wort ab. „Aaron und Anders haben hier ihre Aufgaben. Anders wird sich um das Signal kümmern und Aaron wird hier die Sensoren im Auge behalten."

Ohne auf eine Reaktion von ihr zu warten, drehte er sich herum.

„Erreichen Position."

„Verstanden, ich übernehme die Steuerung und werde uns auf Position halten. Also dann mal los", forderte er seine Crew auf. Anders war der Erste, der die Brücke verließ.

„Mandy", hielt John seine Pilotin auf, bevor sie sich von ihrem Stuhl entfernen konnte.

„Ist noch was?"

„Egal, was da draußen passiert, sobald ich irgendetwas Bedrohliches bemerke, werde ich den Einsatz abbrechen und erwarte, dass du diesem Befehl kommentarlos folgst."

„Sicher, mach dir um mich keine Sorgen. Was ist, wenn Glenn sich weigert? Ich meine, wir haben alle mitbekommen, dass er gerade etwas neben der Spur ist."

John erhob sich und bemerkte, dass Azuka und Glenn gemeinsam Richtung Schott gingen. Dann blickte er Mandy tief in die Augen. „Ich weiß, eigentlich müsste ich ihn in sein Zimmer stecken und ärztlich untersuchen lassen. Aber hier draußen ist alles anders. Ich weiß, dass es ein Risiko ist, und Houston hat mir die Freigabe erteilt, dass ich ihn als vollwertiges Crewmitglied einsetzen soll." John zuckte mit den Schultern. „Ganz ehrlich, ich habe keine Ahnung, ob das eine gute Entscheidung ist, aber Dummheiten kann er überall anstellen. Meine Hoffnung ist nur, dass er sich zusammenreißt und vielleicht merkt, dass ich ihn einbinden will, sodass er seine möglichen Probleme besser überwindet."

Mandy nickte.

„Wenn er da draußen dich oder Azuka in Gefahr bringt und austickt, wirst du tun, was getan werden muss, um euer Leben zu retten, wenn du seines nicht mehr retten kannst."

Sie blickte ihn einen Herzschlag lang schweigend an, dann schloss sie einen kurzen Moment die Augen. „Ich verstehe, fliegt nur nicht ohne uns weg."

„Das werden wir nicht. Ich begleite dich noch zum Shuttle."

„Ist gut."

Glenn ließ sich viel Zeit beim Anziehen seines Anzuges. Mandy und Azuka hatten ihre bereits angezogen und waren zur Luftschleuse gegangen.

„Wärst du so freundlich?", fragte Glenn und drehte John den Rücken zu.

Ohne etwas zu sagen, zog John den Reißverschluss hoch, ehe sich Glenn umdrehte und ihm seinen Helm reichte.

John nahm ihn entgegen, setzte ihm diesen auf und verriegelte ihn. Er wollte ihm nicht in die Augen blicken, sein Magen krampfte sich zusammen, als ihm die Bilder in den Kopf kamen, die die Überwachungskamera der *Hyperion* aufgenommen hatte. Er kannte sein dunkles Geheimnis, seine Tat, die dieser Mann vor ihm bisher verschwieg, als wäre nichts geschehen. Für ihn wäre es unvorstellbar, damit zu leben, mit den Bildern im Kopf und dem Wissen, dass er absichtlich einem Menschen das Leben genommen hatte. Er hätte Glenn am liebsten sofort aus der Luftschleuse geschossen, doch nun hatte er ihm die Aufgabe übergeben, ein außerirdisches Objekt zu untersuchen. Dort hatte er ihn allerdings am besten unter Kontrolle. Was hätte er sonst mit ihm machen sollen – für die nächsten Monate in seinem Quartier einsperren?

„Glenn, hörst du mich?", fragte er über sein Headset.

„Jop, brauchst nicht so zu schreien."

„Gut, los jetzt, die anderen warten schon." John wandte sich ab und verließ den Raum. Mandy und Azuka warteten in der Luftschleuse und nickten ihm zu, als er im offenen Schott stehen blieb. „Alles klar bei euch?"

Mandy und Azuka reckten den Daumen hoch, als Glenn die Luftschleuse betrat. Bevor John die Schleusentür schloss, sah Glenn ihn noch einmal direkt an. „Wir sehen uns bald wieder."

„Auf diesem Einsatz hat Mandy das Kommando, wenn sie den Befehl zum Abbruch gibt, erwarte ich von euch beiden, dass ihr umgehend zum Shuttle zurückkehrt."

Azuka drehte sich zu Mandy und dann zu ihm. „Klar, Boss, will ja nicht verloren gehen da draußen."

„Sag mal, John, wieso lässt du mir den Vortritt und gehst nicht selbst da raus? Hast du Angst, dass die Aliens dich aufs Schiff holen und Experimente an dir durchführen?", fragte Glenn neckisch.

„Nein, ich bin der Kommandant und werde die Mission von hier aus überwachen."

„Verstehe." Glenn grinste und rollte mit den Augen.

„Mandy, du weißt, was ich dir gesagt habe."

„Klar", erwiderte sie lächelnd.

„Was hast du ihr denn gesagt?"

John schenkte Glenn ein zufriedenes Lächeln und schloss das Tor, ehe er den Druckausgleich herstellte.

„Was hat er damit gemeint?", fragte Glenn nach.

John verfolgte die Gespräche über Funk mit, während er zur Brücke zurückging.

„Nicht so wichtig. Dann mal los, alle an Bord."

„Azuka, weißt du, was John Mandy gesagt hat?"

„Ist doch egal, vielleicht wirst du es ja herausfinden, wenn du dich nicht wie ein Arsch aufführst."

„Ich bin ein Arsch?", fragte Glenn.

„Setz dich einfach", forderte Azuka ihn auf.

„Schließe Heckluke."

„Verstanden, Mandy, ich verfolge es über den Monitor." John rief sich zu der Innenansicht des Hangars auch die Außenansicht auf dem zweiten Bildschirm auf. Zudem behielt er den Kubus im Blick. In Gänze konnte er ihn nicht erkennen. Mandy hatte das Schiff so positioniert, dass es vor einer der Kanten schwebte, sodass er nur zwei der Außenflächen erkennen konnte. Die dunklen Wolken am Südpol des Uranus waren deutlich zu sehen.

„Ich habe die Zusatzverriegelungen bereits gelöst, ihr habt Startfreigabe."

„Verstanden, deaktiviere jetzt die Magnethalterungen."

„Roger", bestätigte John und verfolgte, wie das Shuttle den Hangar langsam verließ und wenig später vor der *Aquarius* wieder auftauchte.

„Was sagen die Sensoren?"

„Alles ruhig", gab Aaron zurück, der hinter ihm an dem Terminal saß.

Als John erneut den Planeten, besser gesagt den Südpol ins Auge fasste, durchfuhr ihn ein Gedanke wie ein Blitzschlag. *Es könnten durchaus weitere Schiffe, Sonden oder was auch immer in der Planetenatmosphäre versteckt sein und dieses hier soll nur testen, ob wir eine Bedrohung sind!*

„Nähern uns dem Objekt, ich werde zunächst einmal etwas an der Hülle entlangfliegen. Vielleicht erhalten wir eine Reaktion."

John konzentrierte sich wieder auf das Hier und Jetzt. Selbst wenn es so war, dass weitere Schiffe hier waren, mussten sie wissen, womit sie es zu tun hatten.

„Bis jetzt gibt es keinerlei Veränderung, auf unsere Nachricht haben wir ebenfalls keine Antwort erhalten."

„Roger", bestätigte Mandy. „Was ich bereits sagen kann, ist, dass die Außenhülle Hunderte, was sage ich, eher Tausende Symbole aufweist. Zudem gibt es Vertiefungen, Öffnungen, in denen diese grünlichen Lichter eingelassen sind. Das Material muss aus irgendeinem lichtschluckenden Stoff sein, denn selbst das Scheinwerferlicht wird nicht reflektiert."

„Verstanden, such dir eine passende Stelle aus und lass die beiden aussteigen."

„Verstanden", bestätigte Mandy.

„Vielleicht kommt es ja aus einer anderen Zeit und kann nicht mehr zurück", mutmaßte Glenn.

„Wohl kaum", gab Azuka zurück. „Du weißt, dass Zeitreisen nicht möglich sind."

„Na ja, nur in unserer Vorstellung. Das heißt nicht, dass es unmöglich ist. Es wird vieles geben, wozu wir sagen, das geht nicht, weil wir vieles noch nicht wissen oder auch nur für uns auf der Erde zutrifft."

„Da ist was dran", sagte John.

„Oh, du stimmst mir zu, womit habe ich das verdient?", fragte Glenn eine Spur sarkastisch.

„Ich habe eine geeignete Stelle gefunden und bringe uns in Position."

„Roger." John hatte keine Ahnung, was er von Glenn halten sollte, es schien, als hätte er sich gefangen, jedenfalls für den Moment, und wäre bei der Sache. „Weiterhin alles ruhig, nichts auf den Sensoren und ebenfalls keine Antwort. Ihr habt die Freigabe für den EVA. Viel Glück und besorgt uns ein paar Proben."

„Wird erledigt, Boss", gab Glenn zurück.

John schüttelte nur den Kopf. Er zoomte mit der Außenkamera der *Aquarius* näher an das Shuttle heran und verfolgte mit, wie es sich der Länge nach relativ mittig vor einer größeren Öffnung positionierte. Der Kubus hatte auf beiden Seiten, die er von hier aus sehen konnte, jeweils eine kreisrunde Öffnung, die einen Durchmesser von vielleicht einem Kilometer aufwiesen.

„Ich bringe uns noch etwas tiefer, etwas unterhalb des Loches, nur um sicherzugehen. Falls es eine Reaktion geben sollte und diese Öffnungen Abschussrampen sind, sind wir besser nicht in der direkten Schusslinie."

„Verstanden, Mandy." John war gerade derselbe Gedanke gekommen, als er die Öffnung betrachtet hatte. Aus der Ferne sah sie im Vergleich zum gesamten Objekt klein aus, doch könnte die *Aquarius* problemlos durch diese hindurchfliegen.

„Könnt ihr etwas in der Öffnung sehen?"

„Negativ", antwortete Azuka. „Es scheint eine Art Tor zu sein, das nach hinten versetzt ist. Im Scheinwerferlicht konnten wir wie Trennlinie in der Struktur erkennen. Das Tor muss aus vier Einheiten bestehen, die sich öffnen lassen können."

„Verstanden, ich kann eine weitere Öffnung auf einer anderen Außenwand erkennen, vermutlich gibt es auf jeder Seite so eine Vorrichtung."

„Egal, was da rein oder raus kann, es muss jedenfalls riesig sein", erklärte Glenn. „Nur mal angenommen, dieses Objekt dient als Brückenkopf und im Inneren ist zum Beispiel ein Wurmloch, dann könnte hier problemlos in kürzester Zeit eine Invasionsflotte auftauchen."

„Ein Wurmloch? Ernsthaft, das glaubst du doch nicht wirklich?", fragte Azuka empört.

„Haben Position erreicht", informierte Mandy. „Aktiviere Autopilot zum Halten der Position. Azuka und Glenn haben die MMU-Rucksäcke angelegt, die an Bord des Shuttles waren, und sind bereit für EVA."

„Roger, registrieren eure Sensoren irgendetwas?"

„Negativ, nach wie vor scheint das Ding bis auf die Lichter tot zu sein", antwortete Glenn.

„Verstanden, aktiviert eure Bodycams und viel Glück."

Auf Johns linkem Monitor erschienen auf einem geteilten Bildschirm zwei Liveübertragungen, die den Laderaum des Shuttles von innen zeigten. John konnte aus zwei verschiedenen Winkeln Mandy sehen, die in ihrem Raumanzug neben einem Bedienfeld an der Wand stand. Auf der linken Seite stand am unteren Bildschirmrand „CAM-Miles" und am rechten Rand „CAM-Mombou".

Dass diese Maschine oder dieses Raumschiff, was auch immer es war, außer Funktion war, kam für John nicht in Frage. Für ihn stand fest, dass es aus irgendeinem ganz bestimmten Grund hier war. Vielleicht wurden die *Aquarius* und auch das Shuttle bereits genau beobachtet und gescannt. Falls es intelligente Lebewesen an Bord geben sollte, konnte es auch durchaus sein, dass sie die Fremden gerade studierten, um zu erfahren, ob sie wirklich feindselig waren.

Glenn und Azuka streckten Mandy den Daumen entgegen und wandten sich der geöffneten Luke zu. John konnte in dem Ausschnitt eine größere, flache dunkelgraue bis schwarze Fläche erkennen. Als die beiden zum Rand der Rampe gingen und sich ein wenig umsahen, konnte John auf den Bildern einen schnellen Blick auf den gebogenen Rand der riesigen kreisförmigen Öffnung oberhalb des Shuttles werfen. Als John aus dem Cockpitfenster schaute und das Shuttle suchte, musste er sich konzentrieren, um den kleinen weißlichen Punkt auszumachen, der das Shuttle markierte.

„John?"

Er drehte sich zu Aaron um. „Ja?"

„Die Sensoren registrieren ein schwaches Vibrieren, eher ein niederfrequenter Ton bei neun Hertz. Hätte ich die Sensoren nicht feiner eingestellt und neu ausgerichtet, wäre es mir wahrscheinlich nicht aufgefallen. Es scheinen sehr schwache elektromagnetische Wellen zu sein."

„Neun Hertz?"

„Ja, sonst registriere ich nichts. Vielleicht ist da drin irgendetwas in Gang geraten. Wenn es eine Maschine ist und sie im Standby war, könnte sie sich vielleicht gerade rebooten."

John drehte sich um und sah auf den Bildschirmen, dass Glenn und Azuka bereits fast die Außenhülle erreicht hatten. Er erkannte die weißen behandschuhten Hände, die die beiden jeweils ausgestreckt hatten, um mit der Steuerung des Servicemoduls ihren Flug abzubremsen.

„Sollen wir abbrechen?", fragte Mandy über Funk, die alles mitangehört hatte.

John überlegte einen Moment. Dann schüttelte er den Kopf, auch wenn dies niemand sehen konnte. „Nein, bis jetzt ist nichts weiter passiert. Fahrt fort."

„Roger", bestätigte Glenn, der mit den Steuerdüsen des MMU etwas Gegenschub gab, um kurz vor der Hülle abzubremsen. Azuka tat es ihm gleich.

Sie legte vorsichtig eine Hand auf die Hülle. „Ist auf jeden Fall ein festes Material. Sieht aus wie behandelter Stahl."

„Ja, dem Anschein nach, aber ich glaube nicht, dass es Stahl ist. Es muss ein anderes Material sein, das jegliche Strahlung oder sonstiges absorbiert."

John stimmte Glenn gedanklich zu.

„Die Symbole hier sehen weitaus größer aus, als es sich aus der Entfernung vermuten ließ." Azuka hörte sich konzentriert an, während sie an der Wand entlangglitt.

„Jedes von ihnen scheint auf einer Art eigenen Platte zu sein. Ich kann die Ränder des Rechtecks deutlich erkennen."

John sah auf Glenns Bildschirm eine der Platten. Er schätzte sie auf fünf mal zehn Meter und das mittig auf ihr eingelassene, fremdartige Symbol, das einer Rune glich, auf mindestens fünf Meter Höhe und vier Breite.

„Jemand eine Ahnung, was das für Zeichen sind?", fragte Glenn.

„Sieht für mich aus wie eine antike Sprache, vielleicht etwas Nordisches."

„Der Gedanke ist mir auch gekommen, Mandy, aber ich glaube, dass diese Runen, wenn wir sie so bezeichnen wollen, mit Sicherheit nicht von einem antiken nordischen Volk der Erde stammen."

„Da sind wir uns ja mal einig", gab Glenn zurück.

„Ich werde jetzt versuchen, eine Materialprobe zu nehmen."

John verfolgte mit, wie Azuka näher an die Hülle heranglitt.

„Ich kann die leichte Vibration wahrnehmen, die aus dem Inneren kommen muss."

John wechselte zu Glenns Bildschirm. Er hatte die behandschuhte Hand auf die Fläche gelegt.

„Glenn, bitte erst einmal keinen direkten Kontakt", forderte John.

Glenn entfernte seine Hand und legte sie um den Joystick seines MMU-Rucksacks. „Vielleicht keine schlechte Idee, ich steige mal ein wenig hinauf."

„Ich habe eine Probe, denke ich. Das Messgerät ist auch beim direkten Auflegen nutzlos. Ich konnte allerdings etwas Material abtragen und mit der Probenpistole aufsaugen. Im Zylinder befindet sich etwas Abrieb."

„Okay, Azuka, kannst du dir einmal die kleine Öffnung ungefähr zweihundert Meter links neben dir anschauen?"

Azuka befestigte die Spezialpistole mit einem Haken an ihrem Anzug und entfernte sich von der Außenhülle. „Bitte um eine präzisere Angabe, Mandy."

„Siehst du links von dir auf neun Uhr die Öffnung, aus der das grünliche Licht kommt?"

Azukas Kamera bekam die Stelle, die Mandy angesprochen hatte, in die Linse. „Roger, ich sehe sie, das schaue ich mir mal an."

„Das ist ein verdammt großes Tor", hörte John Glenn staunend sagen.

„Glenn, was machst du da?", wollte Mandy wissen.

„Ich will nur mal sehen, ob es hier irgendeine Vorrichtung gibt, mit der man diese Schleuse vielleicht öffnen kann."

„Ich weiß nicht, ob ihr das auf den Kamerabildern sehen könnt, aber es wirkt, als ob aus der Öffnung eine Art grünlicher Nebel entweicht."

„Stopp, Azuka", forderte Mandy. „Ich kann das von hier aus nicht sehen, aber es ist besser, solange wir nicht mehr über dieses Objekt wissen, dass wir vorsichtig sind."

„Ich will doch nur mal sehen, ob ich eine Probe nehmen ..."

„Nein, Azuka, ich sagte stopp. Komm zurück. Wir haben eine Materialprobe. Wir haben keine Ahnung, ob das, was da entweicht, vielleicht deinen Anzug angreift."

Gute Entscheidung und genau zur richtigen Zeit. Wo ist Glenn schon wieder abgeblieben?

„Glenn, wo bist du? Ich kann dich nicht mehr sehen!", wollte Mandy wissen.

John sah, dass Azukas Bild sich drehte und letztendlich das Shuttle in den Mittelpunkt fasste. Er wechselte zu Glenns Kamerabild. Glenn musste sich oberhalb des Shuttles in der riesigen Öffnung befinden. Er schwebte langsam über den Boden, der einem Labyrinth aus Furchen und Vertiefungen glich. John konnte nicht wirklich erkennen, ob diese getrennten Bereiche Rohre, Versorgungsschächte oder etwas in der Richtung waren. Vielleicht hatten sie auch keinerlei Nutzen.

„Seht ihr das? Sieht so aus, als würde ich über die Oberfläche eines Borg..."

Mandys Funkspruch unterbrach Glenn abrupt: „Glenn, ich möchte, dass du wieder zurückkommst", forderte sie.

„Das ist einfach gigantisch, wer auch immer der Konstrukteur hiervon war, ist unserer Technik um Jahrhunderte voraus."

„Ja, Glenn, und du kommst jetzt rein", forderte Mandy erneut.

„Schon gut, bin auf dem We..." Weiter kam er nicht.

John starrte mit aufgerissenen Augen auf den Monitor. Ein weißes Licht hatte Glenn erfasst. John konnte den Ursprung nicht hundertprozentig ausmachen, aber der Lichtstrahl musste von irgendwo unterhalb des Tores vor ihm kommen.

„Verdammt, Glenn", rief er.

John hörte Aarons Gurtschnalle und die eilig stapfenden Schritte der Magnetstiefel hinter sich.

„Glenn, warum sprichst du nicht weiter?", fragte Mandy.

„Glenn, mach, dass du da wegkommst."

„Das ist wunderschön", hörte John Glenn murmeln, der gerade die behandschuhte Hand ausstreckte und durch das weißlich neblige Licht gleiten ließ. Im Bild der Kamera wirkte es beinah so, als würde ihn eine milchige Flüssigkeit umgeben. Dann erlosch es so abrupt, wie es gekommen war.

„Was war das?", fragte Aaron.

„Keine Ahnung, aber ich denke, der Kubus hat Glenn gerade gescannt."

„Gescannt?", fragte Mandy nach.

„Glenn, mach, dass du da wegkommst", forderte sie in einer fast schrillen Tonlage.

„Bin schon weg", ließ Glenn von sich hören, wandte sich dem offenen Raum zu und gab Schub.

„So eine Scheiße, Glenn. Ich habe gesagt, du sollst zurückkommen!"

„Ich komme doch schon."

Mandys wütendes Schnaufen war deutlich über Funk zu hören. „Das klären wir später, schwing deinen Arsch hier rein, und zwar mit etwas Tempo."

„Geht klar."

„Was sagen die Sensoren?", fragte John an Aaron gewandt.

„Moment." Er stapfte zu seiner Konsole zurück. „Ehm, es scheint, als wäre alles unverändert."

„Gut, vielleicht haben wir Glück."

„Azuka ist an Bord und Glenn im Anflug."

„Roger. Wenn Glenn an Bord ist, kommt umgehend zurück zur *Aquarius*."

„Verstanden", bestätigte Mandy.

„John, alles klar bei euch?"

„So weit. Wie kommst du voran?", fragte er Anders über Funk.

„Es geht voran."

„Das sind gute Nachrichten." John verfolgte währenddessen auf dem Monitor, wie Glenn auf der Ladeluke landete.

„Schließe jetzt die Luke. Crew ist vollständig an Bord und wir kommen zurück."

„Verstanden." Die Bildschirme wurden nach dem Deaktivieren der Bodycams schwarz und John verfolgte den Anflug auf die *Aquarius* über die Außenkamera.

Hoffen wir, dass dieser Ausflug ohne Konsequenzen bleibt.

Es dauerte nicht lange, bis die Crew an Bord war, ohne dass etwas passiert war. John war bereits auf dem Weg zum Hangar, als Mandy sich über Funk meldete. „Magnetverriegelung aktiviert. Sind sicher zurück im Hangar."

„Verstanden, ich bin auf dem Weg." John bemühte sich, ruhig zu bleiben, auch wenn er innerlich kochte. Glenn hätte sie alle in Gefahr bringen können. Jetzt war der Zeitpunkt gekommen, an dem er die Dinge an Bord ein für alle Mal klären musste. Es war ihm egal, welche Folgen es haben würde.

Als er die Druckschleuse erreichte, sah er durch das Fenster, dass die drei bereits darin waren und der Prozess des Druckausgleichs lief. Er öffnete nach Abschluss der Prozedur die innere Tür und ließ Azuka und Mandy an sich vorbeigehen. Glenn stellt er sich in den Weg, packte ihn und drückte ihn gegen die Wand. Glenn schien überrascht zu sein und blickte ihn mit weit aufgerissenen Augen an, den Mund geöffnet, als wollte er etwas sagen. John ließ dies aber nicht zu.

„Du verdammter Idiot, was ist nur los mit dir!?", bellte er los. „Willst du uns alle umbringen? Verfluchte Scheiße, denkst du auch mal eine Minute nach, was dein Handeln für Folgen für uns alle haben kann?"

Glenn schien sich gesammelt zu haben und schlug Johns Arme herunter, wich zwei Schritte zur Seite und starrte ihn an. „Ich denke nicht nach? Was willst du überhaupt von mir? Wir sind hier, um dieses Ding zu untersuchen, und das werden wir nicht, wenn wir hier nur drumherum fliegen und es mit netten Worten beschallen. Das ist ein außerirdisches Objekt, und wir haben keine Ahnung ..."

„Richtig, Glenn, wir haben keine Ahnung, was es ist oder warum es hier ist. Hast du auch nur eine Sekunde darüber nachgedacht, dass es vielleicht Sensoren gibt, die herannahende Objekte erfassen und identifizieren?"

Glenn schloss den Mund und blickte ihn schweigend an.

„Nein, natürlich nicht. Was ist, wenn sie dich als Bedrohung wahrgenommen hätten und dich auf der Stelle pulverisiert und danach uns alle vernichtet hätten?" John schüttelte den Kopf. „Natürlich hast du nicht darüber nachgedacht, wie du es nie getan hast. Für dich gibt es nur Glenn. Wie du als Erster überall sein kannst."

„Und wie unterscheidet mich das von dir?" Glenn blickte ihn herausfordernd an.

John machte einen Schritt auf ihn zu und zeigte mit dem Finger auf ihn. „Ich wollte vielleicht unbedingt diese Mission haben, aber ich würde dafür nicht über Leichen gehen und ich kann Entscheidungen und Befehle akzeptieren, auch wenn sie mir nicht gefallen."

Glenns Mundwinkel verzogen sich zu einem schiefen Lächeln. Ohne etwas zu erwidern, drehte er sich um und ließ John stehen.

Mandy und Azuka hatten sich bereits in den kleinen Raum neben der Schleuse zurückgezogen.

Okay, mein Freund, das war deine letzte Chance. Ich habe es wirklich versucht, aber das war's! John blickte in den Raum, wo Azuka gerade Glenns Helm entriegelte.

„Mandy, geh bitte schon mal auf die Brücke und behalte die Sensoren und den Kubus im Auge."

Sie nickte und ging an ihm vorbei den Korridor entlang.

„Schick bitte Aaron zu Lagerraum eins", rief er ihr noch hinterher.

„Geht klar."

„Und ich könnte jetzt einen Cocktail trinken."

Azuka blickte Glenn entsetzt an. „Du solltest jetzt mal ganz kleine Brötchen backen, wenn du nicht willst, dass ich dich augenblicklich aus der Luftschleuse schieße."

„Das ist zwar ein verlockender Gedanke, aber du wirst Azuka und mir in den Lagerraum eins folgen."

„Und dann?"

„Dann werden wir die Proben untersuchen, damit ich Houston einen ersten Bericht zusenden kann. Und wenn du nicht willst, dass ich irgendetwas von dem Ganzen hier in meinen Bericht schreibe, solltest du dich endlich zusammenreißen."

John wollte sich gerade abwenden.

„Das war's?"

Glenns Bemerkung ließ ihn in der Bewegung verharren, er atmete einmal tief ein und fokussierte ihn. „Ja, das war es, vorerst. Wir werden später darüber reden, und glaub mir, dann werden wir uns über alles unterhalten. Doch jetzt hat unsere Mission Vorrang und ich rate dir wirklich mit allem Nachdruck, jetzt endlich die Klappe zu halten und dich wie ein erwachsener Astronaut zu benehmen. Ich kann verstehen, dass dir die Monate ohne Kontakt und Antrieb an Bord der *Hyperion* an die Nieren gegangen sind. Aber das ist keine Rechtfertigung, dich hier wie ein pubertierendes Arschloch zu benehmen."

„Was weißt du denn schon", murmelte Glenn.

„Bitte?", fragte John nach.

„Ach nichts", erwiderte Glenn und schälte sich aus dem Anzug. Azuka betrachtete ihn und wollte ihm dabei helfen. Glenn schien das keineswegs zu wollen und gab ihr mit einer schnellen Handbewegung zu verstehen, dass er keine Hilfe wollte.

Glenn zog seinen Overall an und schlüpfte in seine Stiefel. „Dann lasst uns unsere Mission durchführen."

John musterte ihn für einen Moment akribisch, irgendetwas in Glenns Blick hatte sich verändert. Er schien ernster geworden zu sein, als würde ihn etwas belasten tief in seinem Inneren.

John konnte nur ahnen, ob es vielleicht ein Anflug von Reue für das war, was er auf dem Video gesehen hatte. Hatte er sich vielleicht doch in Glenn getäuscht?

Struktur

(Lagerraum 1, an Bord der Aquarius)

Lagerraum eins war ein zusätzlicher Raum, der im Notfall auch als solcher genutzt werden konnte. Wenn man es genau nehmen wollte, war die Bezeichnung jedoch irreführend, da dieser eher einem Labor zur Erforschung von Proben diente. Die *Aquarius* war auch als Forschungsschiff konzipiert worden und diente der NASA als Alternative zur *Hyperion*. In früheren Planungen war sie als reines Forschungsschiff konzipiert. Schlussendlich hatte sich das NASA-Management dann aber entschlossen, die *Aquarius* so zu bauen, dass sie in erster Linie ein Frachtschiff war. Nur aufgrund des Einflusses einiger Wissenschaftler der Führungsebene konnte die *Aquarius* dieses Labor behalten.

Die Ausstattung war ausreichend, um vor Ort Analysen und Untersuchungen von Material und Substanzen vorzunehmen. Die fehlenden Komponenten hatten sie von der *Hyperion* geborgen und in den letzten Wochen in dieses Labor integriert.

„Gleich werden wir wissen, aus welchem Material der Kubus besteht."

„Sofern das Material in der Datenbank vorhanden ist."

Aaron nickte Azuka zu.

„Ich denke, das wird nichts bringen."

John warf Glenn einen vernichtenden Blick zu, den dieser richtig deutete.

„Ohne dass ihr mich jetzt verurteilt, aber ich bin mir sicher, dass dieser Kubus aus einem Material besteht, das wir nicht kennen“, wandte er beschwichtigend mit erhobenen Händen ein.

„Daran habe ich auch schon gedacht“, erwiderte John.

„Ich bin froh, wenn wir endlich überhaupt mal etwas herausfinden“, gab Azuka achselzuckend zurück. „Ich meine, wenn wir ehrlich sind, wissen wir bis jetzt nichts über dieses Ding. Vielleicht ist es eine Maschine, vielleicht ein Raumschiff, vielleicht auch etwas ganz anderes.“

„Das ist so nicht ganz richtig“, bemerkte Aaron.

„Ach“, ließ Azuka von sich hören.

„Wir wissen, dass es eine Maschine ist, denn ein Raumschiff ist eine Maschine, zudem wissen wir, dass es Signale und Nachrichten versenden kann. Wir wissen auch, dass es auf uns reagiert. Wenn wir richtig liegen, hat es Glenn am Tor gescannt. Das heißt, es ist nicht einfach ein Satellit oder so etwas.“

„Denkst du an eine Künstliche Intelligenz?“, fragte Glenn.

Aaron wiegte mit dem Kopf. „So weit würde ich nicht gehen, eine Form von Intelligenz hat es schon, da es sich neuen Situationen anpasst. Es besteht immer noch die Möglichkeit, dass an Bord eventuell intelligente Lebensformen sind.“

„Vielleicht, nur wenn es so ist, worauf warten sie?“, fragte Azuka hörbar angespannt.

„Tja, das ist die Millionen-Dollar-Frage“, antwortete John. „Anders ist an der Entschlüsselung des Signals dran, offenbar ist es eine Nachricht, die ziemlich komplex ist.“

„John? Wir haben eine Nachricht von Houston erhalten.“

„Danke, Mandy, ich komme gleich.“

„Ich bin mir sicher, dass das nicht einfach nur eine Sonde ist. Das Objekt ist aus einem ganz bestimmten Grund hier.“

John stimmte Azuka nickend zu. „Und den finden wir heraus. Hoffen wir nur, dass wir die Antwort überhaupt wissen wollen. Ich muss auf die Brücke, ruft mich, wenn ihr mehr wisst."

„Geht klar", erwiderte Aaron.

Als John sich zum Schott wenden wollte, ergriff Glenn seinen Arm und hielt ihn auf. „Kann ich kurz mit dir reden?"

Er blickte Glenn etwas verdutzt an. Glenn ließ seinen Arm los. „Dauert das lange?"

„Kann ich mit dir reden oder nicht?"

„Komm mit." Glenn folgte ihm zum Schott und sie verließen den Raum.

„Das vorhin tut mir leid, das war scheiße von mir."

John traute seinen Ohren nicht. Wollte ihn Glenn hier eigentlich zum Narren halten? „Ja, das war es."

Glenn ging neben ihm den Korridor entlang und blieb unvermittelt stehen. John wandte sich ihm zu. „Ist das alles, was du mir sagen wolltest?"

„Nein, John, das ist es nicht. Ich versuche, mich hier gerade zu erklären, kannst du einfach zuhören?"

Eigentlich hatte John keinerlei Interesse an Glenns plötzlichem Sinneswandel. Er biss sich auf die Zunge in der Hoffnung, dass dieses Gespräch keine reine Zeitverschwendung war.

„Es war unüberlegt, zum Tor zu fliegen, das sehe ich ein, aber hätte ich es nicht getan, wüssten wir jetzt nicht, dass es auf uns doch reagiert und dort Sensoren vorhanden sind."

John wollte etwas erwidern, aber Glenn war schneller. „Lass mich ausreden. Ich will hier keinen Krieg zwischen uns anzetteln, egal, was zwischen uns war. Nur, du musst einsehen, dass es für solch ein Szenario keine Regel gibt.

Wir wissen nicht, was als Nächstes passiert, was richtig oder falsch ist, wenn wir es nicht herausfinden. Dass jeder Schritt, jedes Handeln Gefahr bedeutet, ist uns allen klar, sobald wir eine Rakete besteigen. Wir sind hier draußen Grenzgänger, John, wir haben hier ein Erstkontakt-Szenario. Um herauszufinden, wie wir Kontakt aufnehmen können, müssen wir forschen, und das heißt, wir müssen neue Wege gehen. Vielleicht war mein Verhalten dir gegenüber nicht richtig und ich habe mich wie ein Arschloch verhalten, aber mir ist diese Mission ebenso wichtig wie dir."

John zog die Augenbraue hoch. War das der richtige Zeitpunkt, ihn auf das anzusprechen, was er auf der Aufzeichnung gesehen hatte?

Glenn senkte den Kopf. „Diese Mission hat mir bereits viel abverlangt und es gibt Dinge, die ich dir nicht erzählen kann, jedenfalls noch nicht. Aber lass dir gesagt sein, in der Zeit auf der *Hyperion*, als ich monatelang in Einsamkeit gelebt habe, ohne Hoffnung auf Rettung, habe ich mir jeden Tag vorgestellt, wie es wäre, einfach auszusteigen. Alles loszulassen, sich frei zu fühlen von allem. Du kannst mir glauben, dass ich diesen Gedanken nicht nur einmal gehabt habe, doch jedes Mal habe ich mich daran erinnert, dass es mehr gibt, dass ich noch nicht bereit bin. Ich muss das hier zu Ende bringen, bevor ich irgendwann in Frieden sterben kann. Dafür bin ich Astronaut geworden, um zu forschen und Neues zu entdecken, um den Horizont des Möglichen zu erweitern."

John betrachtete den Mann, dem eine Schweißperle von der Schläfe aus Richtung Unterkiefer lief und sich in dem Drei-Tage-Bart verirrte. Er wusste nicht, was er sagen sollte, Glenn hatte mit dem, was er sagte, recht, vielleicht hatte er das Ganze auch provoziert. Möglich, dass er Glenn in die Ecke getrieben hatte, schon früher. Er teilte Glenns Sehnsucht, und die Beweggründe, Astronaut und Wissenschaftler geworden zu sein.

Ob Glenn ihm diese Entschuldigung aus Berechnung präsentierte oder wirklich ehrlich meinte, war für John in dieser Situation nicht von Belang. Für ihn stand dennoch fest, dass er bei Glenn nun noch vorsichtiger mit seinen Entscheidungen sein musste. Für den Moment jedoch wollte er seine Entschuldigung akzeptieren, wenn ihm das die Möglichkeit verschaffte, sich zunächst auf das Wesentliche zu konzentrieren.

„Ich glaube dir, Glenn, und ich nehme deine Entschuldigung an."

„Danke."

„Jetzt komm mit zur Brücke."

(Wenige Minuten später, Brücke, an Bord der Aquarius)

Mandy hatte sich auf die Arbeitsplatte des linken Terminals gestützt und gab mit der freien Hand etwas über das Bedienfeld ein. Sie musste John und Glenn bemerkt haben, als sie die Brücke betraten. Sie richtete sich auf und blickte sie an. „Der Status des Kubus ist weiterhin unverändert. Ich denke, unser kleiner Ausflug hat keine weiteren Folgen nach sich gezogen."

„Das werden wir sehen", erwiderte John, ging zu seinem Platz und setzte sich.

„Die schwachen elektromagnetischen Wellen, die von dem Objekt ausgehen, sind ebenfalls nicht angestiegen", erklärte sie.

John rief sich währenddessen die Nachricht von Houston auf seinen Bildschirm. Dieses Mal war es eine Textnachricht.

„Ich weiß nicht, ob es gut oder schlecht ist, dass nichts weiter passiert ist", sagte Glenn. „Also versteht mich nicht falsch, ich bin froh, dass nicht direkt das Feuer auf uns eröffnet worden ist. Aber wir sind nun kein bisschen schlauer geworden."

„Wie man es nimmt, jetzt wissen wir, dass an diesen Toren Sensoren sind, die dafür da sind, Objekte zu identifizieren. Ich gehe davon aus, dass bei einer positiven Identifizierung das Tor geöffnet wird. Also ist im Inneren etwas vorhanden, wo zum Beispiel Raumschiffe andocken können. Sonst bräuchte man nicht so große Öffnungen."

John wandte den Kopf Mandy zu. „Du könntest recht haben und das bereitet mir Bauchschmerzen. Denn mir ist ein anderer Gedanke gekommen. Falls diese Spezies so weit fortgeschritten ist, dass sie so ein gigantisches Raumschiff,

Basis oder was auch immer konstruieren konnten, haben sie vielleicht eine Technik, die es anderen Schiffen ermöglicht, aus weit entfernten Galaxien oder Systemen zu uns zu gelangen."

„Du meinst also, dass es wirklich ein Brückenkopf ist?"

John warf Glenn einen Blick über die Schulter zu. „Keine Ahnung, aber die Möglichkeit müssen wir in Betracht ziehen, daher kommen wir nicht drumherum, unsere Untersuchungen zu intensivieren."

„Was hat Houston für eine Nachricht für uns?", fragte Mandy.

„Im Grunde genau das. Die Erde hat den Kubus ebenfalls entdeckt und anscheinend gibt es bereits ein breites mediales Interesse."

Glenn lachte auf. „Wen wundert's, ich kann schon die Schlagzeilen sehen: ‚Riesen-Alienschiff bereitet Angriff auf die Erde vor' oder noch besser: ‚Independence-Day wird wahr, Invasion steht bevor'."

„Wie auch immer", fuhr John fort, „Houston möchte ebenfalls, dass wir alles unternehmen, um Informationen zu erhalten. Wir sind in den nächsten Monaten das einzige Raumschiff, das hier sein wird. Also müssen wir effizient vorgehen, vorsichtig, aber auch unsere Möglichkeiten ausschöpfen, um so viel wie möglich herauszufinden."

„Und wie wollen wir das machen? Haben die NASA oder Konsorten Vorschläge?", fragte Mandy.

John blickte auf sein Display. „Zuerst ist dies hier mittlerweile eine internationale Mission unter der Führung der NASA. Laut Capcom beteiligen sich alle Raumfahrt-Agenturen, die es auf der Erde gibt. Inzwischen wird bereits an einem weiteren Raumschiff gebaut, das sehr bald starten soll."

„Ein weiteres Raumschiff? Weshalb noch eine Mission?", fragte Glenn.

„Um Material hierher zu bringen und auf dem Weg die *Hyperion* wieder fit zu machen. Die Pläne sehen vor, hier eine kleine Forschungsbasis zu etablieren. Wir sollen bis dahin diesen Kubus untersuchen und prüfen, ob wir vielleicht sogar an Bord gehen können. Offenbar reagiert das Schiff nicht auf unsere Signale, daher haben wir die Freigabe von Capcom erhalten, dass wir einen EVA starten sollen mit dem Ziel, einen Einstieg zu finden."

„Ist das wirklich klug?"

John schenkte Mandy einen flüchtigen Blick, ehe er den Würfel fixierte. „Das werden wir sehen."

„Brücke? Hier Aaron, wir haben Ergebnisse."

John schnallte sich ab und tippte sich gegen sein Headset. „Roger, bin unterwegs."

„Soll ich mitkommen?"

John schob sich an Glenn vorbei, ohne ihn weiter zu beachten. „Nein, du bleibst auf der Brücke und hältst die Systeme im Auge. Mandy, du kommst mit mir."

„Du meinst, du erteilst mir das Kommando über die *Aquarius*?"

„Du sollst nur die Systeme im Auge behalten", rief John, ehe er das Schott passierte.

(Wenige Minuten später, Frachtraum 1, an Bord der Aquarius)

„Wie sieht es aus?“, fragte er umgehend, nachdem er den Frachtraum dicht gefolgt von Mandy betrat.

Aaron und Azuka standen vor der Wand gegenüber, die vollgestopft mit allen möglichen, nützlichen technischen Geräten war. In der Mitte war ein Computerterminal eingelassen, um die Auswertungen der Tests und Experimente zu überprüfen.

„Tja, keine Ahnung“, entgegnete Azuka.

„Wie darf ich das verstehen?“ Er ging näher heran und betrachtete den Bildschirm, auf dem er mehrere Diagramme, Spektralanalysen und kleine Datenfenster erkennen konnte.

Aaron blickte vom Monitor auf und wandte sich ihm zu. „Ganz einfach, wir haben keine Ahnung, was das für ein Material ist“, begann er und deutete auf die entsprechenden Analysen. „Wir haben nichts Vergleichbares in unseren Datenbänken.“

John beugte sich vor und las selbst, was die Tests herausgefunden hatten. „Seid ihr sicher, dass dies kein Fehler ist? Demnach hätte das Material eine Dichte, die einen Diamanten um das Zweifache übertrifft. Selbst die Festigkeitsdichte dieses Materials übersteigt die von Titan. Kein Wunder, dass es nicht in unserer Datenbank ist. Das kann nur ein neues Element sein oder eine Veredelung, die wir nicht kennen. Das erklärt auch, wie der Kubus dem Druck in der Atmosphäre widerstehen konnte. Das Gewicht und die Masse müssen gigantisch sein, es ist wie ein Panzer gebaut.“

„Vor allem heißt das, dass wir diesen Würfel nicht angreifen brauchen. Keine unserer Waffen würde dieses Material durchschlagen", machte Aaron verständlich.

„Das haben wir auch nicht vor, ich meine, wir haben nicht mal etwas, um es anzugreifen."

„Wir wollen hier nicht der Aggressor sein. Wir sind Forscher und sind nicht auf einem Kriegsschiff", signalisierte er Mandy, trat einen Schritt zurück und schnaufte. „Wir kommen nicht drumherum, wir müssen noch einmal da raus." Er hob die Hand, bevor Azuka etwas sagen konnte. „Glenn bleibt dieses Mal hier." Er intensivierte den Augenkontakt mit ihr. „Kannst du ein Auge auf ihn haben? Ich werde mit Aaron und Mandy den EVA durchführen, okay?"

„Nett, dass du fragst", erwiderte sie mit einem schiefen Lächeln. „Aber ich nehme an, dass ich eh keine andere Wahl habe."

John lächelte. „Gut, dann ist das geklärt. Dann werden wir nun mal versuchen, weiter Licht ins Dunkel zu bringen."

(Eine Stunde später, an Bord des Shuttles, Hangar der Aquarius)

„Magnetische Halterungen sind deaktiviert."

„Verstanden, löse uns jetzt vom Boden", erwiderte Mandy.

John behielt die Anzeigen vor sich im Auge. „Alle Werte im grünen Bereich, wir können los."

„*Aquarius*, wir verlassen jetzt den Hangar."

„Roger, wir sehen euch auf dem Live-Feed", drang Glenns Stimme aus dem Lautsprecher.

„Viel Glück", fügte Azuka hinzu.

Mandy steuerte das Shuttle gekonnt durch die zerstörte Öffnung ins All und gab etwas Schub.

„Haben wir einen bestimmten Kurs?"

John nickte, als er bemerkte, dass sie ihn wartend anblickte. „Wir werden jede Seite des Kubus abfliegen und mit den Kameras erfassen. Anschließend werden wir anhand der Bilder ein dreidimensionales Abbild erzeugen – Auftrag von ganz oben. Anschließend würde ich gern etwas ausprobieren."

„Okay", gab sie emotionslos zurück.

„Irgendwie macht mir das Ding Angst, vor allem in diesem kleinen Raumschiff dem Würfel so nah zu sein."

„Das stimmt, es ist etwas unheimlich", erwiderte er auf Aarons Feststellung. Irgendetwas an Mandy gefiel John nicht, es schien, als würde ihr etwas auf der Zunge brennen, was sie gern loswerden wollte. John lehnte sich etwas in seinem Gurt vor, um besser an die Bedienfläche der Kommunikation zu kommen. Er deaktivierte sie und unterbrach so die Verbindung zur *Aquarius*.

„Was hast du vor?", fragte sie und blickte ihn herausfordernd an.

„Aaron, kümmerst du dich um die Aufnahmen? Es ist wichtig, dass jeder Millimeter aufgenommen wird."

„Klar."

„Wir erreichen jetzt die erste Kante, ich denke, das ist ein guter Anfang für die Aufnahmen."

„Moment", ließ Aaron von sich hören. „Alles klar, Sensoren und Kameras ausgerichtet und die Aufnahmen laufen."

„Ich werde mit mittlerem Schub den Kubus umkreisen, dann sollten die Kameras die Details besser erfassen."

„Ja." John wandte sich ihr zu. „Was ist los, du hast doch etwas, was du mir sagen willst?"

Mandy erhöhte mithilfe des Joysticks die Geschwindigkeit und blieb auf Abstand zu dem unbekannten Objekt. Als die Distanz stimmte, seufzte sie. „Darf ich offen reden?"

„Ich bitte darum, daher habe ich den Funk deaktiviert. Ich denke, Aaron wird auch nichts dagegen haben."

„Keineswegs, wir sind hier unter uns, falls es um die stinkenden Socken meines Bruders geht, die nerven mich auch. Ständig fliegen die im Aufenthaltsraum herum. Ich verstehe nicht, was die da zu such..."

„Sorry, Aaron, aber es geht nicht um deinen Bruder", unterbrach sie ihn. „Es geht ...", seufzte sie erneut. „Ich weiß nicht, wie ich es sagen soll."

„Einfach heraus. Wenn du nicht offen zu mir sein kannst, wird es schwierig. Ist dir was aufgefallen, gibt es ein Problem?" John hielt kurz inne, dann dämmerte es ihm. „Ist es wegen Glenn?"

Sie nickte kaum merklich. „Ja", sagte sie heiser. Sie räusperte sich.

„Du denkst, es war ein Fehler, ihn auf die erste Außenmission zu schicken?“

„Ja, das glaube ich und ich weiß auch nicht, ob es gut ist, dass er nun allein auf der *Aquarius* ist.“

„Verstehe ich, allerdings ist dies eine außergewöhnliche Situation. Ich kann ihn nicht in seine Kabine einsperren, wir werden noch Monate mit ihm auskommen müssen. Wären wir auf der Gateway oder der Erde, wäre dies etwas ganz anderes.“

„Das verstehe ich, ich möchte nur betonen, dass es mir Bauchschmerzen bereitet, dass ich nicht weiß, was auf der *Hyperion* passiert ist. Wieso er als Einziger überlebt hat.“

„Das würde mich auch interessieren, falls ich was dazwischenwerfen darf. Ich habe das Gefühl, das Anders etwas vor mir geheim halten will. Jedes Mal, wenn ich ihn auf die Analyse der Daten anspreche, wird er direkt giftig.“

John behielt die Anzeigen im Auge, er hatte keine Lust auf eine Überraschung, beispielsweise dass der Kubus plötzlich die Energie hochfuhr oder sonst irgendeine Reaktion auf sie zeigte. „Anders hat nichts gesagt, weil ich es nicht wollte.“

Mandy drehte abrupt ihren Kopf zu ihm. „Was soll das heißen? Er hat bereits die Blackbox ausgelesen und ihr wisst, was auf der *Hyperion* passiert ist?“

„Wieso verschweigt ihr uns das? Ich finde, wir haben ein Recht darauf.“

„Ganz ruhig, ja“, knurrte John. Er spürte, wie ihm die Fragen unangenehm wurden, als wäre er in einem Verhör. „Zuallererst war es meine Entscheidung als Kommandant und mein Recht. Ich musste abschätzen, wann der richtige Zeitpunkt gekommen ist, um Panik zu vermeiden.“

„Nein, hat Glenn etwa …" Mandy formulierte ihre Frage nicht zu Ende, doch John wusste, was sie fragen wollte.

„Jetzt lasst mich doch mal ausreden und du behalte den Kurs im Blick", wies er Mandy an, da sie bereits eine leichte Linkskurve flog und der Abstand zum Kubus größer geworden war.

John fasste den gigantischen Planeten ins Auge, dessen Südpol langsam, aber sicher heller wurde. Einen Moment machte er sich Gedanken über die Zusammenhänge. Der Kubus musste in der Tat für den Sturm und das Leuchten verantwortlich gewesen sein. „In den Daten haben wir den eindeutigen Beweis gefunden, dass der Impuls von diesem Objekt gekommen sein musste. Zudem gab es einige Videoaufnahmen, allerdings nicht viele, die uns einiges verraten haben. Die Blackbox muss bei dem Impuls ebenfalls etwas abbekommen haben."

„Tut mir leid, John, aber mach es bitte nicht so spannend", drängte Mandy.

„Auf einer Aufnahme ist zu sehen, wie Misha und Derek im Hangar sind, kurz bevor der Impuls die *Hyperion* getroffen hat. Glenn war zu diesem Zeitpunkt mit Misoko auf der Brücke. Es muss massive Fehlfunktionen gegeben haben. Denn das Tor des Hangars öffnete sich, obwohl es keinen Druckausgleich gegeben hatte. Misha und Derek hatten keine Raumanzüge an und haben versucht, sich in die Luftschleuse zu retten. Doch es war vergebens."

„Das heißt, es war ein tragischer Unfall", stellte Aaron fest.

„Ja, es gab noch spätere Aufzeichnungen, aber was mit Misoko passiert ist, weiß ich noch nicht. Anders ist dran, die beschädigten Dateien zu rekonstruieren." Auch wenn das eine Lüge war und er sich nicht gut dabei fühlte, war sie zum aktuellen Zeitpunkt notwendig. Wenn er jetzt die Bombe platzen ließ, würde sich hier niemand mehr konzentrieren.

„Okay, das beruhigt mich ein wenig, aber ich kann Glenn dennoch nicht besser einschätzen. Er macht mir manchmal Angst. Ich befürchte, seine Stimmungsschwankungen sind eine Folge eines massiven Traumas."

John nickte Mandy zu. „Wir sind keine Ärzte, wir sollten die Diagnosen den Spezialisten überlassen, aber ich gebe dir Recht. Wir müssen ihn im Auge behalten."

„Ich denke, wir haben jetzt alle Aufnahmen für das Modell."

„Verstanden, Aaron." John lehnte sich nach vorne und aktivierte den Funk. „*Aquarius*, wir suchen uns jetzt eine geeignete Stelle und beginnen dann mit dem EVA."

„Verstanden, wir hatten schon Sorge, dass wir euch verloren haben", drang Azukas Stimme durch das Cockpit.

„Bei uns ist alles gut, der Funkverlust muss an Interferenzen vom Planeten liegen."

„Alles klar, John. Wir haben euch wieder auf den Kameras", bestätigte Glenn.

„Haltet mich für verrückt, aber mir kommt gerade ein Gedanke", erklärte Aaron. „Wenn die Daten der Sensoren hier fehlerfrei sind, dann tritt durch die kleineren Öffnungen, aus denen dieser grünliche Nebel ausdünstet, elektromagnetische Energie aus. Zwar sehr schwach, aber messbar."

„Ich sehe es ebenfalls", bestätigte John. „Gut möglich, dass diese Öffnungen vielleicht eine Art Waffenluken sind, über die das Objekt EMP-Impulse aussenden kann."

„Vielleicht dienen diese Öffnungen aber auch als eine Art Kompensator, also als Überdruckventil."

„Bring das Shuttle dort vorne bitte genau mittig vor der größeren Öffnung zum Stehen", wies John Mandy an.

„Okay. Versteht ihr, was ich meine? Wenn ich als Ingenieurin eine Maschine konstruieren muss, egal, welche Größe sie hat, die dafür konzipiert wird, eine extrem hohe Energie in sich zu erzeugen oder zu halten, dann muss es für den Ernstfall oder bei einer Störung ein Ventil geben, ein Kompensator, über den die Energie abgeführt werden kann, bevor diese zu stark ansteigt und zu einer Explosion führt."

„Das ist gar kein schlechter Gedanke."

„Danke, Aaron."

„Dann bleibt allerdings nur die Frage, wenn es eine Fehlfunktion war, was hat diese ausgelöst?", fragte John.

„Logisch wäre, anzunehmen, dass der Sonnensturm etwas damit zu tun hatte. Schließlich wurde das Signal erstmals entdeckt, nachdem er die Erde getroffen hatte."

„Das stimmt, Mandy, aber das kann nicht die Ursache gewesen sein", erwiderte John. „Das kann ich mir beim besten Willen nicht vorstellen. Der Sonnensturm hätte sich bis zum Uranus so stark abgeschwächt, dass dies keine Auswirkungen auf dieses Objekt gehabt haben dürfte. Bedenkt man die Konstruktion der Hülle, die Strahlung, Licht und Wärme absorbiert", schüttelte er vehement den Kopf. „Nein, es muss etwas anderes gewesen sein. Vielleicht etwas aus dem Inneren, und es war wirklich nur reiner Zufall, dass dieses Ereignis mit dem Sonnensturm zusammenfiel."

„Vielleicht. Wir haben unsere Position erreicht, und was jetzt?"

John betrachtete Mandy einen Moment, die ihn wartend anblickte. „Ich sehe gerade nur eine Möglichkeit."

„Und die wäre?", fragte sie.

Er zögerte einen Moment und schaute durch die Frontscheibe. *Vielleicht hat Glenn in dieser Sache wirklich recht, es ist Zeit, Grenzen zu testen und neue Wege zu gehen.* „Wir haben dieses Objekt mit allen uns zur Verfügung stehenden Tests untersucht. Vielleicht müssen wir in die Nähe eines dieser Tore fliegen und sehen, ob es sich öffnet."

„Und wenn die auf uns feuern?", intervenierte Aaron.

„Das glaube ich nicht, John hat es verstanden", hörten sie Glenn über Funk.

„Eine so hoch entwickelte Spezies, die so etwas konstruieren kann, wird nicht auf ein unbewaffnetes Flugobjekt feuern. Für mich gibt es nur zwei Möglichkeiten, entweder das Tor öffnet sich, oder wir werden gescannt und nichts weiter passiert, so wie es bei Glenn war." John wollte den beiden einen Augenblick zum Nachdenken geben, auch wenn er sich bereits entschieden hatte.

„Bevor wir das machen, sollten wir nicht Houston fragen?"

„Aaron, jetzt mal ehrlich, was denkst du, wie Houston entscheidet? Wir sind hier und niemand anderes. Weshalb sind wir nun hier und was will Houston von uns?", fragte John.

Aaron schnaufte. „Dass wir das Ding untersuchen."

„Also, dann werden wir nun das Ding untersuchen. *Aquarius*, richtet bitte alle Sensoren und Kameras auf diese Öffnung aus. Wenn etwas passiert, dann will ich alles darüber wissen."

„Schon erledigt", erwiderte Azuka.

„Soll ich die *Aquarius* etwas näher an eure Position steuern, falls ihr schnell aufgenommen werden wollt?"

John dachte einen Herzschlag lang über Glenns Frage nach. „Negativ, Position halten. Wenn wir draufgehen, soll die *Aquarius* weit genug entfernt sein."

„Du weißt, wie man einem Mut machen kann."

John wandte sich Mandy zu. „Wird schon schiefgehen. Bring uns zur Öffnung, aber schön sachte, genau mittig."

„Wie du willst, ist das eigentlich der richtige Zeitpunkt, um eine Lebensversicherung abzuschließen?"

John grinste. „Ich glaube, der war, bevor du die Erde verlassen hast."

„Hast du etwa keine Versicherung abgeschlossen? Ich bin schockiert", fragte Aaron gekünstelt überrascht. „Ich auch nicht, keine Versicherung hätte uns genommen."

Sie lachten einen Augenblick, bis die Öffnung so groß vor den beiden Frontscheiben geworden war, dass sie bereits die Ränder passiert haben mussten.

Wie ein riesiger, geschlossener Schlund wirkte das gewaltige Tor vor ihnen, nur darauf wartend, dass sie nah genug herankamen, um sie zu verschlingen.

Unvermittelt, als sie sich ungefähr hundert Meter von ihm entfernt befanden, erfasste sie aus vier Richtungen ein milchiges Licht.

„Darauf haben wir gewartet, jetzt heißt es: warten; darauf, was passiert", sagte John.

„Unsere Sensoren spielen verrückt, ihr seid vom Radar verschwunden, geht es euch gut? Könnt ihr uns hören?", drang Glenns Stimme aufgeregt durch das Cockpit.

Der Kern

(Brücke, an Bord des Shuttles, Kubus, Uranus-Orbit)

Sein Herz schlug ihm bis zum Hals, gebannt wechselte er den Blick zwischen den Anzeigen vor ihm und den Geschehnissen vor der Frontscheibe. Die Bildschirme flackerten, es schien, als würde die gesamte Bordelektronik verrücktspielen.

„Was geschieht hier?", rief Mandy ängstlich. „Die Sensoren zeigen Ungewöhnliches und wir haben die Verbindung zur *Aquarius* verloren."

Ein niederfrequentes Summen schwoll langsam, aber stetig an und wurde kurz darauf so laut, dass John Mühe hatte, sie zu verstehen

„Meine Ohren schmerzen", rief Aaron.

John wusste nicht, was er machen sollte, keines der Systeme schien mehr normal zu laufen, also konnten sie auch nicht den Antrieb nutzen oder sonst irgendetwas. „Wir müssen abwarten", erwiderte er und griff sich instinktiv an die Ohren und versuchte, so den Lärm zu minimieren. Nicht einmal ein Bruchteil einer Sekunde, nachdem er sein letztes Wort gerufen hatte, verstummte augenblicklich das Summen und eine halbe Sekunde später erlosch das milchige Licht.

„Scheiße noch mal, ich dachte, mir platzt gleich das Trommelfell." Mandy rieb sich die Ohren.

John vernahm ein leises Piepen, das in seinen Ohren nachhallte. „Ich denke, das war eine Warnung. Bring uns auf Abstand."

„Eine Warnung?“, fragte Aaron. „Dann würde das bedeuten, dass wir keine Chance haben, dieses Tor zu öffnen.“

„Hört ihr uns? Hier ist die *Aquarius*. Lebt ihr noch?“

„*Aquarius*, hier Shuttle One. Azuka, wir können euch hören, verlassen jetzt die Öffnung.“

„Mann, John, bin ich froh von euch zu hören.“

„Geht uns auch so“, erwiderte er. „Ich denke, während des Scans werden die Systeme für einen Moment außer Funktion gesetzt, damit die Sensoren ihre Arbeit machen können.“

„Haben wir einen neuen Plan?“, fragte Glenn.

„Ich für meinen Teil habe keine Ahnung, wie wir in das Innere dieses Schiffes kommen können, oder ...“ Aaron unterbrach sich für eine Sekunde selbst und schien seine Gedanken zu festigen. „Meint ihr, wir sollten in eine der Öffnungen fliegen, wo das grünliche Licht ausströmt? Das Shuttle müsste hindurchpassen laut meinen Daten.“

John aktivierte die Frequenz-Detektoren und rief sich das niederfrequente Signal auf den Monitor, welches stetig von dem Kubus ausging. „Ich denke nicht, dass es so einfach ist. Nach allem, was wir bereits herausgefunden haben, gibt es sechs Seiten, mit sechs riesigen Öffnungen. Das gesamte Konstrukt ist so gebaut, dass es beinah alles abschirmt. Des Weiteren wissen wir, dass die Dichte allein der Außenhülle gewaltig ist, was darauf schließen lässt, dass dies mehr als nur ein einfaches Raumschiff oder eine Sonde ist.“

„Ja, das ist uns ebenfalls bekannt, aber was bringen uns diese Erkenntnisse?“, fragte Mandy resigniert. „Nicht zu vergessen, dass es einen massiven elektromagnetischen Impuls aussenden kann.“

„Richtig", bestätigte John. „Bring das Schiff hier zum Stillstand und wende uns, sodass wir genau zum Tor ausgerichtet sind."

„Was hast du vor?", fragte Mandy.

„Können wir irgendetwas tun?", fragte Glenn.

„Ihr haltet die Position und behaltet eure Sensoren im Blick."

„Roger", bestätigte Glenn.

„Wir empfangen elektromagnetische Wellen aus dem Inneren und ein niederfrequentes Vibrieren, das bei neun Hertz liegt, also zu niedrig, um vom menschlichen Ohr wahrgenommen zu werden."

„Worauf willst du hinaus?", fragte Aaron.

„Ganz einfach, wann haben wir dieses Vibrieren oder von mir aus diesen Ton das erste Mal empfangen?"

„Ich würde sagen, als der Kubus aus der Wolkendecke gekommen ist."

John schüttelte den Kopf. „Nein, Mandy, wir haben es das erste Mal registriert, nachdem Glenn von dem Scanner erfasst wurde."

„John, ich kann dir nicht folgen, worauf willst du hinaus?"

„Ganz einfach, Aaron. Ich bin mir sicher, dass die Scanner Glenn als intelligentes Lebewesen identifiziert haben, daraufhin wurde das Signal ausgesandt und es ist nichts weiter passiert. Als wir mit dem Shuttle versucht haben, die Schleuse zu passieren, wurden wir ebenfalls gescannt. Da wir irgendetwas übersehen haben, gab es diesen schmerzhaften Ton."

„Und du weißt, was wir übersehen haben?", fragte Glenn.

„Ich bin mir sehr sicher, dass dieser Signalton etwas zu bedeuten hat."

„Du meinst wie ein Erkennungssignal?“, fragte Mandy nach.

„Gehen wir mal davon aus, dass dieses Raumschiff vielleicht dafür da ist, um einen Erstkontakt herzustellen, dann kann ich mir nicht vorstellen, dass einfach alles, was sich der Öffnung nähert, hereingelassen wird. Es bedarf quasi einer Zweistufenauthentifizierung, damit festgestellt werden kann, dass diese Spezies so weit fortgeschritten ist, um einzudringen.“

„Klingt nach einer sehr gewagten Theorie, aber irgendwie auch schlüssig“, stellte Aaron fest.

„Mein Bauchgefühl sagt mir, dass wir es betreten dürfen, wenn wir die Voraussetzungen erfüllen.“ John wollte sich am Kinn kratzen, unterdrückte das Verlangen jedoch, als ihm bewusst wurde, dass er einen Helm trug. „Anders, kannst du uns hören?“

„Klar, John, ich habe alles mitgehört. Bevor du fragst: Ich konnte noch nicht alles entschlüsseln, aber die Nachricht des ursprünglichen Signals scheint eine Botschaft zu enthalten, vielmehr einen Bericht. Details kann ich noch nicht wirklich nennen.“

„Das ist jetzt nicht wichtig“, erwiderte John. „Reichen die Kenntnisse, um ebenfalls eine Nachricht in derselben digitalen Sprache zu verfassen? Es muss nichts Komplexes sein, nur so etwas wie: Hallo, wir sind Menschen der Erde und kommen in Frieden, bitte lasst uns herein.“

„Ich könnte es versuchen, allerdings ohne Gewähr, dass es funktioniert.“

„Verstanden. Wie lange brauchst du?“

„Bin schon dran, sollte nicht zu lange dauern, wenige Minuten. Ich melde mich gleich wieder.“

„Meinst du, es ist so einfach?“, fragte Glenn ungläubig.

„Das werden wir gleich sehen." John verspürte ein leichtes Kribbeln in der Magengrube. Wenn das nicht funktionierte, gingen ihm langsam die Optionen aus.

„Sollten wir uns nicht die Frage stellen, ob wir überhaupt wissen wollen, was im Inneren ist?", fragte Glenn vorsichtig nach.

John betrachtete die sich stetig aktualisierenden Empfangswerte des Signals. „Was wäre die Konsequenz, wenn wir es nicht herausfinden würden?" Er wartete nicht auf eine Antwort. „Wir würde eine potenzielle Bedrohung in unserem Sonnensystem unerforscht lassen. Daher stellt sich diese Frage nicht. Eher sollte sie lauten, was haben wir für Alternativen?"

John erhielt keine Antwort auf seine Frage. Die Sekunden verstrichen, in denen Stille einkehrte. Das Cockpit wurde von den Geräuschen der Systeme und Maschinen erfüllt.

„Shuttle One, ich bin so weit", drang unvermittelt Anders' Stimme aus den Lautsprechern und ließ John aufatmen.

„Schick es rüber und beobachte anschließend die Frequenzbereiche."

„Roger", bestätigte Anders.

„Dann auf ein Neues, viel Glück."

John rief sich die Daten der Nachricht auf sein Display. „Danke, Azuka, haltet euch bereit. Mandy, flieg uns wieder in den Bereich der Scanner."

Mandy legte die behandschuhte Hand um den Joystick. „Na dann mal los."

Die Positionsdaten fest im Blick, näherte sich das Shuttle wieder der Öffnung. Von der *Aquarius* betrachtet, musste es wirken, als würde eine Fliege durch ein riesiges Fenster fliegen.

„Beginne jetzt, das Signal zu senden." John aktivierte den Sender, der die Nachricht auf der identischen Frequenz wie der Kubus sandte.

„Nähern uns jetzt dem Sensorbereich."

„Ich sehe es", bestätigte John Mandys Feststellung.

„Ich muss gestehen, dass mir gerade wirklich der Puls geht", ließ Aaron von sich vernehmen. „Vielleicht erfahren wir gleich endlich, was auf der anderen Seite verborgen liegt."

Unvermittelt erfasste sie das milchige Licht, die Sensoren spielten erneut verrückt, die Umgebung vor den Scheiben verschwamm, bis sie endgültig verschwunden war.

„Jetzt wird es ernst."

John warf Mandy einen flüchtigen Blick zu. „Hörst du?"

Mandy erwiderte irritiert seinen Blick. „Was soll ich hören?"

„Er meint, dass dieser schmerzhafte Ton wegbleibt."

John nickte Aaron zu. „Ja, ich glaube, wir haben es geschafft." Mit Johns letztem Wort erlosch das Licht und das Schott tauchte vor den Fenstern erneut auf.

„*Aquarius*, könnt ihr uns hören?", fragte John nach.

„Klar und deutlich", erwiderte Azuka.

„Ich glaube, wir haben es. Anders, das war fantastische Arbeit. Dieses Mal wurden wir nur gescannt, ohne dass ..." Weiter kam John nicht, als er mitten im Satz verstummte. Mit weit aufgerissenen Augen starrte er auf den Monitor.

„Scheiße! Empfangt ihr auch, was unsere Sensoren registrieren?"

„Ja, Glenn, die Intensität der magnetischen Wellen erhöht sich, als würde im Inneren etwas hochfahren."

Mandy sah John ängstlich an. „Sollen wir verschwinden?"

John zögerte kurz und bemerkte, dass sich ein schmaler Spalt zwischen den einzelnen Schotttoren öffnete, aus dem ein grelles weißes Licht drang. Ein Alarm schrillte los und John erkannte sofort, was die Detektoren des Shuttles registrierten. „Strahlung, verdammt, da dringt massive Gammastrahlung aus dem Spalt", rief er und hämmerte auf die Schaltfläche, die den Alarm zum Verstummen brachte.

„Shuttle One, wir registrieren einen massiven Anstieg von Gammastrahlung. John, ihr müsst da weg, das Shuttle ist nicht für eine solche Dosis konzipiert worden."

„Roger, Glenn, ich weiß. Mandy, bring uns hier weg, sofort!"

„Sind schon weg." Mandy aktivierte umgehend die Steuerdüsen, drehte das Shuttle und gab Schub.

Johns einzige Hoffnung, dies zu überleben, war, dass sich das Tor langsam genug öffnete und sie durch das Heck etwas vor der Strahlung geschützt wurden. Über bleibende Schäden oder etwas in der Art machte er sich keine Sorgen. Gerade wollte er nur überleben.

„Die Energiewerte, die wir aus dem Inneren empfangen, sprengen jegliche Skala. Was auch immer da drin ist, erklärt, warum dieser Kubus so massiv gebaut wurde." Glenns Worte begleiteten sie auf ihrem Weg in den freien Raum. Mandy steuerte sofort die *Aquarius* an.

„Wir sehen es", bestätigte John. „Wir sind außer Gefahr, kommen dennoch erst einmal an Bord. Mit dem Shuttle kommen wir hier nicht weiter. Bei den Werten könnte man meinen, dass die da drin einen Stern versteckt hätten."

„Einen Stern?", fragte Aaron nach. „Wie zur Hölle sollte man einen Stern einfangen?"

„*Aquarius*, wir befinden uns im Anflug auf den Hangar."

„Roger, wir sehen euch. Azuka ist bereits los, um die Luftschleuse fertig zu machen."

„Roger, ich kann nicht sagen, ob wir kontaminiert sind, zum Glück haben wir unsere Anzüge an, aber die Strahlung war ziemlich massiv", erwiderte John.

„Die Schleuse wird geringe Strahlung dekontaminieren können. Was ist, wenn die Strahlungsdosis zu hoch war?"

„Das glaube ich nicht, aber die Sensoren der Schleuse werden es uns sagen, dann haben wir Gewissheit. Ein Problem nach dem anderen."

„Es scheint, als würde das Tor geöffnet bleiben", informierte Glenn. „Die Energiewerte sind wirklich unbeschreiblich, ich habe keine Erklärung dafür. Die freigesetzte Energie kann von keiner uns bekannten Energiequelle stammen, die eine Maschine antreiben kann."

„Das ist der Punkt: uns bekannte. Wir sind uns bereits einig gewesen, dass nichts an dem Objekt dem entspricht, was wir kennen", erklärte John, als er bereits die *Aquarius* gut sichtbar ausmachen konnte.

„Ich kann allerdings erkennen, dass es so etwas wie ein Eindämmungsfeld geben muss, denn die Strahlung kommt nicht über fünfhundert Meter von der Öffnung entfernt hinaus und hat bis dahin bereits massiv an Intensität verloren", stellte John fest, als er die aktuellen Daten auswertete.

„Vielleicht braucht es etwas, bis die Strahlungswerte sinken, nachdem das Tor geöffnet wurde", schlug Mandy vor.

„Ich weiß nicht, wieso, aber die Strahlungswerte sinken rapide und auch die Energiewerte", informierte Glenn.

John checkte die Daten. *Glenn hat recht, aber wieso? Schließt sich das Tor wieder?*

„Beginne mit Landeanflug."

„Meint ihr, das war eine Falle?"

John schüttelte den Kopf, auch wenn Aaron es nicht sehen konnte. „Das glaube ich nicht, das würde keinen Sinn machen. Vor allem scheint die Strahlung nun verschwunden zu sein, obwohl das Tor geöffnet ist."

„Irgendetwas ist hier faul, ich meine, wir wurden doch gescannt. Wenn die Technologie so weit fortgeschritten ist, wieso hat sie dann nicht bemerkt, dass unser Raumschiff nicht für diese starke Strahlung gerüstet ist?"

„Tja, Mandy, das ist eine weitere Frage, die wir klären müssen. Vielleicht gibt es tatsächlich eine Fehlfunktion und dass diese massive Strahlung ausgetreten ist, war eigentlich gar nicht beabsichtigt." Johns Oberkörper wurde leicht geschüttelt, als die magnetischen Kufen auf dem metallischen Boden des Hangars aufsetzten.

„Kontakt und wir sind gelandet."

John schnallte sich bereits ab und nickte ihr zu. „Dann mal los. Die Daten unserer Sensoren wurden an den Hauptcomputer der *Aquarius* gesendet?" John blieb einen Moment bei Aaron stehen, dieser signalisierte ihm Zustimmung und schnallte sich ab.

„Sicher, ich habe sie quasi im Live-Feed gesendet."

„Gut, dann in die Schleuse und raus aus den Anzügen." Auf dem Weg zur Druckkammer aktivierte John noch die zusätzlichen Bodenhalterungen für die Shuttlekufen.

Die Strahlungsdetektoren, die auf beiden Forschungsschiffen als Standard-Sicherheitsmaßnahme in den Luftschleusen integriert waren, ermittelten einen sehr geringen Strahlungswert, der durch die Dekontaminierungsdusche neutralisiert werden konnte.

Sie entledigten sich ihrer Raumanzüge und eilten zur Brücke.

„Ist irgendetwas passiert?"

Glenn erhob sich von Johns Platz und trat beiseite. „Nein, in den letzten Minuten seit eurer Ladung ist alles unverändert geblieben."

John spürte, wie ihm eine Schweißperle die Wange hinunterlief und sich in seinem Bart verfing. Er spürte seinen Magen, der nach etwas Essbarem verlangte, und die Müdigkeit, die ihm zunehmend in den Knochen steckte. In den letzten Tagen, seit sie hier am Uranus angekommen waren, hatte er nicht mehr als vier Stunden am Stück geschlafen. Wie auch, die Ereignisse überschlugen sich regelrecht und seine Gedanken ließen ihn nicht zur Ruhe kommen. Als würde der Kubus ihn foltern, ihn mit aller Macht zu sich ziehen – physisch und mental. Er ließ ihn nicht mehr los. Sobald er die Augen schloss, war er da wie ein Brandzeichen auf der Innenseite seiner Augenlider.

John überzeugte sich selbst von den Daten, dass Glenn recht hatte. Es hatte sich nichts geändert. John ging sich fahrig durch die Haare, er verspürte mehr und mehr das Gefühl, dass diese Mission die größte Herausforderung seines Lebens sein würde.

„Wie sollen wir weiter vorgehen? Versuchen wir es mit der *Aquarius*? Der Strahlungsschild ist deutlich stärker und sollte mit der Strahlung klarkommen, die dort vielleicht noch herrscht."

John fixierte Mandy. „Bring uns in die Nähe der Öffnung, aber bleib etwas seitlich von ihr. Ich bin mir nicht sicher, die Werte der Gammastrahlung waren extrem hoch. Ich will kein Risiko eingehen."

„Verstanden, setze Kurs."

„Das Tor ist weiterhin geöffnet, dennoch registrieren die Sensoren keinerlei Strahlung mehr."

„Danke, Glenn. Hat jemand Vorschläge, wie wir weiter vorgehen sollen?" John hatte selbst einen Plan, wollte dennoch die Meinung der anderen hören. Er wollte nicht riskieren, dass er vielleicht etwas übersah oder nicht in Betracht zog. Als erfahrener Kommandant wusste er, dass das Einbinden der Crew in Entscheidungen manchmal hilfreicher und sinnvoller war, um die Ordnung in der Gruppe zu bewahren.

„Sicherer wäre es, mit der *Aquarius* hineinzufliegen, denn der Strahlungsschild hier an Bord ist um ein Vielfaches höher als der des Shuttles."

„Da stimme ich Mandy zu, aber wir sollten nicht vergessen, dass sich das Tor auch schließen kann. Wenn wir es von innen nicht wieder aufbekommen, sind wir dort gefangen, bis vielleicht ein weiteres Schiff von der Erde kommt und uns befreit. Bis dahin könnten Monate, wenn nicht mehr als ein Jahr vergehen."

John nickte Aaron zu.

„Wenn wir davon ausgehen, dass es mehrere Fehlfunktionen im Inneren dieses Kubus gibt, kann es gut möglich sein, dass die Strahlung nun von einem Eindämmungsfeld umschlossen ist", erklärte Azuka. „Dennoch bin ich dafür, dass die *Aquarius* als Orbiter außerhalb bleibt und wir das Shuttle oder eine Sonde hineinschicken."

„Glenn, wie ist deine Meinung?"

Glenn schien etwas überrascht zu sein und blickte John irritiert an. Der hatte sich mit seinem Stuhl Glenn zugewandt und wartete auf seine Antwort.

„Du willst meine Meinung wissen, seit wann ist dir die denn wichtig?“

„Seitdem du Mitglied dieser Crew bist.“

„Dann sag ich, wir fliegen mit dem Shuttle. Die *Aquarius* bleibt draußen und wenn wir ehrlich sind, gibt's keine wirkliche Alternative.“

„Erreichen jetzt unsere Position.“

John wandte Mandy den Kopf zu. „Alles klar.“ Er schnallte sich ab und erhob sich. Mit einem kurzen Blick auf seine Uhr, stellte er erschrocken fest, dass sie bereits seit sechs Stunden ohne Unterbrechung im Einsatz waren. „Ich will, dass sich jetzt jeder etwas zu essen nimmt und etwas trinkt. Auch du, Anders, es wird Zeit für eine Pause. Ich brauche euch alle in Topform.“

„Ich mache aber gerade große Fortschritte, ich denke, ich habe bald das System geknackt und kann die Nachricht voll entschlüsseln.“

„Dennoch will ich, dass du dich jetzt im Mannschaftsraum einfindest und dir etwas zu essen abholst. Jeder macht jetzt mindestens fünfzehn Minuten Pause.“ Johns Ton ließ keinerlei Raum für Diskussionen, sein Magen selbst krampfte bereits und lechzte nach etwas Essbarem. Er war ein Freund von harter Arbeit und arbeitete generell gern sehr viel, aber ein Kommandant musste auch Verantwortung übernehmen und erkennen, wann es Zeit war, mal für ein paar Minuten durchzuschnaufen.

„Na kommt, Hunger habe ich schon, der Kubus wird uns nicht wegfliegen“, ließ Azuka von sich hören und erhob sich, als John an ihr vorbeiging.

„Ach, du bist auch Wahrsagerin?“, fragte Glenn neckisch.

„In der Tat, gerade sehe ich, dass dir gleich jemand in den Hintern treten wird.“

John verließ bei Azukas Worten mit einem Lächeln die Brücke und ging zügig zum Aufenthaltsraum. Nach und nach fand sich die Crew dort ein. Während sie etwas von der Astronautenkost verzehrten, kehrte für einen Moment Ruhe ein. Eine friedliche Stille, die nur durch das Rascheln und Knistern der Aluminium-Verpackungen und Essgeräusche unterbrochen wurde. John hatte bereits bemerkt, dass es knapp zwanzig Minuten waren, in denen sie zusammen Pause machten, doch in Anbetracht der Intensität der Mission hatte er nichts dagegen, ganz im Gegenteil.

„Hat sich eigentlich mal jemand Gedanken darüber gemacht, was wir machen, wenn wir da drin tatsächlich auf ein Alien stoßen?", fragte Anders in die Stille hinein.

„Ich weiß nicht, ob der Begriff Alien hier richtig ist." Glenn gab seinen Worten einen Wimpernschlag Zeit zu sacken, bevor er weitersprach. „Ich meine, die Terminologie ist doch hier nicht richtig. Wir sind hier ja selbst Aliens."

„Das würde ich so nicht unbedingt unterschreiben", erwiderte Aaron. „Wir sind zwar nicht auf der Erde, aber in unserem Sonnensystem. Daher sind wir hier nicht die Fremden."

„Ist ja gut", ging Mandy dazwischen. „Das ist auch nicht so wichtig. Ich finde die Frage allerdings nicht uninteressant. Hat Houston uns irgendetwas an Vorgaben mitgeteilt, wie wir uns bei einem Erstkontakt verhalten sollen?"

„Nicht wirklich. Wie sollten sie auch? Wie ich schon sagte, wir sind hier Pioniere und niemand auf der Erde oder wir selbst haben Kenntnis darüber, wie ein Erstkontakt abläuft."

„Ich denke, wir können ausschließen, dass uns die Aliens“, bei dem Wort warf Azuka Glenn einen Blick zu und zwinkerte, „mit einer herzlichen Umarmung begrüßen werden. Sonst wären sie ja direkt zur Erde geflogen.“

„Tja, ich glaube, das ist genau der Knackpunkt“, erwähnte Anders. „Soweit ich das jetzt herausgefunden habe, ist dieser Ort der einzige, wo dieser Kubus in unserem Sonnensystem sein kann. Das schließe ich daraus, dass der Uranus Position Alpha ist. Dennoch habe ich noch keine Hinweise darauf gefunden, ob es Leben an Bord gibt.“

John löste seinen Gurt von dem Stuhl und erhob sich. „Position Alpha kann auch bedeuten, dass es die erste Wahl ist, dennoch ist das unser Stichwort. Es wird Zeit, zu erkunden, was im Inneren ist. Mandy, Aaron und Anders, ihr bleibt hier. Glenn und Azuka, ihr begleitet mich.“

„Du willst, dass ich mit dir auf einen Außeneinsatz gehe?“

„Sieh zu, dass ich meine Meinung nicht ändere.“

„Schon okay, du bist der Boss.“

John nickte zufrieden. „Dann an die Arbeit.“

(Minuten später, an Bord des Shuttles, Kreisöffnung des Kubus)

„Findet es eigentlich niemand von euch komisch, dass dieses Tor hier die ganze Zeit sperrangelweit offen steht?"

Glenn hatte denselben Gedanken wie er in diesem Moment, als sie sich auf die riesige Öffnung zubewegten.

„Ich finde das auch sehr seltsam. Das Ding ist doch offensichtlich so gebaut worden, dass nichts so einfach rein- und rausgelangen kann. Wieso also verschließt sich diese Öffnung nicht einfach wenig später? Es dürfte doch egal sein, ob etwas hindurchgeflogen ist oder nicht."

„Ich sehe, du hast denselben Gedanken wie ich", stellte Glenn fest und wandte seinen Kopf Azuka zu.

„*Aquarius*, hier Shuttle One."

„Shuttle One, Empfang ist weiterhin klar. Wir sehen, was ihr seht über die Kameras, Bild ist sehr gut. Alles klar bei euch, John?", fragte Mandy.

„Roger. Bei uns ist alles auf Go, wir passieren jetzt das Schott und gelangen ins Innere. Ich möchte, dass ihr permanent so viele Daten wie möglich zur Erde schickt. Houston braucht so viele Informationen, wie es nur geht."

„Verstanden, beginne Übertragung", bestätigte Mandy.

„Glenn, behalte die Anzeigen im Auge, sobald du einen Strahlungsanstieg feststellst, schlag Alarm."

„Geht klar."

„Azuka, du achtest bitte besonders auf die Frequenzen und sende weiterhin die vereinbarte Nachricht. Wir kommen nach wie vor in Frieden."

John sah einen Wimpernschlag später ein grünes Lämpchen oberhalb von ihm aufleuchten.

„Sender aktiviert", informierte sie.

„Verdammt, seht ihr das?“

„Ja, Glenn, ich sehe es.“ John lehnte sich so weit es ging nach vorn in seine Gurte, um eine bessere Sicht zu erlangen. Die Hülle des Würfels war insgesamt fünfhundert Meter stark, dahinter folgte ein leerer Raum, den das Shuttle hinter dem Tor durchfliegen musste.

„Der Kubus ist hohl“, stellte Glenn das Offensichtliche fest.

„Wer zum Henker baut so ein riesiges Gebilde und lässt innen alles hohl, ist das nicht eine gewaltige Platzverschwendung?“

„Wisst ihr, was das hier ist?“, fragte John und wartete einige Sekunden, während er die Bildschirme mit den laufend aktualisierten Daten betrachtete. Der Raum, den sie gerade durchquerten, war luftleer wie das All, doch registrierten die Sensoren auffallend viele aufgeladene Teilchen. Der seltsame grünliche Nebel, der bereits aus den Öffnungen ausgetreten war, schien zur Mitte des Raumes hin dichter zu werden. Je weiter sie in den Raum vordrangen, umso höher wurde ebenfalls die Dichte der geladenen Teilchen. „Das ist nicht nur ein Kubus, das ist ein Tesserakt. Ein Hyperwürfel.“

„Ein Hyperwürfel?“, fragte Glenn unwillkürlich nach.

„Ich bin mir nicht sicher, ich habe davon schon einmal gehört. Wenn mich nicht alles täuscht, ist das ein vierdimensionaler Würfel.“

„Um es genauer zu sagen, es ist ein Würfel im Würfel. Erkennt ihr nicht die Struktur vor uns? Laut den Sensoren bewegen wir uns auf einen weiteren Kubus zu, der eine Kantenlänge von fünfhundert Kilometern aufweist.“

„Ich verstehe immer noch nicht, wieso jemand so etwas baut? Was ist der Sinn eines solchen Objekts?“

„Das, Glenn, kann ich dir beim besten Willen nicht beantworten."

„Das Bild beginnt zu flackern, euer Signal wird schwächer", unterbrach Mandys Funkspruch.

„Roger, ich hatte es befürchtet. Haltet die Position, und funkt weiter alles an die Erde. Die Bauweise des Kubus muss die Funkwellen beeinträchtigen. Ich hatte es erwartet und bereits viel früher damit gerechnet."

„Roger, Shuttle One, wir bleiben auf Standby."

„Was mich viel brennender interessiert, ist, wo sind die, die dieses Objekt hier konstruiert haben? Ich meine, offensichtlich fungiert es autonom, sonst wären wir doch schon längst von einem Empfangskomitee begrüßt worden."

„Tja, Azuka, ihr stellt die richtigen Fragen, aber ich kann dir keine Antwort geben. Ich schlage vor, wir umkreisen den inneren Kubus ebenfalls und erfassen alle Seiten mit den Kameras. Dann sollte es dem Computer möglich sein, anhand der Daten ein umfassendes vierdimensionales Modell zu erstellen."

John aktivierte die Steuerdüsen durch einen leichten Druck am Joystick. Der Bug des Shuttles wandte sich in einem Linksdrall der Weite des Raumes zu. Am rechten Rand der Scheibe konnte John den inneren Kubus erkennen, der sich von seiner Grundstruktur der Außenhülle signifikant unterschied. Die innere Seite des äußeren Kubus konnte er am linken Rand der Frontscheibe erkennen.

„Dort", wies Glenn mit einem Fingerzeig John auf eine Art Verbindungsbrücke hin. „Sieht so aus, als wären alle Ecken des inneren Kubus durch solche Brücken mit der äußeren Hülle verbunden."

„Was meine Theorie nur verstärkt. Das hier muss ein Hyperkubus sein und ich denke, wenn wir herausfinden, was im Inneren des kleineren Kubus versteckt liegt, dann kommen wir des Rätsels Lösung einen großen Schritt näher." Während des gesamten Fluges um alle Seiten herum hielt John Ausschau nach potenziellen Angreifern oder möglichen anderen Hinweisen, die ihm Aufschluss über die Erbauer geben konnten. Doch nichts in dieser Art konnte er ausmachen, zumindest nicht mit bloßem Auge.

„Es tut mir leid, dass ich es noch einmal verdeutlichen muss", begann Azuka. „Ich bin Akademikerin, Agnostikerin und ein rationaler Mensch. Aber das hier übersteigt einfach meine Vorstellungskraft. Es ist so viel in letzter Zeit passiert, dass mein Gehirn bis jetzt noch nicht wirklich über die Folgen unseres Fundes nachdenken konnte. Die Bedeutung, allein die Existenz dieses Kubus, ist schon – ich weiß gerade kein besseres Wort dafür – krass. Alles, einfach alles wird sich von nun an verändern. Unser Verständnis fürs All, wir sind nicht mehr allein im Universum. Religionen werden nun ernsthafte Schwierigkeiten bekommen."

„Sorry, Schatz, dass ich dich unterbreche..."

Sie musste ebenso wie John über Glenns Kosenamen verwundert sein, so abrupt wie sie verstummt war. Für John war es das erste Mal, dass er von Glenn überhaupt eine Art Zuneigung zu Azuka vernahm.

„Religionen werden weiterhin bestehen, denn egal, wer dieses Ding erbaut hat, wird sich die Frage stellen, wer hat ihre Erbauer erschaffen. Du kannst diese Frage nie wirklich und einwandfrei beantworten. Das macht die Religion, egal, in welche Richtung, für so viele Menschen glaubhafter, als an den Zufall zu glauben."

„Tja, Glenn, auch wenn es mir schwerfällt, aber damit hast du recht."

„Dass ich das aus dem Mund von Colonel John Coel mal höre. Jetzt kann ich in Frieden gehen."

„Quatsch nicht, Glenn, behalt die Anzeigen im Auge. Wir haben jetzt alle Seiten gescannt, und mir ist aufgefallen, dass die Oberfläche offenbar einem Raster folgt."

„Das kann ich bestätigen, John. Es scheint, als wären alle Seiten des kleineren Kubus in rechteckige Segmente eingeteilt, die eine breite von einem Meter und eine Höhe von zwei Metern vorweisen. Das müssen Tausende Felder, wenn nicht Zehntausende Felder sein."

„Kannst du irgendwelche sonstigen Auffälligkeiten erkennen?", fragte er Azuka.

„Keine Öffnung oder ähnliches, was merkwürdig ist. Wenn es hier keine andere Energiequelle gibt, dann kann die Strahlung, die wir registriert haben, nur aus dem Inneren kommen."

„Demnach müsste dieser Kubus vielleicht unser vermutetes Eindämmungsfeld sein?"

John nickte Glenn zu. „Das denke ich auch."

„Wir hören euch gerade wieder", drang Mandys Stimme aus den Lautsprechern.

„Wir sind aktuell in der Nähe der Öffnung, ihr solltet jetzt Daten des inneren Kubus empfangen. Wir haben es hier mit einem Hyperwürfel zu tun."

„Roger", bestätigte Mandy. „Gibt es Hinweise auf den Zweck des Objektes?"

„Noch nicht, wir werden jetzt die Außenhülle des Kubus untersuchen, die der Öffnung gegenüber liegt. Positioniere die *Aquarius* direkt vor der Öffnung, dann haben wir vielleicht Glück und die Verbindung bleibt bestehen."

„Roger. Registriert ihr Strahlung?"

„Negativ, bis jetzt keinerlei Anzeichen von Strahlung. Unsere Sensoren messen lediglich aufgeladene Teilchen, deren Dichte sich im Nahbereich des inneren Kubus erhöht. Die elektromagnetischen Wellen scheinen ebenfalls ähnlich gering zu sein wie außerhalb des Objektes."

„Roger, die *Aquarius* ist jetzt mittig vor der Öffnung positioniert. Ich kann euch allerdings nicht identifizieren, es scheint alles in diesem grünlichen Dunst zu liegen."

„Verstanden, behaltet die Umgebung im Blick und wartet auf Anweisungen."

„Roger."

„Was machen wir jetzt?", fragte Glenn.

„Wir werden jetzt näher an den Kubus heranfliegen. Ich weiß nicht, aber mein Bauchgefühl sagt mir, dass im Inneren der Schlüssel zu all unseren Fragen verborgen liegt." John steuerte mit sanftem Druck auf den Joystick das Shuttle bis auf wenige Meter an die Hülle heran.

„Unsere Position müsste jetzt ungefähr mittig sein, der Abstand liegt bei fünfzig Metern."

„Roger, Glenn. Ich kann auf den Feldern wieder diese Symbole erkennen. Zwar sind sie kleiner als die draußen, aber eindeutig sind es Symbole."

„Hilft uns diese Erkenntnis irgendwie weiter?", fragte Azuka.

„Ich weiß es nicht. Wenn sie keine Bedeutung hätten, weshalb sollte man sie hier auf diese Platten auftragen?"

„Wenn du mich fragst, macht es keinen Sinn, bis jetzt macht hier noch gar nichts Sinn. Aber wenn ich die Symbole im Zoom der Kameras betrachte, finde ich, dass diese Zeichen irgendwie einem Muster folgen. Als würden zehn mal zehn Felder zusammengehören."

John sah zu Glenn hinüber. „Das ist interessant, woran machst du das fest?"

„An den Formen der einzelnen Zeichen. In den Feldern ähneln sie sich sehr, als wären es fortlaufende Zahlen in Blöcken oder Zehnerschritten."

John betrachtete das Kamerabild, jetzt fiel es ihm auch auf. „Jetzt bleibt nur die Frage, wie uns diese Erkenntnis weiterhilft."

„Na ja, ich würde darauf tippen, dass es etwas mit elektromagnetischen Wellen zu tun hat", erklärte Azuka. „Es ist ein Gedanke, aber irgendwie deutet alles darauf hin. Wir registrieren konstant ein elektromagnetisches Feld, das von hier ausgeht. Vielleicht müssen wir bestimmte Felder mit den Wellen treffen, damit sich ein Durchgang öffnet."

„Auch wenn sich das sehr abenteuerlich anhört, bin ich für einen Versuch."

„Danke, Schatz", erwiderte Azuka, wobei sie das letzte Wort gekünstelt hervorhob.

„Ich denke, wir müssen nicht nur einzelne Felder treffen, sondern vielleicht diese Blöcke. Aus der Entfernung sollten wir auch nur die ausgewählten treffen. Mit der Richtantenne müssten wir genau die Felder treffen, die wir brauchen."

„Hast du auch einen Wunsch, welche du auswählen möchtest?", fragte Azuka.

„Gute Frage, vielleicht ist es wie eine bestimmte Kombination, die wir knacken müssen, damit der Safe aufgeht." John überlegte einen Moment und betrachtete die Felder. Er hatte sich die Blöcke auf dem Bildschirm mit kleinen weißen Linien umrandet, um diese besser zu differenzieren. „Hast du mein Monitorbild auf deiner Konsole?"

„Moment“, erwiderte Azuka. „Jetzt ja.“

„Ich markiere jetzt, sagen wir diese zwei Felder, dieses und dieses, wobei wir den bläulich eingefärbten Bereich als Erstes nehmen und den rötlichen danach.“

„Geht klar, Generator ist aufgeladen. Beginne jetzt.“

John betrachtete den Monitor, den Joystick in der Hand, bereit, sofort auszuweichen, falls sich erneut ein Spalt öffnete, aus dem massive Strahlung austrat.

Plötzlich registrierten die Sensoren einen Anstieg der niederfrequenten Schwingung, die von dem Kubus ausging.

„Okay, es gibt eine Reaktion, vielleicht brauchen wir mehr als zwei Felder“, schlug Glenn vor.

„Einverstanden. Azuka, nimm die beiden Felder noch dazu.“ John markierte die entsprechenden Bereiche auf seinem Display.

„Okay, es geht los.“

Die Schwingung nahm zu, als würden die Wellen, die von dem Kubus ausgingen, alles um sie herum zum Schwingen und Vibrieren bringen. John starrte aus dem Fenster, unvermittelt begannen die Symbole auf den Feldern zu leuchten.

Erstkontakt

(Unmittelbar vor dem inneren Kubus innerhalb der Megastruktur, an Bord des Shuttle One)

Glenn lehnte sich in seinem Stuhl nach vorne. „Die Symbole, sie leuchten."

„Sehe ich", erwiderte John und drückte den Joystick nach links. „*Aquarius*, hier passiert etwas, macht euch bereit."

„Roger, die Sensoren registrieren einen Anstieg an elektromagnetischer Energie. Sollen wir uns zurückziehen?"

„Keine schlechte Idee. Wir werden es nicht raus schaffen. Ich suche uns hier ein lauschiges Plätzchen. Bleibt in der Nähe der Öffnung."

„Verstanden."

„Was machst du?", fragte Glenn entsetzt.

John würdigte Glenn keines Blickes, starr behielt er die Monitore im Auge. „Uns den Arsch retten."

„John, dreh das Shuttle, wo willst du denn hin? Wir sind hier gefangen, raus schaffen wir es nicht. Also dreh das Shuttle, wir müssen wissen, was da passiert."

Johns Herz hämmerte in seiner Brust, er spürte das Adrenalin in seinem Körper.

„Glenn hat recht, wir können nicht fliehen vor dem, was passiert. Ich sage es nur ungern, aber wir sollten das aufzeichnen."

Beinah unbewusst flog John eine Kurve und senkte die Geschwindigkeit. „Verdammt, verdammt, verdammt!"

Ein helles Licht tauchte am seitlichen Fensterrand auf, das intensiver wurde, je mehr sich das Shuttle zum Kubus wandte. John verringerte die Geschwindigkeit weiter, der Abstandmesser zeigte eine Entfernung zum inneren Objekt von einhundert Kilometern an.

„Da hat sich etwas geöffnet", rief Glenn.

John blickte auf und sah, wie sich mittig auf der Hülle eine quadratische Öffnung gebildet hatte. Wenn man die Gesamtgröße der Fläche betrachtete, wirkte der Durchgang klein, laut den Sensordaten hatte diese Öffnung jedoch eine Kantenlänge von zehn mal zehn Kilometern. Aus ihr drang ein seltsames Licht, so fremdartig. Im Inneren des Kubus schimmerte eine dunkle Flüssigkeit, durch die ein Lichtspiel heller Strahlen drang. Es sah aus, als würde man unter Wasser die Sonnenstrahlen beobachten, die sich durch die Wasseroberfläche brachen.

„Ich hatte nicht gedacht, dass es so leicht ist, den Durchgang zu öffnen."

Gedanklich stimmte er Azuka zu. Er hatte nicht damit gerechnet, dass der erste Versuch gelingen würde, zumal er die Flächen rein nach Bauchgefühl ausgewählt hatte. Wenn man bedachte, dass es durchaus sein konnte, dass einzelne Symbole als Code fungierten, grenzte es an ein Wunder, dass es auf Anhieb geklappt hatte, und genau dieser Umstand bereitete John ein ungutes Gefühl.

Seine instinktive Fluchtreaktion war sicherlich eine Folge dessen, dass ihm bewusst war, dass es an einem Ort wie diesem nicht so einfach sein konnte, Zugang zu bekommen. Letztlich handelte es sich hier nicht um einen Kaugummiautomaten, den man einfach so knackte, sondern um eine hochkomplexe Struktur.

„Ich registriere keinerlei Strahlung."

„Keine Strahlung?" Er blickte Glenn fassungslos an, dann checkte er die Werte der Anzeige selbst.

„Nichts, bis auf den erhöhten Wert der elektromagnetischen Energie empfangen wir nichts."

„Ich sehe es", gab er Glenn genervt zurück.

„Wieso hat das funktioniert?", fragte Glenn. „So eine komplexe und fortschrittliche Technologie gibt so einfach ihr Geheimnis preis?"

John behielt die Öffnung fest im Blick. „Das ist merkwürdig und bereitet mir Bauchschmerzen."

„Was machen wir jetzt, fliegen wir hinein?", fragte Azuka leise. „Es scheint ja sicher zu sein."

John schüttelte den Kopf, auch wenn sein Helm sich dabei nicht bewegte. „Auf keinen Fall, es kann nicht sicher sein. Die Strahlung, die wir registriert haben, muss von dort kommen. Wenn es ein Eindämmungsfeld gibt, dann arbeitet es nun anscheinend zuverlässig, aber das heißt nicht, dass wir sicher sind, wenn wir hineinfliegen."

„Okay, was machen wir dann? Wir erhalten keinerlei Reaktion auf unsere Nachricht oder können andere Aktivitäten registrieren."

„Wir kehren zur *Aquarius* zurück und werten die Daten aus. Mehr können wir nicht tun. Es sei denn, es hat von euch noch jemand einen anderen Vorschlag, der nicht beinhaltet, blind durch eine Öffnung zu fliegen, in der wir eine extrem starke Energiequelle vermuten."

„Also zur *Aquarius* zurück?", fragte Glenn, um sich abzusichern.

John nickte und griff nach dem Joystick. „Richtet alles auf die Öffnung aus, ich will so viele Daten mitnehmen wie möglich."

(Minuten später, Hangar, an Bord der Aquarius)

„Antrieb ausgeschaltet, Sicherungen aktiviert. Sind sicher auf der *Aquarius* gelandet."

„Roger", erwiderte Glenn.

„Geht ihr schon einmal zur Brücke, ich komme gleich nach."

„Geht klar", bestätigte Glenn.

John öffnete die hintere Luke und betrat das Hangardeck. Er ließ Glenn und Azuka zuerst in die Schleuse. Er aktivierte die Zusatzsicherungen für die Kufen des Shuttles und folgte den beiden. John zog sich seinen Anzug aus, wobei er deutlich die Müdigkeit spürte, die in diesem Moment seinen Körper erfasste. Vielleicht war es auch nur der Abbau des Adrenalins, was seine Gliedmaßen schwer werden ließ.

Azuka nickte ihm zu, als sie den kleinen Raum verließen. „Bis gleich."

„Mandy soll die Position erst einmal halten, bis ich da bin."

„Ich werde es ihr ausrichten", sagte Glenn.

John ließ sie stehen und ging zum Technikraum. Es brannte ihm unter den Fingernägeln, er musste endlich erfahren, welche Botschaft in dem Signal enthalten war. Als er den Raum betrat, fand er Anders angeschnallt auf dem Stuhl sitzend vor dem Terminal. Seine Arme trieben wie Seetang im Wasser durch die Luft. John musste grinsen, als er ihn so sah. Er musste eingeschlafen sein, was ihm erneut verdeutlichte, wie kräftezehrend diese Mission war.

Er ging auf ihn zu, positionierte sich neben ihm, senkte seine Arme und versuchte, den leise schnarchenden Mann zu wecken.

„Hey, Anders, aufwachen“, sagte er mit leiser Stimme und rüttelte etwas am ihm.

Anders kam zu sich und erschrak im ersten Augenblick, dann sammelte er sich zügig, als er John und seine Umgebung bewusst wahrnahm. „Shit, ich bin eingeschlafen. Das tut mir leid, ist etwas passiert?“

John lächelte. Auch wenn es normalerweise ein No-Go war, während des Dienstes zu schlafen, wollte John hier in dieser außergewöhnlichen Situation beide Augen zudrücken, zumal nichts passiert war. „Schon okay“, erwiderte er und ließ seine Arme los. „Ich brauche Ergebnisse, ich muss wissen, was in dieser Nachricht enthalten ist.“

„Ich habe gerade das abschließende Analyseprogramm durchlaufen lassen, bevor ich ...“ Er sprach nicht weiter, tippte stattdessen auf dem Monitor ein blinkendes Feld an. „Sieht so aus, als hätten wir es geschafft.“

„Zeig es mir“, forderte John.

„Das Programm hat die Nachricht automatisch in Klarschrift umgewandelt“, erklärte Anders und öffnete das Ergebnis der Analyse.

John las den Text.

„Marker-Kennung 76432Q14S7, Fehlerbericht. Kritischer Fehler in der Versorgung des *Grimenter*, Platine W45, R34, T65 überlastet, Anstieg an dunkler Materie verursachte einen sprunghaften Energiezuwachs. Sicherungssystem wurde ausgelöst, elektromagnetische Energie wurde über die Kompensatoren abgesondert. Neustart der Systeme fehlerhaft, manuelles Eingreifen erforderlich. Nachricht an Konstrukteur versendet. Aussetzen der Mission bis zum Neustart erforderlich. Stabilität der Brückenstruktur nicht mehr gewährleistet.“

John richtete sich auf, sein Herz pochte, als die Bedeutung der Worte in sein Bewusstsein sickerte.

„Haben wir ein Problem?“, fragte Anders unsicher nach.

„Du hast gelesen, was ich gelesen habe, oder?“

„Ja, ich bin mir aber nicht sicher, was ich davon halten soll.“

John fixierte Anders. „So wie ich das sehe, finden sich viele Antworten in dem Text.“ Er rieb sich das Kinn. „Scheiße, es ist wirklich eine Maschine, die eine Fehlfunktion und quasi darum gebeten hat, dass ihre Konstrukteure kommen, um sie wieder hochzufahren.“

„Ich habe ein Problem damit, dass für meine Begriffe das Entschlüsseln zu leicht ging. Klar könnte es an der Fehlfunktion liegen, dass der Text nicht so verschlüsselt ist wie normal. Aber wenn ich realistisch bin, ist es seltsam, dass meine Programme den Schlüssel so schnell gefunden haben. Es kann durchaus sein, dass die Übersetzung auch fehlerhaft ist. Zum Beispiel das Wort *Grimenter*, was soll das sein?“, fragte Anders und deutete auf die Textstelle.

„Damit ist wahrscheinlich der innere Kubus gemeint, vielleicht ist das ein Eigenname, das ist auch nicht so wichtig.“ John wandte sich ab und ging zwei Schritte. Er musste nachdenken. Dutzende Gedanken rasten durch seinen Kopf. Eine Sache stand außer Frage, er musste die Nerven behalten und die Lage sachlich analysieren.

„Soll ich das an Houston schicken?“

John drehte sich zu Anders. „Erst wenn wir es verstanden haben. Schick mir diese Nachricht auf mein Terminal auf der Brücke und begleite mich.“

„Sofort, aber ich fürchte, ich muss dir noch etwas zeigen.“ Anders wirkte merkwürdig, als würde er ihm nur widerwillig weiteres offenbaren. „Was ist, hast du noch mehr entschlüsseln können?“

„Sozusagen, aber in den Daten der Blackbox.“

„Noch ein Video?“

„Der Timecode der Aufnahme zeigt, dass diese knapp zwölf Stunden vor der Szene mit Glenn und Misoko aufgenommen wurde. Ich weiß nicht, was ich davon halten soll, aber vielleicht war es gut, dass du gewartet hast, mit Glenn zu sprechen.“

John erwiderte nichts, forderte ihn stumm auf, weiterzumachen.

Anders drehte sich zum Monitor und rief das Video auf. Er tippte es an und die Aufzeichnung begann zu laufen.

John erkannte, dass es der Technikraum der *Hyperion* mit den Serverschränken und anderen Komponenten des Hauptrechners sein musste. Er konnte Glenn sehen, wie er an einem Terminal arbeitete. Nach wenigen Sekunden der Aufnahme tauchte Misoko am unteren Bildrand auf. Sie schien nicht mit Glenn zu interagieren, der offenbar so in seine Arbeit vertieft war, dass er Misoko nicht bemerkt hatte. Sie ging zu einem der Serverschränke auf der rechten Seite und öffnete die Abdeckung. Jetzt hatte Glenn sie bemerkt und drehte sich in ihre Richtung. Misoko griff in diesem Moment in den Schrank. Die Kamera zeigte nicht genau, was sie in dem Schrank tat, sie schien etwas herauszuholen. Bevor Glenn seinen Gurt lösen konnte, stapfte sie mit einem rechteckigen Kasten in der Hand auf ihn zu, holte aus und schlug zu.

John zuckte unwillkürlich zusammen, als er sah, wie Glenn zur Verteidigung die Arme hochriss. Sie erwischte ihn an den Armen, soweit John das sehen konnte. Als sie ein zweites Mal ausholte, schaffte es Glenn rechtzeitig, seinen

Gurt zu lösen. Er konnte ihr nicht mehr ausweichen und der Kasten traf ihn an der Schulter. Er krümmte sich einen Moment schmerzerfüllt.

John verstand nicht, was da geschah, aber es hatte den Anschein, dass Misoko wie von Sinnen war und auf Glenn einprügelte. Dieser schaffte es, bevor sie erneut zuschlagen konnte, ihr den Kasten zu entreißen, dabei schlug sie seitlich mit dem Kopf gegen einen der Serverschränke und schien bewusstlos zu sein. Glenn wartete einen Augenblick angriffsbereit, ehe er sie aus den Stiefeln befreite und aus dem Raum brachte.

John rieb sich das Gesicht mit beiden Händen. „Was war da nur los?“, murmelte er.

„Es sieht so aus, dass Misoko Glenn zuerst angegriffen hat, und dann wird auch das zweite Video etwas schlüssiger. Vielleicht hat sie versucht, die *Hyperion* zu zerstören und Glenn musste das verhindern.“

John starrte ihn an. „Indem er sie umbrachte?“

Anders schien von der scharfen Tonlage überrascht zu sein. „Wir wissen nicht, was sonst noch passiert ist zwischen ihnen.“

„Schon gut, tut mir leid, ich wollte dich nicht so angehen. Schick die Nachricht rüber, wir müssen die anderen informieren.“

Anders tat schweigend, worum er ihn gebeten hatte.

(Minuten später, Brücke der Aquarius)

„Weiterhin alles unverändert, der Durchgang zum Kern ist geöffnet, jedenfalls messen die Sensoren die elektromagnetische Energie“, informierte Mandy John, während er sich an seinen Platz setzte.

„Habt ihr etwas herausgefunden, ihr seht aus, als gäbe es Probleme“, bemerkte Aaron.

„Anders ist es gelungen, das zweite Signal zu entschlüsseln“, erklärte John.

„Und müssen wir uns auf eine Invasion vorbereiten?“, fragte Glenn, dessen Frage sich ein wenig scherzhaft anhörte.

„Der Reihe nach“, begann John. „Wir hatten recht mit der Annahme, dass es eine Fehlfunktion gegeben hat und es daher zu dem Impuls gekommen ist. Die Nachricht ist ein Fehlerbericht, in dem es heißt, dass es zu einem sprunghaften Energieanstieg im *Grimenter* gekommen ist. Offenbar ist damit der innere Kubus gemeint, in dem laut dem Bericht dunkle Materie enthalten ist.“

„Dunkle Materie?“, fragte Mandy nach. „Ist es ein Generator?“

„Das steht nicht in dem Bericht und ist für den Moment auch nicht von Belang. Etwas anderes sollte uns Sorgen machen, denn in der Nachricht wird um ein manuelles Rebooten der autonomen Maschine gebeten. Das heißt, es wird jemand kommen, um die Maschine zum Laufen zu bringen, so lange ist die Mission außer Kraft gesetzt“, berichtete John weiter.

„Das bedeutet, dass die Maschine ihre Konstrukteure aufgefordert hat, sie zu warten?“

John nickte Azuka bejahend zu. „So sieht es aus, also werden wir uns darauf einstellen müssen, dass hier bald ein fremdes Raumschiff eintreffen wird."

„Wenn in dem Kern tatsächlich dunkle Materie enthalten ist, erklärt das zumindest die massive Bauweise."

„Vielleicht", erwiderte John und sah Mandy einen Augenblick konzentriert an. „Zwei Dinge in dem Bericht bereiten mir zusätzlich Bauchschmerzen", fuhr er fort.

„Zusätzlich zu dem, dass hier bald Aliens auftauchen? Sorry, dass ich hier gerade so energisch unterbreche", ging Glenn dazwischen und blieb in der Mitte des Raumes stehen. Prüfend blickte er in die Runde. „Ist euch klar, was das heißt? Dieses Ding da draußen hat mit diesem Bericht eine fremde Spezies dazu aufgefordert, in unser Sonnensystem zu kommen. Wir wissen noch nicht mal, wofür dieses Ding konstruiert wurde und welche Mission es verfolgt. Jetzt kommt ein Raumschiff und wir werden aller Wahrscheinlichkeit nach aufeinandertreffen. Sollten wir nicht zumindest in Erwägung ziehen, dass diese Fremden uns nicht wohlgesonnen sind?"

„Ich denke, du vergisst, dass das Signal ein wenig Zeit braucht, bis es seinen Empfänger erreicht", erwiderte Anders grinsend. „Also, denke ich, werden wir noch etwas Zeit haben, uns eine Strategie zu überlegen."

„Ach und was ist, wenn es in unserem Sonnensystem noch ein weiteres Objekt gibt, von dem wir nichts wissen? Dann wäre es sehr schnell hier."

„Glenn, beruhige dich." John blickte ihm direkt in die Augen. „Wir dürfen jetzt nicht die Nerven verlieren. Solange wir von Houston nichts diesbezüglich hören oder unsere Sensoren etwas registrieren, werden wir davon ausgehen, dass in der nächsten Zeit kein fremdes Raumschiff bei uns eintreffen wird."

„Sehe ich auch so", bekräftigte Azuka. „Wenn es hier ein Raumschiff mit Lebewesen geben sollte, dann würden die dort doch nicht einfach jahrelang leben, ohne etwas zu machen, oder meint ihr, es gibt Planet neun am äußeren Rand des Systems, den wir noch nicht entdeckt haben?" Sie lachte fast hysterisch.

„Kommen wir zum Thema zurück und konzentrieren uns auf die Fakten und weniger auf Spekulationen", forderte John. „Also, zu Beginn der Nachricht hat sich das Objekt identifiziert mit der Kennung: Marker-Kennung 76432Q14S7. Wenn die Konstrukteure ein ähnliches System bei der Kennung einer Maschine verfolgen wie die Menschen, dann lässt das darauf schließen, dass es nicht nur einen Kubus gibt."

„Marker", korrigierte Aaron.

John warf ihm einen flüchtigen Blick zu.

„Es ist ein Marker, so wie die Kennung das Objekt identifiziert", fügte er hinzu, bevor John etwas sagen konnte.

„Einverstanden", erwiderte er. „Wir sollten in Betracht ziehen, dass es sich bei der Nummer vielleicht um eine Seriennummer handelt, dann könnte es 76432 Objekte dieser Art geben, die vielleicht in vielen verschiedenen Systemen verstreut sind."

Glenn blies pfeifend Luft aus. „Das sind verdammt viele, aber was bedeuten die folgenden Buchstaben und Nummern?"

„Vielleicht bezeichnen diese die Standorte wie Quadrant oder Sektor?", schlug Azuka vor.

„Möglich“, sagte John lakonisch. „Wenn wir recht behalten, ist diese Entdeckung viel größer, als wir gedacht haben. Und es gibt eine weitere Sache, ganz am Ende heißt es: Stabilität der Brückenstruktur nicht mehr gewährleistet.“

„Also ist es doch ein Brückenkopf“, rief Glenn beinah entsetzt.

„Vielleicht ist es an der Zeit, herauszufinden, was im Kern verborgen liegt“, schlug Anders vor.

„Sehe ich auch so“, pflichtete Mandy ihm bei. „Wir können jetzt auch noch Stunden weiter darüber debattieren, letztendlich werden wir nur durch Untersuchungen herausfinden, wofür dieser Marker hier ist. Offenbar kratzen wir gerade einmal an der Oberfläche.“

John wandte sich den Cockpitarmaturen zu. „Das sehe ich auch so. Dieser Kubus, oder von mir aus Marker, verbirgt noch viel mehr Geheimnisse, als wir wahrscheinlich ahnen. Ich kann mir nicht vorstellen, dass es so einfach sein kann, dass wir durch eine zufällige Wahl der Felder das Geheimnis des Kerns gelöst haben.“

„Aber es ist doch ein Durchgang geöffnet.“

„Ja, Glenn, das habe ich auch gesehen. Setz dich lieber hin und schnall dich an. Ich werde jetzt die *Aquarius* zentral vor der Öffnung positionieren.“

„Du willst eine Sonde da reinschicken?“, fragte Aaron.

„Ja, mich lässt der Gedanke nicht los, dass in der Nachricht von einer Brücke die Rede war, deren Struktur offenbar in Gefahr ist. Als Physiker denke ich da direkt an eine Materiebrücke, was allerdings nicht erklärt, wieso von dunkler Materie die Rede ist.“

„Wenn es eine Materiebrücke sein sollte, dann könnte auch das angefunkte Raumschiff der Erbauer aus dem Kern kommen.“

„Daran habe ich auch gedacht, Anders." John warf einen flüchtigen Blick über die Schulter und sah im Augenwinkel, dass Glenn sich gesetzt hatte. Er manövrierte das Raumschiff in Position und aktivierte den Autopiloten, um die Position zu halten. John schaute in den Schlund der Öffnung, der grünliche Nebel war deutlich zu erkennen. Den inneren Kubus konnte er nicht sehen, doch drang das flackernde Licht, das aus dem Kern stammen musste, bis zu ihnen. Es bewegte sich beinah rhythmisch, durchdrang den Nebel wie zu einer bestimmten Melodie.

„Selbstverständlich müssen wir das Objekt weiter untersuchen", begann Azuka. „Ich möchte dennoch meine Bedenken kundtun. Als wir das letzte Mal eine Sonde losgeschickt haben, tauchte aus der Atmosphäre des Planeten ein gigantischer Kubus auf. Wie können wir sicher sein, dass nichts Schlimmeres passiert, wenn wir jetzt eine Sonde in den Kern schießen?"

„Ich bin zwar keine Physikerin, aber Ingenieurin und weiß daher mit Bestimmtheit, dass es nicht klug ist, etwas in eine hochenergetische Energiequelle zu schießen."

„Wenn es eine Energiequelle ist, Mandy."

„John hat recht", pflichte ihm Aaron bei. „Da ich Experimentalphysiker bin, habe ich einen ähnlichen Gedankengang wie John. Wenn hier von einer Brücke gesprochen wird, so wie es im Bericht erwähnt wird, dann wird der Kern nicht explodieren oder ähnliches, sondern vielmehr wird die Sonde uns sogar Daten senden können."

„Vorausgesetzt, sie wird von der massiven Strahlung nicht zerstört", erwiderte Mandy.

„Sollten wir nicht Houston fragen?"

Glenn war schneller als John. „Anders, wach endlich auf man, wenn Houston einen Plan hätte, dann würden wir schon längst von ihnen gehört haben. Sie haben gesagt, wir sollen hier Forschung betreiben, also sag ich, lasst uns forschen und diese Sonde losschicken. Wir haben schon viel zu viel Zeit vertrödelt."

„Also gut, wir werden nur Antworten erhalten, wenn wir das jetzt durchziehen. Wir müssen herausfinden, ob es eine ernsthafte Bedrohung für die Erde gibt", erklärte John bestimmt.

„Nicht zu vergessen, dass wir herausfinden sollten, was der Zweck dieses Markers ist und warum es wahrscheinlich Tausende weitere solcher Objekte im Universum gibt."

„Eins nach dem anderen, Azuka", sagte John „Glenn und Anders, bitte bereitet eine Sonde vor."

„Das dauert nicht lange, wir haben schon beim letzten Mal mehrere vorbereitet. Wir müssen sie nur noch in die Abschussvorrichtung einsetzen."

John wandte sich ihnen zu. „Gut, dann los."

Die beiden erhoben sich und verließen die Brücke.

„Ich weiß nicht, aber mich beschleicht ein ganz düsteres Gefühl. Irgendetwas ist hier faul, es ist mir alles zu ruhig und irgendwie ist es zu einfach, dass wir ins Innere gelangt sind. Findet ihr nicht?"

„In gewisser Weise stimme ich dir zu, Aaron, aber wir wissen nicht, ob es ohne Fehlfunktion ebenfalls so einfach wäre, ins Innere zu kommen", erklärte Mandy. „Vielleicht ist es eine Folge davon und die Systeme sind so stark beschädigt, dass nur noch das Rumpfsystem läuft."

John schwieg, auch wenn er selbst dieses Gefühl hatte. Er blendete die Gespräche der anderen aus, starr blickte er ins Innere des Markers, das Licht fest im Blick.

Was bist du nur, was willst du hier, was ist dein Zweck? Er spürte das dumpfe Hämmern hinter seiner Stirn, aber es gelang ihm, dieses auszublenden. Irgendwie hatte das Lichtspiel etwas Beruhigendes an sich.

„Brücke?“

Glenns Stimme riss ihn unvermittelt aus den Gedanken. „Seid ihr so weit?“

„Roger, Sonde ist im Schacht und abschussbereit“, antwortete Anders.

„Gut, Mandy, wärst du so freundlich, sie abzuschießen? Genau in die Mitte, ins Licht.“

Sie nickte ihm zu. „Ziellaser ist ausgerichtet, feuere Sonde jetzt ab.“ Sie tippte auf ihren Monitor und sofort blinkte bei ihm auf dem Bildschirm ein neues Positionslämpchen auf dem Radar auf. „Sonde ist raus.“

„Verstanden, Schacht ist klar“, bestätigte Glenn.

„Kommt zurück zur Brücke“, forderte John.

„Roger, wir kommen“, erwiderte Glenn.

John verfolgte auf dem Monitor die Flugbahn der Sonden-Drohne. Sie folgte dem Laser, der sie in die Mitte des Kerns bringen sollte. Was dann geschah, wusste er nicht, aber für ihn gab es nur eine Möglichkeit. Dass sie sehr wahrscheinlich kurzzeitig Daten sendete und anschließend verschwand, vermutlich zerstört würde.

„Sonde ist auf Kurs und nähert sich schnell dem Kern.“

John wandte sich zu Mandy. „Wie ist der Status der Sonde? Gibt es Anzeichen von Gegenmaßnahmen?“

„Negativ, bis jetzt ist alles still, das Signal der Sonde ist einwandfrei. Die Übertagung der Daten ist stabil, scheint alles okay zu sein.“

John bemerkte, dass sich die Geschwindigkeit sprunghaft erhöht hatte, unmittelbar, bevor sie die Außenhülle des inneren Kubus passiert hatte.

„Sonde ist jetzt im Kern“, informierte Mandy.

„Hast du auch den Anstieg der Geschwindigkeit bemerkt, bevor sie den Kern erreicht hat? Als würde sie von einem Sog erfasst werden."

„Ich habe mich auf die Daten konzentriert", erwiderte sie. „Wir erhalten bereits Daten, die ich allerdings nicht wirklich verstehe."

„Anders, Analyse starten", forderte John.

„Roger, bin dran."

„Ich kann mir keinen Reim daraus machen, es scheint, als wäre die Sonde wieder im Innenraum des Kubus, jedenfalls sind die Messwerte dieselben."

John warf Mandy einen irritierten Blick zu, dann holte er sich die Datensätze selbst auf den Bildschirm.

„Mandy hat recht", bestätigte Anders. „Die empfangenen Werte gleichen denen aus dem Kubus. Ich kann es mir nicht erklären, aber die Analyse ist eindeutig. Die Sonde müsste jedoch im Inneren des Kubus sein."

„Vielleicht ist sie auf der anderen Seite wieder herausgekommen", schlug Azuka vor.

„Kein schlechter Gedanke", murmelte John.

„Allerdings scheint die Sonde zum Stillstand gekommen zu sein, als hätte sie in sehr kurzer Zeit abgebremst", erklärte Anders.

„Wie soll eine Sonde, die keine Schubdüsen besitzt, um einen Gegenschub zu erzeugen, abbremsen?", fragte Glenn.

„Keine Ahnung, aber die Daten sind eindeutig", bekräftigte Anders.

„Okay, okay, jetzt mal ganz langsam", unterbrach John die Diskussion. „Bekommen wir ein Kamerabild?"

„Moment", ließ Mandy von sich hören und tippte auf ihren Bildschirm. „Es gibt ein Signal, ich lege es auf die Monitore."

Johns Bildschirme zeigten nun eine Übertragung, ein verschwommenes Bild. „Bekommen wir das auch schärfer?“

„Ich versuche es“, erwiderte Anders.

John beobachtete den Bildschirm, nach und nach gewann das Bild an Kontur und er konnte grünlichen Nebel erkennen und etwas in ihm. Ein helleres, fast weißliches Objekt, das wie ein längliches Gebilde wirkte.

„Das ist das Maximum“, erklärte Anders.

„Sind wir das?“, fragte Glenn.

„Keine Ahnung“, gab John zurück und warf einen Blick aus dem Fenster. Eine Sonde oder etwas ähnliches konnte er nicht erkennen. Es war für ihn unwahrscheinlich, dass das verschwommene Objekt auf dem Kamerabild die *Aquarius* sein sollte. So groß, wie es wirkte, musste es sich in der Nähe der Sonde befinden. Aber wieso bekamen sie dann kein schärferes Bild herein?

„Es ist zwar nur eine Vermutung, aber es kann durchaus sein, dass die Kamera bei ihrem Flug durch den Kern beschädigt wurde“, erklärte Mandy. „Ich meine, es grenzt ohnehin an ein Wunder, dass es sie noch gibt.“

„Schicken wir eine Botschaft. Wenn wir sie empfangen, dann wissen wir, dass es wirklich wir sind, die wir auf dem Monitor sehen.“

„Hast du auch einen Wunsch, John?“, fragte Anders.

„Wie wäre es mit: Hier spricht die Crew der *Aquarius*, wir sind durch den Kern geflogen. Wir kommen in Frieden, suchen Antworten“, antwortete Glenn noch vor John.

„Ein Philosoph wirst du nicht mehr, aber ich denke, das können wir senden, auch wenn wir die Nachricht nicht selbst erhalten“, kommentierte John trocken.

„Geht klar, dann sende ich das so“, sagte Anders.

Nach wenigen Sekunden blinkte ein grünes Feld auf Johns Monitor auf. „Wir haben eine Nachricht erhalten."

„Worauf wartest du?", drängte Azuka.

John streckte die Hand aus, einen Herzschlag lang zögerte er, bevor er mit dem Finger auf das grün blinkende Feld drückte.

Es rauschte in der Leitung, dann hörten sie eine verzerrte Stimme, die nicht eindeutig einem Mann oder einer Frau zuzuordnen war.

„Bekommen wir das nicht klarer hin?", fragte er. Die Worte zogen sich wie Kaugummi in die Länge.

„Ich jage sie durch die Filter, einen Moment", erwiderte Anders.

Die Nachricht wurde unterbrochen, die Sekunden verstrichen, bis Anders etwas sagte. „Das ist alles, was ich herausholen kann."

John spielte die Nachricht erneut ab. Das Rauschen war weiterhin existent, die Stimme war nun etwas deutlicher zu verstehen, wurde dennoch von einem regelmäßigen, klopfenden Geräusch unterbrochen und klang abgehackt. „Hier sprich... *Aquarius* ... Kubus hat sich geöffnet ... Sonde gesichtet ... Gefahr ... das System droht, vernichtet zu werden ... etwas nähert sich ... Sensoren fehlerhaft ... müssen die Erde retten."

Johns Puls erhöhte sich, mit angehaltenem Atem starrte er auf den Monitor, wo er das verschwommene Objekt sah. Die Erkenntnis traf ihn wie ein Blitzschlag. „Die Nachricht ist nicht von uns", krächzte er heiser. Seine Worte blieben ihm beinah im Hals stecken, dies war der Augenblick des Erstkontaktes, und die erste Nachricht konnte nicht unheilvoller sein. Die Worte, die er der Nachricht entnehmen konnte, reichten aus, um zu verstehen, dass sie und womöglich das gesamte Sonnensystem in Gefahr waren. Irgendetwas näherte sich ihnen und bedrohte die Existenz der Menschheit.

Nachwort

Herzlichen Dank fürs Lesen, ich freue mich auf euer Feedback. Als Nächstes könnt ihr euch auf den zweiten Band der Reihe freuen: *Das Uranus Leuchten: Der Marker.*

Die Crew der *Aquarius* wird herausfinden müssen, was es mit dem seltsamen Marker auf sich hat und zu welchem Zweck dieser im Sonnensystem ist. Von wem kam die Nachricht und welche Gefahr droht dem Sonnensystem? Nicht zu vergessen, worauf bezieht sich die Warnung, die in der Mitteilung enthalten war? Dies sind die wichtigsten Fragen, deren Antwort John unbedingt finden muss, um das Sonnensystem vor der baldigen Vernichtung zu retten.

Voraussichtlich wird er in den nächsten zwei bis drei Monaten erscheinen.

Bleibt neugierig und gesund.

Herzlichst, David

Keine Neuigkeiten mehr verpassen?
Jetzt zum Newsletter anmelden.

Weitere Werke des Autors

Bücher

Print & E-Book

Henry-Voigt-Abenteuerreihe:
1. Salomons Geheimnis
2. Das Geheimnis der Mondberge
3. Das Geheimnis des Bussards
4. Das Geheimnis der schwarzen Pyramide
5. Das Geheimnis der neun Pforten

Mars Ultor:
1. Schattenwelten: Science-Fiction-Thriller
2. Nemesis: Science-Fiction-Thriller

Die Wächter des Wissens:
1. Die Anomalie in der Finsternis
2. Der dunkle Reisende
3. Das Signal der Schöpfer
4. Am Ende des Universums
5. Der Geist der Finsternis

Das Uranus Leuchten:
1. Erstkontakt: Science-Fiction-Thriller
2. Der Marker: Science-Fiction-Thriller (Sommer 2023)

Hörbücher

Henry-Voigt-Abenteuerreihe:

1. Salomons Geheimnis, gelesen von Thomas Nicolai
2. Das Geheimnis der Mondberge, gelesen von Dominic Kolb
3. Das Geheimnis des Bussards, gelesen von Dominic Kolb
4. Das Geheimnis der schwarzen Pyramide, gelesen von Dominic Kolb
5. Das Geheimnis der sieben Pforten, gelesen von Dominic Kolb

Mars Ultor:

1. Schattenwelten: Science-Fiction-Thriller, gelesen von Tim Gössler
2. Nemesis: Science-Fiction-Thriller, gelesen von Tim Gössler
3. Mars Ultor: Gesamtausgabe, gelesen von Tim Gössler

Die Wächter des Wissens

1. Die Anomalie in der Finsternis, gelesen von Dominic Kolb
2. Der dunkle Reisende, gelesen von Dominic Kolb
3. Das Signal der Schöpfer, gelesen von Dominic Kolb

Weitere Informationen zu mir und meinen Werken.

www.david-reimer-autor.de

DAVID REIMER

Printed in Poland
by Amazon Fulfillment
Poland Sp. z o.o., Wrocław

22594507R00181